Amanecer en África

Amanecer en África

Scarlett Butler

tom**book**tu.com

www.facebook.com/tombooktu
www.tombooktu.blogspot.com
www.twitter.com/tombooktu
#AmanecerEnAfrica

Colección: Tombooktu Romance
www.romance.tombooktu.com
www.tombooktu.com

Tombooktu es una marca de Ediciones Nowtilus:
www.nowtilus.com
Si eres escritor contacta con Tombooktu:
www.facebook.com/editortombooktu

Titulo: *Amanecer en África*
Autor: © Scarlett Butler

Elaboración de textos: Santos Rodríguez
Revisión y adaptación literaria: Teresa Escarpenter

Diseño de cubierta: Santiago Bringas

Copyright de la presente edición en lengua castellana:
© 2016 Ediciones Nowtilus S. L.
Doña Juana de Castilla 44, 3º C, 28027 Madrid

Cualquier forma de reproducción, distribución, comunicación pública o transformación de esta obra sólo puede ser realizada con la autorización de sus titulares, salvo excepción prevista por la ley. Diríjase a CEDRO (Centro Español de Derechos Reprográficos) si necesita fotocopiar o escanear algún fragmento de esta obra (www.conlicencia.com; 91 702 19 70 / 93 272 04 47).

ISBN Papel: 978-84-15747-89-5
ISBN Impresión bajo demanda: 978-84-15747-90-1
ISBN Digital: 978-84-15747-91-8
Fecha de publicación: Abril 2016

Impreso en España
Imprime: Servicecom
Depósito legal: M-6529-2016

A todos esos médicos voluntarios que dedican sus vidas a ayudar a los demás.

Índice

Capítulo 1 13
Capítulo 2 33
Capítulo 3 43
Capítulo 4 55
Capítulo 5 65
Capítulo 6 75
Capítulo 7 83
Capítulo 8 91
Capítulo 9 105
Capítulo 10 115
Capítulo 11 127
Capítulo 12 135
Capítulo 13 143
Capítulo 14 149
Capítulo 15 157
Capítulo 16 167
Capítulo 17 171
Capítulo 18 179
Capítulo 19 187

Capítulo 20	193
Capítulo 21	201
Capítulo 22	207
Capítulo 23	211
Capítulo 24	219
Capítulo 25	227
Capítulo 26	235
Capítulo 27	241
Capítulo 28	247
Capítulo 29	253
Capítulo 30	259
Capítulo 31	265
Capítulo 32	271
Capítulo 33	277
Capítulo 34	283
Capítulo 35	289
Capítulo 36	295
Capítulo 37	301
Capítulo 38	305
Capítulo 39	313
Capítulo 40	319
Agradecimientos	333

Cada amanecer es una esperanza
y al dormirnos soñamos con ello.
Renacer, dejar vidas atrás, volver a ser, amar…
Cada amanecer nos brinda la oportunidad, siempre,
de comenzar, una vez más.

1

—Por enésima vez, no voy a cambiar de parecer. Es mi última palabra. Me marcho mañana y punto –dijo Sarah de forma contundente.

Ya no lo soportaba más. Desde que había tomado la decisión no hacían más que cuestionarla e incluso intentaban que cambiase de opinión, pero estaban muy equivocados si creían que algo podría hacerle cambiar de rumbo. Al día siguiente cogería un vuelo camino a Obandé, un pequeño poblado en África central. Bien era cierto que debía hacer varias escalas y que sería un largo viaje, pero eso sería lo menos duro a partir de entonces. Se marchaba a un país africano donde había de todo: pobreza, conflictos, necesidad, corrupción... Pero Sarah estaba convencida, al día siguiente dejaría su vida tal y como la conocía hasta ese momento, porque aquella mujer en la que se había convertido con el paso de los años no era ella. No se reconocía, jamás había sido como su familia, y mucho menos como Joseph, su marido, del que se estaba separando y que no la dejaba ni a sol ni a sombra. Nada le importaba, ni las riquezas ni aparentar ser quien no era. Por fin había encontrado el coraje de romper con todo, a pesar de que su familia no quisiera saber nunca más de ella, lo aceptaba a duras penas.

Entendía que no desearan esa vida para ella, pero no había marcha atrás.

El jefe de cirujanos del hospital donde trabajaba en Boston le había propuesto meses atrás trabajar durante un año en una de las misiones en África y ella no dudó ni un instante en su respuesta. Siempre sintió ese apego por los más necesitados. Sus padres no entendían de dónde habían salido esos sentimientos porque, desde luego, en casa no había sido. Allí todo eran fiestas glamurosas, viajes carísimos, compras innecesarias... Sin embargo, Sarah no había sentido nunca la necesidad de comprarse un coche caro. Cuando les dijo a sus padres que quería trabajar para ganar dinero y poder comprarse por sí misma un modelo de segunda mano, pusieron el grito en el cielo y le cayó una buena bronca. Debía acatar las normas de la alta sociedad que tanto detestaba. Su padre, el señor Collins, al ser el alcalde de la ciudad, debía aparentar y fingir que todo era perfecto en casa. Desgraciadamente, no era así pues sus padres hacía mucho tiempo que habían dejado de amarse, aunque seguramente el cariño quedaba.

No le dejaban hacer nada a su manera, así que no pudo tener el coche de segunda mano que ella deseaba, tuvo el último modelo de Mercedes. Con la ropa sucedía lo mismo, siempre las últimas tendencias y cuando viajaban era con estancia en hoteles *resort* de lujo. Sarah no entendió jamás ese tren de vida y en cuanto tuvo la mayoría de edad huyó de todo aquello.

Con el dinero que sus padres habían depositado en una cuenta el día que nació, alquiló un modesto apartamento en Boston que, lógicamente, ellos aborrecían, y eso la hacía sentirse mejor. Ella los quería, pero eran tan esnobs que le encantaba hacerles rabiar de vez en cuando. El lugar donde vivía era un sencillo edificio de tres plantas sin ascensor. Un segundo que contaba con dos habitaciones simples, una cocina pequeña y un salón del tamaño del *hall* de la casa familiar, pero con una amplia terraza, su lugar favorito del apartamento. Su madre, cuando fue la primera vez a visitarla, se quedó tan horrorizada que jamás volvió; su padre, por el contrario, ni siquiera lo había intentado. ¿Y qué decir de su hermano? Ese apenas daba señales de vida. Veía a Sarah como un bicho raro porque rechazaba todas las comodidades y la vida lujosa en la que vivían. Robert, el aspirante a político, era el ejemplo perfecto de hijo. Alto, moreno y corpulento debido a los años de rugby en la universidad, tenía los ojos del mismo color que Sarah, pero eso era en lo único que se parecían. Siempre había hecho lo que sus padres ordenaban, no cometió ninguna locura como la que ella estaba a punto de hacer y como su novia era la hija del senador, estaban muy orgullosos. Llevaba meses diciéndoles que la decisión estaba tomada pero seguían con la misma actitud que el primer día que comunicó su viaje...

Meses antes de partir hacia África se encontraba en el coche con las manos en el volante sin saber cómo comunicar la noticia. Después de pensarlo mucho y de hablar con Nic, su amiga del alma, la decisión estaba tomada, se iría a trabajar a Obandé en el hospital que acababan de construir. Era su sueño y ya era hora de llevarlo a cabo tras años persiguiéndolo. Se armó del valor necesario, se bajó del coche que acababa de aparcar en la entrada de la gran mansión donde había vivido durante años y entró en su interior para asistir a una de las comidas familiares que, de vez en cuando, su madre, Mary Ann Collins, organizaba. El paso de los años había hecho mella en su rostro pero aún conservaba la belleza de antaño. El pelo aún lo llevaba largo por los hombros, pues era su mayor orgullo. Se vestía siempre muy formal con colores neutros que la favorecían mucho. Sus ojos verdes, como los de sus dos hijos, se escondían bajo las gafas que no le robaban ni un ápice de color.

Rose, una mujer de unos cincuenta años que había trabajado toda la vida en casa de sus padres, abrió la puerta y le dio la cálida bienvenida que necesitaba. Tras separarse de su abrazo, Sarah se dirigió al salón donde ya se encontraba su familia tal y como Rose le había indicado. Al entrar, vio a su madre sentada en el sillón leyendo una de las revistas de decoración que tanto le gustaban, su padre estaba de pie fumando y Robert, como era habitual, enganchado a su teléfono móvil. Su padre, Thomas Collins, era un hombre menudo, como ella, pero con un carácter muy exigente e incluso a veces autoritario cuando algo no le salía como él esperaba. Moreno y con los ojos negros como la noche, cuando discutía tenía una mirada fiera que asustaba a cualquiera.

—Hola, familia –dijo.

—¡Sarah, querida! –contestó su madre nada más verla dejando la revista en la mesita de café junto al sillón. Se levantó y se acercó a saludarla con un tímido y rápido abrazo. Su padre la saludó también y Robert simplemente musitó un «hola».

Se sentaron en la mesa y comenzaron a comer con aparente tranquilidad, pues Sarah aún no había soltado la bomba informativa que, sin duda, la explotaría en toda la cara. Cuando al fin encontró el coraje para comunicar su decisión, fue directa y clara:

—Tengo que contaros algo importante –dijo consiguiendo que todos la miraran con interés–: En unos meses me marcho a Obandé. Está en África Central, voy a trabajar como doctora titular en el hospital que acaban de construir.

Decir que sus caras fueron de asombro era quedarse corto, porque durante algunos minutos no dieron muestras de nada. No reaccionaban, simplemente, la miraban como si se hubiese vuelto loca. Al ver que nadie se manifestaba, Sarah rompió el tenso silencio:

—¿No decís nada? –preguntó intrigada.

—¿Nada? ¡Caray, hermanita, tú sí que sabes cómo ambientar una comida familiar! –dijo Robert riéndose y recostándose en la silla, preparándose para el espectáculo que se iba a producir en pocos segundos.

—A ver, Sarah, ¿qué clase de tontería es esa? –preguntó el cabeza de familia muy serio tocándose el puente de la nariz. Ese gesto era un tic que solamente hacía cuando algo le exasperaba.

—No es ninguna tontería, papá. De sobra sabéis que ha sido mi sueño desde hace años y por fin voy a cumplirlo.

—¿Tu sueño dices? ¿Viajar a un país tercermundista donde la población muere por una gripe es tu sueño? ¿Tú, que sufres cada vez que ves morir a un paciente en el hospital? –respondió él con la frialdad que le caracterizaba.

—Está decidido.

—¿Así que está decidido? Y Joseph, ¿qué opina de esto? Porque supongo que tu esposo tendrá algo que decir —continuó rebatiendo cuando sabía perfectamente que estaban separados y que ya no hacían vida en común.

—Joseph ya no tiene nada que ver en mi vida, como bien sabes. Estamos separados y, aunque no deja de molestarme, yo no tengo porqué contarle mis cosas.

—¡Dios Santo! —gritó su padre muy enfadado dando un golpe en la mesa antes de levantarse y comenzar a pasear por el salón. Su madre tenía la mirada fija en su plato y no hablaba, pero Sarah necesitaba saber cuál era su opinión al respecto.

—¿Y tú no dices nada, mamá?

—¡Qué va a decir si cuando queremos opinar nos dices que está decidido y punto! —continuó gritando antes de abandonar el salón.

—Sarah, ¿se trata de una broma? —preguntó Mary Anne, mirándola por primera vez desde que había expresado su decisión.

—No, mamá, ya sabes que me encanta mi trabajo y ayudar a la gente. Me han ofrecido esta oportunidad que es el sueño de toda mi vida. ¿Cómo voy a desaprovecharla?

—Claro, ¿cómo vas a perder esa oportunidad aunque tu familia se muera de la angustia? —respondió ella con ironía y sin mirar a Sarah. Por descontado sabía que no lo iban a aceptar, pero en el fondo deseaba que la apoyaran. Sabía que estaba pidiendo un imposible.

—Mamá, por favor. —Su madre se levantó y salió también del salón dejando a Sarah a solas con su hermano.

—Desde luego que sabes cómo dar una noticia, hermanita. En fin, si crees que van a apoyarte es que, después de treinta y dos años, aún no los conoces. Yo, por mi parte, tampoco lo comparto pero sí es lo que quieres hacer, ten cuidado por allí —dijo su hermano gemelo, con quien apenas tenía nada en común. Aunque al menos este no la machacaba como sus padres. A continuación, la besó en la mejilla y se marchó dejándola sola.

No tenía la menor idea de adónde se habían dirigido sus padres hasta que al cabo de un rato vio entrar a su exmarido Joseph con ellos detrás. «Genial, lo que me faltaba», pensó.

—¿Qué es eso de que te vas a no sé qué país perdido de África, Sarah? ¡¿Es que te has vuelto loca de remate o es que eres tremendamente estúpida?! —dijo Joseph vociferando como si un demonio se hubiese adueñado de él. Sarah se levantó de la silla de un salto y se enfrentó a él, como hubiera hecho con cualquier otro que se hubiera opuesto a sus deseos, ya estaba más que harta.

—Imagino que mi padre te ha llamado, aunque sinceramente no veo el motivo. Tú ya no eres nadie en mi vida y, sí, me voy a cumplir un sueño que llevo años persiguiendo. Y me da igual que tú, o cualquiera de vosotros —dijo Sarah que iba enfureciéndose por momentos mientras señalaba con el dedo a sus padres—, no lo entendáis. ¡Es que ni siquiera necesito que lo aprobéis porque lo voy a hacer! Y sí, debes tener razón y soy completamente imbécil porque buscaba un poco de apoyo, pero ya veo que es una utopía. Después de todo, nunca me habéis apoyado cuando he tomado una decisión sobre mi vida.

Tras soltar todo aquello se sintió más relajada, aunque la situación se estaba complicando ya que su madre comenzó a llorar, su padre no hacía más que chillar y Joseph negaba todo el rato con la cabeza echando chispas.

—Te lo prohíbo —dijo su padre mirándola desafiante.

—¿Que me lo prohíbes? Papá, no tengo quince años. Hace mucho tiempo que tomo mis propias decisiones. No os estoy pidiendo permiso, sino que os comunico lo que voy a hacer. Aún tenéis unos meses para haceros a la idea.

—No hables así a tu padre, Sarah —la dijo Joseph como si tuviera vela en el entierro. Más que enfadada, se volvió hacia él y le echó una mirada gélida que no debió entender porque continuó con la charla—. Ven, vámonos a casa y hablaremos —dijo queriendo cogerla del brazo que instintivamente apartó.

—¡Cuándo te vas a enterar de que esa ya no es mi casa! Yo tengo mi propia casa donde por fin soy feliz. ¡Entérate de una vez! ¡Enteraos los tres! No necesito vuestro apoyo ni vuestro respaldo. ¡Total, llevo así toda la vida! Solamente quería informaros pero no voy a cambiar de opinión así que ya podéis ir haciéndoos a la idea. Y tú, Joseph, deja de enviarme mensajes, de llamarme, de enviarme regalos... Nuestro matrimonio está acabado, es más, ¡nunca tenía que haber empezado!

Y liberada tras llevar años con una losa enorme a sus espaldas, salió de la casa de sus padres intentando contener los sollozos que se agolpaban en sus párpados. Se fue directa al coche y se dirigió a su apartamento a derramar todas las lágrimas que llevaba años guardando.

*

—No serás capaz de hacer sufrir así a tu pobre madre —dijo su padre haciéndole volver a la realidad. Ahora era su turno, y empleó el chantaje emocional que tan bien dominaba aunque no funcionaba con ella. Podía decirle lo que quisiera que por un oído le entraría y por el otro le saldría.

—Basta, papá. Por enésima vez, no voy a cambiar de parecer. Es mi última palabra. Me marcho mañana y punto —dijo Sarah de forma contundente—: ¿No comprendéis que no importa lo que me digáis? Ya está hecho. Mañana me voy a Obandé y no volveré hasta que finalice mi trabajo en el proyecto. Lo que deberíais hacer es apoyarme y no ponerme tantas trabas e incluso tratar de chantajearme para que no lo haga. Se supone que queréis la felicidad de vuestros hijos, pero está claro que es Robert el único del que os sentís orgullosos. No os preocupéis, que lo entiendo perfectamente. Después de todo es un calco vuestro: superficial, interesado, elitista, clasista... ¿Queréis que siga? —preguntaba Sarah mirando directamente a sus padres que la observaban como si no la reconociesen. Su madre, sentada en el gran sofá de miles de dólares se llevaba la mano al pecho y a la cabeza con los ojos llenos de lágrimas, pero no únicamente porque su hija se marchaba lejos a un país en transición aún con un gobierno reciente, sino porque no había podido salirse con la suya y conseguir que se quedase.

—¡Suficiente, Sarah! —gritaba su padre con los ojos inyectados en sangre, producto de la rabia que le consumía—. No comprendo a quién has salido porque ni a tu madre ni a mí nos ha dado por esas cosas nunca. ¿Sabes que en esos hospitales maravillosos donde vas a trabajar hay mucha corrupción? ¿Que muchas veces los enfermos no se pueden pagar las medicinas y sufren terribles dolores e incluso mueren? Eso por no hablar de los conflictos que ocurren de vez en cuando. ¿Quieres que nos muramos de sufrimiento sin saber si estás viva o una bala ha atravesado tu cabeza? ¡Cómo puedes ser tan egoísta!

¿Egoísta? Aquello era el colmo. Su padre la tachaba de egoísta cuando se iba a ayudar a los más desfavorecidos. Pero así era la forma de ser de sus padres y, ella, a pesar de todo, les quería. Entrar en esa guerra cuando estaba a punto de marcharse todo un año no era su idea de despedida, pero con ellos era inevitable el enfrentamiento.

—Tengo que marcharme ya porque aún debo pasar por el hospital a comprobar el estado de algunos pacientes antes de viajar a África. No os pido que compartáis mi deseo pues sé que es algo del todo imposible, pero sí que lo respetéis. Me pondré en contacto con vosotros cuando pueda. –Con los ojos humedecidos y el ánimo devastado debido a la lucha continua que sostenía con sus progenitores, aquellos que supuestamente más te aman en el mundo y que simplemente desean tu bienestar, recogió su bolso y caminó hacia la puerta sin despedirse pero sus padres le dijeron que los esperara para acompañarla al coche. Sarah estaba deseosa de colaborar en el proyecto, pero aun así no dejaba de abandonar su zona de confort y eso la asustaba en parte, a pesar de que el trabajo que se disponía a realizar la enorgullecía tanto que con sólo pensar en África se animaba.

Llegaron al automóvil de Sarah y en silencio abrazó a sus padres que llorando y con aquellos besos húmedos le dijeron lo que eran incapaces de verbalizar. No se marcharon de la calle hasta que el coche despareció. Después de todo, eran sus padres y la amaban, aunque su forma de demostrarlo no fuera la correcta.

*

Ya casi anocheciendo, Sarah se encontraba en el Hospital General de Boston visitando a sus pacientes, se había pasado medio día en casa de sus padres discutiendo y después se había marchado a pasear para reflexionar. Una vez en el centro hospitalario no esperó a cambiarse de ropa para preguntar a uno de sus compañeros qué tal se había desarrollado la tarde en su ausencia.

—¿Qué me he perdido? —preguntó curiosa a Kenneth, uno de sus colegas que estaba firmando unos informes en la recepción de urgencias.

—¿Pero tú no coges un vuelo mañana? —Quiso saber su compañero alzando la vista de sus papeles mirándola por encima de las gafas. Sarah le sonrió, pero no demasiado o podría pensarse otra cosa. Kenneth era un auténtico donjuán, con su metro ochenta, su pelo castaño bien peinado, los ojos oscuros, la piel morena y ese cuerpo escultural que podría provocar un infarto a cualquier mujer que se le acercara. De hecho, había tenido sus rollos con algunas enfermeras y no todas habían entendido que se trataba de un juego de seducción como otro cualquiera, muchas de ellas creían que les iba a jurar amor eterno. Sería un médico muy profesional, pero como pareja era un verdadero desastre. Lo mejor que podía hacer una mujer era ser su amiga y punto.

—Claro, mañana, pero aún no es mañana, así que dime si me he perdido algo antes de empezar la ronda de... —No le dio tiempo a terminar cuando vio cruzar a varios médicos con un paciente en bastante mal estado, ensangrentado, con collarín, fracturas a la vista... Se dirigían a toda velocidad hacia los ascensores camino al quirófano, pues en casos como ese el tiempo corría en su contra. Uno de los enfermeros que venía detrás de la camilla se acercó al mostrador donde se encontraban. Kenneth fue el primero en hablar:

—Eso tiene mala pinta, Anderson.

—Y tanto —contestó el enfermero cogiendo una de las carpetas y sujetando unos papeles en ella con una pinza—: Mujer joven, accidente de tráfico, unos treinta años, con taquicardia e hipotensión. Traumatismos en tórax y cabeza. Fractura de cráneo con posible hemorragia pero sin deformaciones de columna. Ha fibrilado varias veces y nos ha costado traerla de vuelta. Efectivamente, no pinta bien, pero es lo que suele suceder cuando no llevas el cinturón de seguridad puesto. —Como si de la previsión meteorológica se tratara, Anderson les relató el diagnóstico de la paciente.

Sin emociones, así debían comportarse, pero en ese momento Sarah pensó que aquella mujer tendría una familia que la quisiera y se estaría preguntando dónde estaba. Quizá un marido o un novio que esperaría su regreso para cenar o ver una película juntos en el sofá mientras se acurrucaban con una mantita por encima, una hermana a la que hubiera quedado en llamar para verse el fin de semana y contarse sus cosas o incluso unos preciosos hijos rubios y de ojos claros que esperaran ansiosos la llegada de su madre antes de irse a la cama.

Aquello la entristeció, pero rápidamente borró ese pensamiento de su cabeza comenzando su ronda. Así debían actuar, sin implicarse emocionalmente, porque si no caerían en un pozo sin fondo del que era muy difícil salir. A Sarah no se le había muerto ningún paciente hasta ahora, pero sí había visto a compañeros del hospital sufrir al ver cómo había fallecido alguno sin poder hacer nada para evitarlo. Llevaba relativamente poco tiempo trabajando, ya que mientras había estado casada con Joseph no había podido desarrollar su verdadera vocación y había sido una mera mujer florero.

Kenneth comenzó a explicarle lo último que habían tenido en las horas en que ella se había ausentado para estar con sus padres. Se dirigió a los ascensores con su compañero y subieron a la quinta planta donde Sarah empezaría su ronda en diez minutos. Tras ponerse el atuendo de trabajo, fue a la habitación de la señora Graham junto a su colega de trabajo que a partir del día siguiente se encargaría de sus casos. Esa paciente había sido operada hacía varios días del corazón y le preocupaba que empeorara.

—Buenas noches, señora Graham ¿cómo se encuentra? —La doctora entró en la habitación de su paciente con una sonrisa radiante al saber lo bien que evolucionaba.

—¡Doctora! Por fin viene a verme. He estado preguntando por usted pero me han dicho que deja mañana el hospital. —«Las noticias vuelan», pensó.

—Efectivamente, mañana me marcho, pero no me iré sin estar completamente segura de que se encuentra bien y por lo que veo así es. Todo está perfectamente —dijo mirando los informes sobre la señora Graham.

—¿Entonces ya me van a dar el alta? —Quiso saber ansiosa la paciente que estaba deseando regresar a su casa.

—Bueno tampoco nos emocionemos, no podemos darle el alta aún. Este es el doctor Robinson —dijo Sarah señalando a su colega Kenneth—. A partir de ahora hará el seguimiento de su caso.

—Vaya, vaya. No es que no agradezca su trabajo, doctora, pero... ¡tremendo doctor que me acaba de traer! —dijo la paciente, sonriéndole al nuevo médico, que se echó a reír.

—Muchas gracias, señora Graham, pero ¿qué le parece si nos dejamos de formalismos y nos tuteamos? Sarah es demasiado estirada —comentó el doctor acercándose a la paciente y provocando una risita nerviosa en aquella anciana mujer—. Ya que vamos a ser amigos al menos un tiempo. —Y es que a él lo mismo le daba que fueran jovencitas de veinte que señoras de sesenta como aquella. Era un ligón con todas. La señora Graham parecía encantada con el nuevo doctor y se quedó charlando con él mientras Sarah se marchó a seguir con su ronda. Una media hora más tarde ya había visto a todos sus pacientes por última vez antes de marcharse lejos durante meses. Su turno había terminado hacía horas, pero Sarah era tan responsable y estaba tan comprometida con su trabajo que no quiso marcharse sin hacer una última ronda. Se fue a cambiar de ropa pero al salir del vestuario se encontró con Kenneth apoyado en la pared de enfrente cruzado de brazos.

—¿Ocurre algo? —le preguntó nerviosa. No es que no confiara en él, pues era un excelente cirujano, pero acababa de dejar a sus pacientes en sus manos que eran lo más importante del mundo para ella. No quería contratiempos en aquel momento. Tenía que marcharse a trabajar en ese proyecto que era su gran sueño. Sarah miró a Kenneth, quien tardó en responderle, lo que aumentó su nerviosismo.

—Tus pacientes están bien, tranquila –le dijo agarrándola de ambos hombros–. Deberías confiar más en mí. Lo que pasa es que el jefe quiere hablar contigo.

—¿Ahora? Pero si cojo un vuelo en diez horas. Además, mi busca no ha sonado –contestó Sarah mirando el aparato y apretando los botones.

—Yo que sé, Collins. Soy sólo el mensajero, pero debe de ser importante porque me ha mandado buscarte –respondió Kenneth guiándola hasta el ascensor que tomaron hasta la octava planta, donde estaba la sala de juntas. Allí se reunían para tratar ciertos temas del hospital. No comprendía qué quería aquel hombre, si había tenido tiempo suficiente de buscarla y contarle lo que necesitaba.

Apenas tenía unas horas de descanso por delante y entre ultimar preparativos y la inquietud que se había apoderado de ella, estaba segura de que no descansaría demasiado. Kenneth le abrió la puerta y Sarah se quedó sin habla al ver lo que estaba ocurriendo dentro de aquella sala. Compañeros del hospital y jefes estaban allí de pie con copas en la mano charlando unos con otros, pero cuando ella entró todos se unieron en el mismo grito de: «¡Sorpresa!». Sarah no daba crédito, le habían preparado una fiesta de despedida antes de marcharse, aquella gente que era desconocida comparada con su propia familia, la cual ni siquiera se había molestado en apoyarla en una decisión tan importante como esa.

—¡Reacciona, Sarah! –le dijo Kenneth dándole un empujoncito para que entrara. Enseguida, enfermeras, auxiliares y doctores se acercaron a ella a darle miles de abrazos, besos y a desearle buena suerte en ese nuevo proyecto. Sarah se estaba tragando las lágrimas que pugnaban por salir, emocionada y asombrada ante tantas muestras de afecto. Tras un rato largo en el que disfrutó hablando con unos y con otros, su jefe la asió del brazo y la llevó delante del cartel alargado con letras de colores donde se leía «¡Sorpresa!». Ante la atenta mirada de todos los asistentes, su jefe comenzó a hablar. Kenneth conectó su móvil a unos altavoces que debían de haber llevado expresamente para aquel momento, pues ella no recordaba haberlos visto antes por allí. Por los amplificadores empezó a sonar *Chasing cars* de Snow Patrol, una de las canciones preferidas de Sarah.

—Sarah Collins, cirujana de nuestro hospital y todo un ejemplo a seguir. —Palabras de su jefe, el doctor Ferguson, un hombre de mediana edad del que Sarah había aprendido todo, de hecho, había sido su mentor—: Digo que es un ejemplo no solamente porque mañana vaya a emprender una nueva vida lejos de todo lo que conoce y domina, sino porque incluso estando aquí, en nuestro hospital, lo es. Aún recuerdo el primer día que llegó, tímida y retraída, sin mirar directamente a los ojos a nadie, parecía un conejito asustado. Pero día tras día fue creciendo, aprendiendo y convirtiéndose en la gran doctora y mujer que es hoy. No dudó ni un momento en aceptar el trabajo porque ella es así, entregada con sus pacientes, amable con la gente, preocupada por las personas más desfavorecidas. Quiero agradecerte personalmente y en público haberme dejado trabajar junto a ti durante este tiempo y tener el privilegio de ser tu profesor. Yo también he aprendido mucho de ti, valores como el esfuerzo y la perseverancia. Gracias por darnos tanto, pues sé perfectamente que todas estas personas que aquí se encuentran, y alguna más que no ha podido asistir a la fiesta, suscribe mis palabras una por una.

Sarah no podía hablar pues la emoción la embargaba, ya no podía hacer nada para contener el torrente de lágrimas que salieron silenciosas tras escuchar las palabras del doctor Ferguson. Sin pizca de vergüenza, se lanzó a sus brazos y allí se quedó dándole las gracias mientras sollozaba como una niña. Más gente se unió a las bellas palabras del jefe del hospital y Sarah fue uno por uno abrazando a sus compañeros y despidiéndose de todos ellos con un nudo en la garganta.

Perdida la noción del tiempo tras aquellos últimos momentos vividos en el hospital, a Sarah le quedaban pocas horas antes de su viaje. Ya estaba por irse cuando se encontró con Anderson en la puerta. Se le veía cansado y es que llevaba ya un turno de veinte horas. Se despidió de él, pero entonces recordó a la mujer de treinta años del accidente de tráfico.

—Por cierto ¿qué tal la mujer del accidente que vimos antes? –preguntó temiéndose la respuesta.

—No había nada que hacer, estaba bastante mal –contestó el enfermero como si de un robot se tratara, y es que con los años y la experiencia aprendían a alejarse del dolor y ser fríos con los pacientes, o si no aquello podía devorarles por dentro, aunque no por ello dejaba de parecer cruel e insensible.

—Lo siento. ¿Has avisado a la familia ya? Puedo quedarme y te ayudo, sé que es un trance complicado. –Sarah, por desgracia, había visto en su carrera de cirujana a compañeros de profesión lidiar, en varias ocasiones, con el duro momento de comunicar a la familia la muerte de su ser querido. No importaba tener mucha experiencia pues siempre era doloroso. Con el tiempo, se aprendía a transmitir la información alejándose de la situación, pero al principio se vivía en un estado de continua tristeza, según su jefe le había comunicado varias veces. Él ya era un cirujano experto con años de trabajo a sus espaldas y así lo había padecido. Ella deseaba salvar vidas, no perderlas, pero a veces era imposible. Lo entendía pero no soportaba aquello. Se sentía agradecida por no haber pasado demasiadas veces por aquel trance, pero dudaba que en África, con tan pocos recursos y tantas enfermedades graves, pudiera escapar de aquello.

—Para nada. Váyase a descansar algo antes de comenzar esa aventura apasionante y excitante en la que se va a embarcar, doctora Collins –le dijo el enfermero con gran cariño, pues pasaban tantas horas en el hospital juntos que al final eran una gran familia. Sarah le sonrió y tras darse un tímido abrazo, miró el hospital por última vez, ya que muchos meses transcurrirían antes de volver a tener esa fachada frente a ella.

Recordó en ese momento las palabras del doctor Ferguson y es que cuando llegó allí era un desastre y muchos días volvía a casa llorando. Rememoró los fallos que había cometido, las interminables rondas, los difíciles momentos siendo una interna, acostumbrarse a los tediosos turnos, la alegría de ver a los enfermos curados, el dolor de las familias al ver a sus seres queridos morir… Una lágrima traicionera se escapó de uno de sus ojos, pero rápidamente se la secó con el dedo. No debía llorar porque estaba a punto de cumplir otro de sus sueños. El primero fue estudiar Medicina y llegar a ser cirujana. Este había comenzado cuando en segundo curso visitó la universidad una doctora que trabajaba con una ONG y admiró su trabajo de tal manera que decidió que ella haría eso algún día. Y, por fin, ese momento había llegado. Era la hora de dejar atrás todo aquello, incluyendo a su familia y amigos. Sarah apenas se dio cuenta de que había comenzado a llover hasta que alguien pronunció su nombre sacándola de sus recuerdos que la absorbían por completo.

—Sarah… —dijo alguien a su espalda. Ella reconoció esa voz, aunque deseaba que no fuera real sino un mal sueño. Era Joseph, su aún marido.

—¿Joseph? —preguntó desconcertada. ¿Qué demonios hacía allí si ya no tenían nada de lo que hablar? Bueno, más que hablar, discutir, porque era a lo que se habían dedicado durante los últimos meses. Pelea tras pelea, esa situación los había consumido.

—Te estás empapando, cariño —le dijo Joseph cubriéndola con su paraguas. Tenía su pecho a la altura de sus ojos debido a la baja estatura de Sarah. Ella alzó la vista para encontrarse con sus oscuros ojos. Lo tenía a apenas dos centímetros y no tenía el más mínimo sentimiento hacia él, aunque lo que Joseph sintiera era otro cantar.

—No sé qué haces aquí y no me llames cariño más. Tengo que marcharme —le dijo intentando salir de debajo del paraguas, pero él la había agarrado por la cintura con la mano libre y Sarah no podía librarse fácilmente. Forcejearon un momento, pero sólo consiguió que la acercara más a él y que él aprovechara su cercanía para posar sus labios sobre los de ella. Fue un beso duro y torpe con el que quería demostrar su dominio, como siempre. Él era quien mandaba, quien decía adónde iban, cómo se vestía, a qué fiesta asistían. Pero eso ya era el pasado, luchó por escaparse de ese beso que sólo le producía arcadas y dolor–: ¡Ya basta! –le gritó soltándose de golpe y alejándose de él, mojándose con la lluvia de nuevo.

—No basta, Sarah. Ya has demostrado que eres una mujer independiente y que te gusta tanto tu profesión como para irte al tercer mundo a sufrir como aquella gente que no tiene nada que ver contigo. Cariño, no es necesario que cojas ese avión mañana. Yo estoy aquí –le dijo tendiéndole la mano para que la cogiera y se fuera con él a su existencia cómoda y tranquila donde la infelicidad gobernaba su vida por completo.

—Precisamente es de eso de lo que huyo, Joseph. Mira, no quiero hacerte daño, pero necesito irme. Sabes que entre nosotros todo ha acabado, no lo empeores. Deja que mantengamos el recuerdo bonito de lo que vivimos, no lo estropees más –rogó Sarah a un Joseph contrariado.

—¿Tan mal te he tratado? Porque cuando íbamos a las fiestas, te compraba vestidos caros y tenías de todo, no oí salir de tu boca una sola queja –respondió con gesto de enfado. Así que quería que hablaran de su matrimonio, en aquel momento, bajo aquella tremenda lluvia de verano, pues ella no se amedrentaría.

—¿Lo dices en serio? ¿Alguna vez te has parado a escucharme? Pero a escuchar de verdad mi opinión. Pasé de estar en las manos de mis padres a estar en las tuyas sin apenas poder pronunciarme, porque siempre había alguien que sabía lo que era mejor para mí. Al principio de nuestra relación siempre te decía lo que quería y lo que no, pero llegó un punto en que era inútil, porque tú nunca me has escuchado ni te ha importado lo que tuviera que decir. Con tal de llevarme como un trofeo estabas satisfecho. Tú nunca me has querido realmente, sino que estás enamorado de la idea de pareja que hacemos y que cautiva a la prensa, pero eso terminó. Por fin me libero de esas cadenas, de las tuyas, de las de mis padres, de las de la sociedad en la que vivimos. ¡Soy libre! –Fue en aquel momento cuando fue plenamente consciente de lo que acababa de decir. Era libre, ya nadie le diría qué debía comer para mantener la figura, ni con quién debía salir por el bien de la carrera de su marido, un político prometedor al igual que su hermano. Comenzó a andar alejándose de Joseph con una sonrisa en los labios, pero le duró poco tras escuchar las últimas palabras de su todavía marido.

—Si mañana te marchas en ese avión, convertiré tu vida en un infierno. Más que el que vas a vivir allí.

*

Un nuevo amanecer comenzaba a dibujarse sobre la ciudad de Boston. Sarah se duchó y se preparó para su viaje. Desayunó poco, pues los nervios no le dejaban comer nada. Tras revisar su apartamento por última vez, bajó las escaleras con la pesada maleta dado que vivía en un tercero sin ascensor y dejó las llaves en el buzón de su amiga Nicole, la encargada de cuidarle la casa en su ausencia y su mejor amiga desde que se habían conocido en el hospital hacía ya tres años. Se conocieron cuando Nicole acudió al hospital para extirparse unos lunares sospechosos y molestos. Tras analizarlos descubrieron que tenía un cáncer de piel en estadio dos y desde entonces se hicieron inseparables. Sarah estuvo con ella durante todo el proceso que Nicole tuvo que pasar, no había dos amigas más unidas que ellas.

Cuando la conoció, su impresión fue bastante diferente, pues su amiga tenía la costumbre de acariciar su larga melena castaña y colocársela a un lado y a Sarah eso le parecía un gesto bastante pretencioso. Si, además, se añadía que siempre iba impecablemente vestida, incluso a veces demasiado sexi, con unos tacones altísimos y el *eyeliner* perfectamente dibujado para resaltar sus profundos ojos negros, la conclusión era que, debido a prejuicios infundados, no le había caído muy bien que digamos.

Sarah consiguió parar un taxi que la llevó hasta el aeropuerto. Tras unas horas en las que facturó, estuvo leyendo la información de la misión de las hermanas marianas del Señor a la que se dirigía en Obandé, África. Allí la esperaban la hermana Agnes y el padre Maximilian. Su jefe de Boston le había asegurado que eran personas muy cualificadas que se desvivían por la comunidad. Sarah pensó en todo el trabajo que tenía por delante, pues el hospital había sido creado hacía poco tiempo y, prácticamente, era ella la que debía ponerlo en marcha. Un nudo se instaló en su estómago. ¿Y si no daba la talla? Desechó aquel pensamiento inmediatamente, tenía muchas ganas de trabajar, era constante y bastante cabezona, así que haría todo lo que fuera necesario para sacar a flote aquel hospital.

Ella había sido otra persona durante años, la que ellos querían que fuese. No estaba bien porque aunque sonriera por fuera la habían estado matando por dentro. Se acabó, no volvería a dudar de sí misma, de vivir su vida y hacer las cosas que la hicieran sentirse bien. A punto de abandonar su ciudad por un año, notó una presencia que la miraba desde cerca, alzó la vista y vio a su madre mirándola sin saber si acercarse o marcharse. Sarah, impactada por verla allí, se quitó los auriculares y fue a su encuentro.

—¿Mamá? —preguntó sin saber si abrazarla.

—Sarah, yo... —Su madre estaba emocionada y no podía hablar. Las lágrimas asomaron a sus ojos, pero era una mujer fuerte y siempre debía aparentar que todo estaba bien, así que evitaría montar una escena a toda costa.

—¿Ha pasado algo? ¿Está bien papá? ¿Y Robert? —Quiso saber ella alarmada. No podía creer que su madre estuviera en el aeropuerto simplemente para despedirla.

—Todos están perfectamente, pero no quería que te marcharas de esta forma. Hija, yo sé que no comprendes nuestra forma de vida y que nunca la has compartido, aunque no lo entiendo, te hemos educado como mejor sabíamos y jamás te ha faltado de nada —comenzó su madre por reprocharle.

—Mamá, por favor, no me quiero ir enfadada con vosotros, pero no me respetáis, es más, nunca lo habéis hecho. Siempre habéis querido imponer vuestro parecer, yo he agachado la cabeza y he obedecido, aunque me asfixiara en el proceso. Tú, papá, hasta Joseph, todos me habéis tratado así. Entiendo que queríais lo mejor para la familia, pero nunca os habéis parado a pensar qué quería yo y, por eso, tanto enfrentamiento, tanta discusión, aunque cuando aprendí que era inútil, lo dejé. Me he ahogado tanto en esa vida vuestra que he tenido que alejarme de vosotros y volver a ser simplemente Sarah. Necesito ser yo de nuevo porque ahora mismo no me reconozco. —Sintió hacer daño a su madre con sus palabras, pero la situación requería su sinceridad.

—Nunca pensé que te estuviéramos provocando semejante dolor y que te anuláramos de esa forma. Yo, como madre, siempre he hecho lo que creía que era lo mejor, tanto para ti como para la familia. No quiero que te vayas en estas condiciones porque no sé si te vas con la certeza de que para tu padre y para mí eres lo más importante y que te queremos, aunque no lo creas —dijo su madre con tristeza en su voz. Sarah apretó su brazo y ella posó su mano encima en un gesto de cariño que jamás había tenido en público con ella.

—Lo sé pero vuestra forma de querer ha sido demasiado agobiante, de ahora en adelante todo será diferente. Dile a Robert y a papá que los quiero —terminó por decir Sarah con la emoción apretándole la garganta. Su madre la abrazó y permanecieron en ese estado durante varios minutos hasta que oyeron que llamaban para el vuelo de Sarah.

—Cuídate mucho, hija —dijo su madre rozando su mejilla con suavidad, limpiando el resto de las lágrimas que surcaban su rostro, ella asintió y caminó hacia la puerta de embarque. Tras mostrar su DNI y enseñar el billete, se giró por última vez antes de embarcarse. Su madre le sonrió y ella, emocionada, subió al avión que la llevaría a un nuevo destino que cambiaría su vida para siempre.

2

Sarah llevaba ya cuatro meses en la misión. Desde el día que llegó, su vida había dado un giro radical. En aquella mañana calurosa no parecía que estuviesen en invierno con la Navidad a la vuelta de la esquina. Las temperaturas rondaban los treinta grados centígrados. Aún le costaba acostumbrarse al clima pues, en Boston, la nieve en invierno era de lo más habitual. Extrañaba verla caer, ponerse el abrigo, el gorro junto a la bufanda, y pasear por las frías calles. Nicole y ella adoraban pasear en los días nevados e ir a patinar. Su amiga no tenía a nadie, ella era su única familia y a pesar de entender su decisión se le había partido el corazón cuando le comunicó su determinación de marcharse a la misión. Desde su llegada a Obandé no se había puesto en contacto mucho con su querida amiga porque la wifi del lugar a veces fallaba, ese era el gran problema de estar a las afueras, las comunicaciones no funcionaban tan bien como en la capital y francamente la echaba mucho de menos.

—Sarah —le dijo la hermana Agnes sacándola de sus pensamientos—. Se te hace tarde para ir a recoger al nuevo doctor. Ya sabes que Mahmood no se encuentra bien últimamente.

Mahmood era un voluntario que colaboraba con la misión de las hermanas siempre que podía, pues toda ayuda era poca en aquellas condiciones. Estaba cerca de la cuarentena y tenía aspecto de cansado, como si hubiera vivido mucho en poco tiempo. Su pelo era corto y negro y tenía una complexión fuerte, además de ser bastante alto. Iba bastante bien vestido, a pesar de sus humildes condiciones de vida.

—Es cierto, hermana. Me voy volando –le dijo Sarah cogiendo las llaves del *jeep* de la mano de la religiosa–. Y no se olvide decirle a Mahmood que esta tarde tiene que venir a la consulta para que vea cómo se encuentra. –Con la sonrisa que jamás desaparecía del rostro de aquella menuda mujer se despidió con un gesto con la mano y salió corriendo hacia el coche. La religiosa era una mujer muy bajita y delgada pero con un carácter fuerte, era resolutiva y no se apocaba ante nada. Con sus gafas siempre colgando en el puente de la nariz, sus ojos celestes transmitían tanta paz que Sarah, con sólo mirarla, se sentía relajada y tranquila.

Tras media hora de viaje, llegó al aeropuerto. Sarah veía cómo salían por la puerta principal decenas de personas, pero ninguna se fijaba en su cartel, donde aparecía el nombre del doctor Elliot Savannah. La gente siguió pasando y Sarah estaba empezando a impacientarse, así que comenzó a decir su nombre en voz alta, casi chillando, por lo que los pasajeros y demás gente la miraban horrorizados e incluso hacían comentarios sobre aquel comportamiento, pero ella tenía muchísimas cosas que hacer y no podía perder el tiempo.

—¿¡Doctor Savannah?! ¿¡Doctor Savannah?! –gritaba mirando a la gente que seguramente estaría pensando que era una loca, tenía tantas tareas pendientes en el hospital que se estaba desesperando por recoger al nuevo doctor y marcharse a la misión de nuevo.

—Creo que ese soy yo –respondió una voz profunda a su espalda.

Sarah se dio la vuelta y vio al nuevo doctor. Un hombre alto, de pelo corto castaño, con unos profundos ojos marrones y un cuerpo bien definido. Sintió un escalofrío al mirarlo a los ojos y un impacto directo en su corazón. ¿Eso era lo que se experimentaba al tener un flechazo? Ella nunca antes había sentido nada semejante, no era capaz de articular palabra. Aquel hombre que tenía enfrente tan sencillamente vestido con una camiseta de manga corta blanca que marcaba claramente los músculos de sus brazos, unos vaqueros azules desgastados y unas deportivas blancas, la miraba fijamente.

—¿Es usted de la misión?

—Sí, claro. Soy la doctora Collins –le respondió Sarah tras tragar saliva haciendo acopio de fuerza, pues se había quedado petrificada. A continuación, le guió hasta el coche donde el doctor dejó su maleta y se sentó junto a ella en el asiento del copiloto. Sarah inhaló antes de entrar, pues ya habían pasado un par de minutos y aún le costaba actuar de con calma. Dentro del coche fue aún peor, pues aquel hombre desprendía un olor que la hacía removerse inquieta y su estómago no dejaba de dar saltos. Se concentró en la carretera y en la música que salía por la radio, pero no sabía qué decir, y finalmente fue el doctor el que empezó la conversación.

—¿Está muy lejos la misión? –Quiso saber el hombre.

—No, apenas se tarda unos treinta minutos –consiguió decirle ella sin apartar la vista del trazado sinuoso de la carretera.

—Perfecto. Estoy deseando comenzar a trabajar allí –le dijo él mirando por la ventanilla. Ella lo miró de reojo y vio que estaba ensimismado con las vistas al igual que le ocurrió a ella el día que llegó–: ¿Cuánto tiempo lleva usted aquí?

—Cuatro meses –le dijo Sarah sin apartar la vista de la carretera.

—Si no le importa preferiría que nos tuteáramos ya que vamos a trabajar juntos –pidió el nuevo médico a la joven doctora que era incapaz de mirarle.

—Por mi perfecto –contestó ella muy escuetamente.

Pasados diez largos minutos en los que charlaron sobre el asfixiante calor que hacía, comentaron la vegetación que se encontraban a su paso y hablaron del largo viaje hasta llegar a África, llegaron a la misión. Sarah nunca había deseado tanto llegar a algún lugar como en aquella ocasión, en el coche se estaba ahogando y no precisamente por la temperatura que rozaba los cuarenta y tres grados centígrados, a lo que ya se iba acostumbrando. Ese hombre había provocado una gran impresión en ella y necesitaba estar lejos de él, al menos durante un rato. En la entrada del Hospital les esperaban el padre Maximilian y la hermana Agnes.

—Bienvenido a la misión, doctor Savannah —le dijo el padre estrechando su mano.

—Bien hallado, gracias —contestó el doctor. El padre le presentó a la hermana Agnes, que lo recibió igual que hiciera con Sarah, con un conmovedor abrazo. El hombre le sonrió y se apartó al instante, pues le resultaba demasiado próximo abrazar a una persona completamente extraña.

Sarah se excusó y salió pitando de allí, llevaba solamente media hora junto al doctor con el que debía trabajar codo con codo a diario, y ya no soportaba su cercanía. ¿Qué se suponía que iba a hacer? En la intimidad de su habitación abrió el paquete que le había entregado una de las religiosas al comenzar el día. Era de Nicole, siempre tan atenta con ella, no olvidaba los momentos especiales y sabía que la Navidad no era una de sus épocas preferidas. Así que, de alguna manera, había querido estar cerca de ella. Sarah abrió el envoltorio y se encontró con varios DVD que le enviaba Nicole. Eran algunas de sus películas favoritas. Las había tenido que dejar en Boston por cuestión de peso, pero al verlas recordó cómo cada fin de semana las veían juntas en su casa. Para hacerla sentir algo más junto a ella le envió aquellas cintas tan especiales acompañadas de una nota de mano de la propia Nicole.

> ¡Hola, cuqui!
>
> Ya sé que estás muy ocupada pero no quiero que te olvides de mí ni de los momentos especiales que hemos vivido, así que para recordártelos te mando esto para que cuando las veas recuerdes nuestras tardes hogareñas, con la mantita y las palomitas (y a veces los clínex). Espero que todo siga marchando perfectamente. Te echo mucho de menos y te quiero mucho más.
>
> Nic

Sarah se emocionó al leer la nota tan emotiva que su amiga le había mandado junto a las películas y vio que se trataba de las más especiales para ella, que era una romántica empedernida y una apasionada de Fred Astaire y Ginger Rogers. Entre ellas estaban *Swing time*, *Ritmo loco*, *Amanda* y su favorita *Sombrero de copa*. Las guardó en la mesita de noche con la intención de disfrutar de ellas en cuanto tuviese un hueco, pero cuando vio su preferida no pudo resistirse a ponerla en la disquetera de su portátil. Buscó el momento en el que Fred baila con Ginger la canción de *Cheek to cheek*, su escena favorita de la película y tarareó la letra mientras los veía bailar mejilla con mejilla, como decía la canción. Sarah siempre había querido aprender a bailar como ellos desde que era pequeña, y cuando no la veían ponía el DVD y los imitaba extendiendo los brazos al aire como si el hombre de sus sueños estuviera danzando con ella.

Aún recordaba Sarah cómo Nicole sí que había sido un gran apoyo y había sido también de gran ayuda a la hora de decidirse...

*

Cinco meses atrás estaba en la tumbona de la piscina municipal a la que había acudido, ya que era su día libre, para dorar un poco su pálida piel, pues tenía complejo de fantasma. Había llegado a la conclusión de que el sol no la quería porque daba igual el tiempo que lo tomara, siempre con protección, que no se ponía morena ni a tiros. Estaba completamente relajada, se había puesto unas gafas de sol grandes, de esas que se llevan ahora, que le encantan porque la protegen entera y una pamela color amarillo a juego con el bikini, de un tono también amarillo limón, su color preferido. Sarah, entonces, oyó que le llegaba un mensaje al Iphone. Cogió el móvil que estaba dentro de su canasta, justo a su lado y al leerlo sonrió:

Nicole:
¡Sarah! Mueve tu culo de esa tumbona, quedamos para comer en Tommy's en media hora y no acepto un no como respuesta. Se me ha vuelto a estropear el WhatsApp. ¡Menuda mierda

de móvil! Ya me podías comprar uno que estoy sin blanca. Por cierto, en el mensaje va implícito que invitas tú. ¡Un beso doctorcita!

Así era ella, directa y sincera. Desde que se conocieron en el hospital antes de que la operaran, conectaron. Tras diagnosticarle un cáncer salían de tiendas y a comer, siempre que Joseph estuviera en viaje de trabajo, porque aún por aquel tiempo Sarah seguía casada con él. A pesar de todo, su matrimonio era ya una farsa. Nicole la ayudó en el duro trance de enfrentarse a él y decirle que hasta ahí habían llegado y que ya era suficiente, siempre había estado a su lado cuando la necesitaba.

Tras cambiarse de ropa, vestida con unos cómodos vaqueros y una camiseta de tirantes con flores, estaba preparada para reunirse con su mejor amiga y disfrutar de ese tiempo juntas. Sarah llegó antes porque para Nicole lo de la puntualidad era un concepto abstracto, nunca había llegado a la hora de la cita. Eso era algo que a Sarah la ponía de los nervios, pero ya se sabe que cuando quieres a alguien, debes aceptarlo como es. Media hora más tarde, Nicole apareció con su vestido palabra de honor blanco muy por encima de la rodilla y sus tacones a juego, el pelo rubio en una coleta alta y maquillada como siempre. Ya ni siquiera se disculpaba porque daba por hecho que era lo habitual.

—Uf, ¡qué calor hace por Dios bendito! —Fue lo primero que dijo antes de darle un abrazo y un beso; Sarah se rio a la vez que asentía con la cabeza—. Oye, ponme una cerveza bien fresquita. Gracias, morenazo —le dijo a uno de los camareros que pasaban por su lado en ese momento. Su teléfono sonó y contestó inmediatamente. Nicole ponía caras porque la llamaba su jefe que no la dejaba respirar ni estando de vacaciones.

—No entiendo por qué permites que te moleste en vacaciones, que se ocupe otra —le dijo Sarah al colgar.

—¿Y qué quieres que haga? No está la vida como para ir quejándose. Además, sólo quiere desahogarse conmigo porque nadie hace mi trabajo tan bien como yo. Mi jefe necesita gente eficaz y, perdona que te lo diga, cariño, pero para eficiente, yo –contestó ella empolvándose la nariz mientras hablaban.

—¿Pero es que no hay más secretarias eficientes en esa empresa? Además, la sede de Collider está en España, ¿por qué tiene que contactar contigo cada dos por tres? ¡Si tú vives en Boston!

—Sí, es cierto que la central está allí, pero en Boston tienen oficina también y al estar mi jefe de baja, yo soy la más antigua. Las nuevas, Elise y Emma, acaban de llegar y aún están a años luz de mi experiencia, pero la verdad es que yo creo que le gusto al señor Robertson.

—Ya te gustaría a ti, con esa mujer que tiene y lo enamorado que está de ella, pero de ilusiones también se vive –le dijo Sarah para hacerle rabiar, y es que su jefe estaba como un tren. Pero, por desgracia para el resto de féminas, estaba muy enamorado de su mujer, que era su antigua secretaria. Estaba embarazada y había cogido la baja para disfrutar de su estado sin estrés, o eso era lo que a su marido se le había metido entre ceja y ceja. Nicole hizo una mueca de desagrado al comentario y lo ignoró por completo.

—Espero que hayas traído suficiente dinero porque me muero de hambre y estoy sin blanca. Me lo he fundido todo en las vacaciones en el Caribe.

—Eso, tú dame envidia –respondió Sarah tirándole una servilleta de papel hecha una pelotita.

—¡Dios, Sarah! Tenemos que ir allí, aquello es el paraíso. Hay una de hombres que madre de mi vida –dijo Nicole llevándose la mano al pecho, actuando como solo ella sabía, y es que era un poquito dramática.

—¡Pero si tú tienes novio! Que, por cierto, ¿cuándo se va a obrar el milagro de que me lo presentes? Yo creo que ya va siendo hora, no te preocupes que no te lo pienso quitar –siguió bromeando.

—Ni se te ocurra. Este me encanta, Sarah. Me hace sentir especial y hasta me estoy planteando algo más en serio con él. Ya sabes que me resulta difícil decir la palabra «novio», pero con él estoy a punto de pronunciarla –dijo sonrojándose. Era la primera vez que Sarah la veía ruborizarse al hablar de un hombre, muy especial debía ser.

—¡Pero cómo no me lo cuentas! Ahora sí que tengo que saber todo de él —gritó ansiosa y queriendo saber mucho más del hombre que iba a conseguir que la gran Nic «devorahombres» como la llamaban desde el instituto, sentara la cabeza.

—Ya hablaremos de eso, ahora lo que me interesa es saber si ya has tomado una decisión en cuanto a lo de África. Sabes que no quiero presionarte y por eso hemos estado evitando el tema, pero, cuqui, tienes que decidirte —dijo Nicole empleando el apelativo cariñoso que siempre usaba.

—Es que no sé, Nic. ¿Y si es un fiasco? En la misión esperaban a mi jefe y voy a llegar yo, que no tengo ni la mitad de su experiencia. Además, estás tú, no quiero dejarte sola, y mi familia que, como siempre, no me apoya —se lamentó Sarah apoyando la mejilla en la mano que tenía sobre la mesa.

—Por favor, Sarah, una persona sola no puede pensar en tantas cosas, le daría un infarto. Vamos por partes. Tu jefe confía en ti y sabe que lo vas a hacer estupendamente o si no jamás te lo hubiera propuesto y lo sabes. Tu familia, ya sabemos cómo son, cariño, de dónde no hay, no se puede sacar. Y respecto a mí, claro que te voy a echar de menos, pero me hace feliz saber que vas a cumplir uno de tus sueños. Nunca me perdonaría ser la persona que te impidiera alcanzarlos por puro egoísmo —sentenció Nicole con aquel monólogo, que la dejó algo más tranquila al saber que siempre contaría con su apoyo incondicional.

Y así fue cómo se decidió finalmente a aceptar el trabajo en Obandé, no por hacer rabiar a su familia. En ese momento, ni siquiera se trataba de cumplir un sueño. El apoyo de Nic había hecho que comprendiera que contaría con ella toda la vida, se equivocara o no, actuara mejor o peor, ella siempre estaría a su lado. Como se suele decir, los amigos son la familia que elegimos y Nicole la había elegido a ella.

*

A la hora de la comida, Sarah no tuvo más remedio que entrar al comedor y sentarse junto al resto de comensales. El doctor Savannah estaba hablando con el padre Maximilian tranquilamente en un extremo de la mesa, por lo que eligió posicionarse al otro lado junto a la hermana Agnes. Comió con cierto nerviosismo, pues de vez en cuando el doctor la observaba y una simple mirada de él la hacía sentirse inquieta. Sus ojos, profundos y penetrantes no mostraban ninguna emoción, no conseguía descifrar en qué estaba pensando. En cuanto terminó de comer se fue al hospital rápidamente para hacer la ronda de los enfermos que tenía hospitalizados. Se puso la bata blanca en el pequeño cuartito que hacía las veces de vestuario, pero al salir se tropezó con alguien.

—Perdón –dijo ella sujetándose al pecho del hombre con el que acababa de chocar, no fue necesario alzar los ojos para saber que se trataba del doctor Savannah, pues su olor le delataba.

—No te preocupes –contestó apartándose de ella–. Has salido tan deprisa del comedor que casi no me ha dado tiempo a seguirte.

Sarah se quedó mirándole extrañada, porque no sabía a qué se refería. ¿Por qué la seguía? De nuevo, la inquietud en su cuerpo junto al vaivén que sentía en el estómago al tenerlo tan cerca. El doctor debió de adivinar sus pensamientos porque enseguida la sacó de dudas.

—Porque se supone que trabajamos juntos ¿no es así, Sarah? –pronunció su nombre de una forma que a ella le pareció tan erótica que era imposible no sentir el deseo que la invadió por completo. Sin poder evitarlo se concentró en sus labios y se imaginó besándolos, obligando a su labio inferior a abrirse para introducir su lengua y buscar la de Elliot, saborearla, deleitarse en un beso profundo y delicado. ¿Sería así?–. ¿Sarah?

—Cla… claro, perdóneme, es que quería ver a mis pacientes y al estar haciendo todo esto sola desde que he llegado no me he dado cuenta… –Quiso excusarse ella sin mirarle a los ojos, no entendía por qué pero su mirada tenía un efecto electrizante en ella. Comenzó a girarse cuando el doctor la agarró del brazo girándola frente a ella y casi en un susurro le contestó.

—Ya no tendrás que hacer nada sola, Sarah. Yo estoy aquí. –Esas simples palabras junto a su delicioso olor y su mirada penetrante dejaron a Sarah clavada en el suelo–. Y recuerda que nos tuteamos, llámame Elliot.

3

Tras el encontronazo con el doctor en el hospital después de que Sarah huyera del comedor como alma que persigue el diablo, se concentró en su trabajo para olvidar lo que aquel desconocido le había hecho sentir desde que había llegado. Cansada, una vez que anocheció se fue a su cabaña a descansar. Se preguntaba qué podía haberle pasado a aquel atractivo médico para viajar hasta aquel recóndito lugar a trabajar junto a ellos. Aparentemente, parecía una buena persona, educada, dispuesta y bastante reservada, no sabían mucho de por qué había tomado la decisión de ir a ayudar, ni tampoco le había preguntado al padre Maximilian ni la hermana Agnes, que eran los que llevaban todo el peso de la misión, pero le intrigaba bastante. En su caso fue porque llevaba años deseándolo pero también era una liberación, un cambio de vida que ansiaba tanto como el respirar, lejos de las discusiones familiares, las poses fingidas, el desamor de Joseph... En definitiva, se había visto empujada en parte por terminar con aquella vida que la ahogaba y en la que no era más que una marioneta. Tras rememorar los dolorosos recuerdos que siempre la acompañaban, Sarah apagó la luz con la esperanza de conseguir ser feliz en aquel recóndito lugar. Al cerrar los ojos volvió a su mente la imagen del doctor Savannah agarrándola firmemente del brazo mientras la observaba con aquella intensa mirada color caramelo. ¿Qué mejor lugar que ese para perderse?

*

Al día siguiente, Sarah cogió algo del comedor para desayunar y fue corriendo al centro hospitalario donde la esperaban sus pacientes, allí se encontró con el nuevo médico que la aguardaba impaciente.

—Buenos días, doctora, por lo que veo no te ha dado tiempo a desayunar —comentó viendo cómo Sarah tenía un bollo de chocolate en la boca mientras cargaba varias carpetas en sus brazos. Avergonzada por lo cómico de la situación dejó las carpetas en la mesa de la recepción y se quitó el bollo de la boca.

—¿Tú ya has desayunado? Es muy temprano, apenas ha amanecido.

—No suelo dormir mucho, doctora. Dime por dónde empezamos.

—Sígueme y te diré dónde puedes cambiarte. —Caminó delante del médico pero al pasar junto a él volvió a impregnarse de su delicioso aroma a *aftershave*. Sin pararse a pensar en aquello ni en lo que le hacía sentir esperó fuera del vestuario a que se pusiera el uniforme y la bata médica. Cuando salió se quedó impactada, pues el traje azul le quedaba como un guante y Sarah no puedo evitar estremecerse al mirarle directamente. Tenía que contarle todo el trabajo realizado en cuatro meses, pero le resultaba muy difícil ya que apenas podía contener el torrente de emociones que sentía a su lado. Así que prefirió no tenerlo cerca y le mandó ordenar informes.

—No te preocupes, poco a poco te harás con todo. Llevo aquí ya varios meses trabajando con esta gente y estamos consiguiendo grandes cosas, pero es imposible contarte todo en una tarde —le fue diciendo Sarah mientras rellenaba unos papeles sobre el último paciente que habían visto.

—No me preocupa en absoluto —respondió Elliot muy serio—. Esta noche mientras cenamos puedes seguir informándome.

¿Sentarse junto a él en la cena? Pero qué pretendía ese hombre, ¿matarla de un infarto nada más llegar? Sarah pensó con rapidez en alguna excusa para no sentarse con él pero no le venía ninguna a la mente, así que optó por asentir y callar, ya se escaquearía en su momento. La doctora con los ojos como esmeraldas y cabello rojizo examinó a sus pacientes, incluido Mahmood, al que vio bastante enfermo, por lo que decidió ingresarlo. Cuando acabó fue al cuarto a dejar la bata del hospital, deseaba salir de allí cuanto antes para no volver a cruzarse con Elliot. Durante la ronda había estado muy concentrada, pero saber que él se encontraba por allí la distraía. Ya no quería darle más vueltas a la cabeza sobre las últimas horas vividas junto al nuevo doctor, así que salió del hospital a la carrera y entró en su cabaña. Aún quedaban unas horas para la cena que dedicó a comunicarse por Skype con el Hospital de Boston. Su jefe, el doctor Ferguson, quería estar informado de todo y así lo hacía ella. Estaba tan animada charlando con él que no se dio cuenta de que tenía otra llamada parpadeando en la pantalla, así que amablemente se despidió de su jefe y conectó con la nueva, aunque resultó ser la última persona con la que deseaba hablar, Joseph.

—¿Qué quieres? –le preguntó ella con tono cansado.

—Tienes mala cara, cariño –le dijo Joseph, actuando como siempre.

—¿Para qué me llamas? –Intentaba ser paciente pero no quería saber nada de él. ¿Por qué no lo entendía de una maldita vez?

—Sarah, cariño mío, no seas así. Tú sabes que me preocupo por lo que te pase y hace tiempo que tus padres no saben nada de ti.

Y así era, hacía ya varias semanas que sus padres no habían dado señales de vida. Sus conversaciones eran tensas y siempre terminaban discutiendo, así que decidió que fueran ellos los que la buscaran. Aparentemente no les interesaba, pues no se habían puesto en contacto con ella desde entonces. Ya estaba más que harta y cansada de tener que buscarlos ella, eran sus padres, ¿es que no querían saber cómo estaba?

—Ellos tampoco se han puesto en contacto conmigo. —Quiso defenderse, pero sabía que Joseph los defendería como hacía siempre, la culpable era ella. Él se ponía de parte de los padres de Sarah constantemente. Cada vez que se atrevía a subir la voz algo más de la cuenta, Joseph la callaba haciéndole ver que sus padres sólo querían lo mejor para ella y que si actuaban de esa manera, era por su bien. ¿Su bien? Sus padres nunca habían pensado en el bien de ella ni en el de su hermano, pero Robert era una copia de ellos y no se quejaba nunca. Joseph seguía hablándole sobre su vida en Boston, cosa que a ella no le importaba lo más mínimo.

—Joseph, tengo que colgar, se me hace tarde para ir a cenar. —Sarah no quería seguir hablando pero él seguía insistiendo en lo mucho que la quería y la echaba de menos, ya no lo aguantaba más—. Joseph, que te vaya bien. —Colgó.

¡Por Dios! Aquel hombre la ponía de los nervios, no recordaba cómo se había enamorado de semejante persona. Claro que, como todo en su vida, no había sucedido por casualidad sino por la influencia de sus padres, ya que su padre les había presentado en una de las miles de fiestas que organizaban, y había puesto todo de su parte para unirlos.

*

Recordó aquella fiesta que celebraron sus padres seis años atrás en la residencia de verano. El vestido yacía en su cama perfectamente colocado junto a los complementos que debería llevar esa noche. El vestido no era poca cosa, un Dior de gasa con pedrería e incluso una cola en tonos azul grisáceo. No sabía cómo escaquearse de aquella endemoniada fiesta. Su padre, como alcalde de la ciudad, acostumbraba a organizar esas veladas en casa con bastante frecuencia, pero Sarah se escapaba siempre que podía alegando que tenía trabajo en el hospital. Sin embargo, aquella vez le había sido imposible porque estaba de vacaciones. No había habido forma de librarse, ya que hasta la semana siguiente no se iba con su compañera del hospital, Julia, a Escocia. Habían planeado hacer juntas una ruta por los castillos escoceses y deleitarse con las tradiciones y la cultura de aquel mágico país. ¿Quién sabe si no se encontrarían un *highlander*?

Al cabo de media hora, perfectamente maquillada y engalanada con el precioso vestido y el resto de complementos, estaba lista para brillar en la fiesta, pues siempre la habían considerado una belleza. Su atractivo era por todos conocido y cuando se arreglaba un poco destacaba entre la gente. Llevaba el cabello rojizo en un moño bajo con un pasador herencia de su abuela paterna, el vestido palabra de honor que era impresionante y unas sandalias de tacón que la hacían parecer más alta, dos perlas grises por pendientes y unas pulseras de oro blanco adornando sus muñecas desnudas. Sarah se miró en el espejo de la habitación por última vez y tras dar un largo suspiro, bajó la escalera con cuidado, no fuera a caerse, pues no le gustaba nada llevar tacones, siempre iba con miedo, ya que ella solía usar ropa cómoda y zapatos planos o deportivas. Nada más pisar el último escalón, un silencio reinó en la sala atestada de gente y tan sólo se escuchaba la voz de Frank Sinatra. Sus padres se habían enamorado con ese hombre, y tanto Sarah como su hermano se criaron con las canciones de aquella voz prodigiosa. En cada fiesta que daban no faltaban ni Sinatra ni sus coetáneos.

Sarah alzó la vista y entonces fue consciente de que todos los ojos estaban puestos en ella. Esa situación la puso muy nerviosa y se quedó inmóvil hasta que su padre caminó sonriendo hasta ella y le ofreció su mano, gesto que agradeció, para que se integrara con él en la fiesta. Haciendo de tripas corazón se comportó como sus padres esperaban y fue complaciente y encantadora con toda aquella gente cuya mayor preocupación eran sus acciones en bolsa. Thomas Collins, alcalde de Boston y su padre, quedó satisfecho con la actuación de Sarah aquella noche y aprovechó para hacer de celestina. Había conocido a Joseph en su ambiente de trabajo, un chico joven, apuesto, aspirante a senador y de buena familia. ¿Qué más podía desear para su dulce hija?

—Sarah, cariño, ven un momento —dijo tirando del brazo de Sarah suavemente y sacándola de la conversación que mantenía con algunos concejales del ayuntamiento donde él trabajaba.

—Dime, papá —contestó mirando hacia el hombre que estaba junto a su padre. Se trataba de un chico alto, de pelo castaño y ojos negros que llevaba un traje que parecía bastante caro a juzgar por su aspecto. Él la miraba profundamente y, en ese momento, Sarah supo que sería alguien importante, si no su padre no se habría molestado en presentárselo y sacarla de la conversación con sus compañeros de partido.

—Cariño, este es Joseph Button, un brillante estudiante de Ciencias Políticas en la universidad de Harvard, su familia reside en Boston y ha venido de vacaciones a visitarlos. Tiene tu misma edad y ya que va a estar por aquí unos días he pensado presentaros. —Sarah no daba crédito. Ver a su padre haciendo de alcahueta era lo último que esperaba. El chico se quedó pasmado tras sus palabras, su cara era todo un poema. En aquella tesitura, la que tenía que romper el hielo era ella, después de todo, se trataba de su padre.

—Encantada, señor Button —comenzó a decir estrechando su mano.

El chico tragó saliva y asintiendo con la cabeza pudo hablar.

—Es un placer, señorita Collins.

—Bueno, yo os dejo que tengo que atender a más invitados —dijo Thomas Collins, que era, además del padre de Sarah, un poderoso político y el alcalde de la ciudad de Boston, con una gran sonrisa, pues había plantado la semilla para que aquello fructificara. Entendía a la perfección la incomodidad del joven muchacho, pues sin comerlo ni beberlo se había visto envuelto en aquella trampa, aunque no se cortaba y la miraba sin perder detalle de su rostro ni de su cuerpo.

—Siento la encerrona —comentó Sarah bebiendo de su copa de champán algo sonrojada por la forma en que la observaba el muchacho.

—No te preocupes, no conozco mucho a tu padre pero estoy seguro de que es una gran persona. Como alcalde es el mejor y teniendo una hija tan guapa debo agradecerle que nos haya presentado —contestó Joseph de forma zalamera, viendo una sonrisa en el rostro ruborizado de la joven.

—Vaya, veo que se te da bien lo de dar discursos, no me extraña que estés estudiando para ser político. —Quiso ella retar dialécticamente a aquel joven que no era una belleza, pero que tenía algo que llamaba su atención.

—Gracias, o no, no sé cómo debo tomármelo, pero quiero creer que tienes tanto sentido del humor como yo —contestó él guiñando un ojo.

—Bueno, creo que sí lo tengo. Ahora si me disculpas tengo que marcharme. —Sarah hizo ademán de irse pero Joseph la detuvo con su palabrería.

—¿Tan pronto? Eso será porque alguien te está esperando, lógico por otra parte, a la vista está. —Ella se le quedó mirando por un momento y sin darse cuenta entró en su juego.

—No es nada de eso. Debo hacerme ver por la fiesta para ayudar a mi padre y dar una imagen idílica de familia —contestó sin pelos en la lengua. No le había sentado nada bien lo que había dicho y ni siquiera lo conocía así que no iba a fingir.

—¡Guau! Guapa, sincera, inteligente... ¿Qué más cualidades ocultas, querida Sarah? Eres todo un dechado de virtudes —dijo acercándose—. Me quedaré en la ciudad el resto del verano y me encantaría verte otro día para descubrir esas cualidades que posees —añadió mirándola a los ojos y a los labios. Sarah se sintió halagada y pensó que no perdía nada por quedar con aquel hombre alguna vez, pero no tuvo tiempo de contestarle ya que su padre, el Celestino, se acercó de nuevo a ellos y los empujó a la pista de baile que habían preparado los organizadores de la fiesta, bajo aquella iluminada carpa blanca.

—Dejaos de tanta cháchara, que además es un sacrilegio hablar y no bailar cuando la Voz está sonando —dijo guiando a la pareja hasta el centro de la pista. Sarah se quedó desconcertada, pues su padre, que nunca daba puntada sin hilo, insistía en que tuviera un acercamiento con aquel chico. «¿A qué vendría tanto interés?», se preguntó. Rápidamente se encontró con que Joseph la agarraba de la cintura y ella instintivamente puso sus brazos alrededor de su cuello. *I've got a crush on you* era la canción que se escuchaba en ese momento mientras se movían al lento y cadencioso ritmo que marcaba la romántica melodía interpretada por Sinatra. No hablaron en toda la canción, pero se miraban presa del romanticismo hasta que, por fin, terminó de cantar Sinatra. Como si tuviera un resorte ella se apartó de sus brazos y dándose la vuelta comenzó a caminar con agilidad entre la gente. Ya lejos de la carpa notó cómo alguien tiraba de su brazo, y al girarse vio de nuevo a Joseph que tenía la respiración agitada.

—Un poco más... y no te... alcanzo —consiguió decir el muchacho con la voz entrecortada. Sarah no entendía qué más quería, si ya habían hecho el paripé para su padre. ¿Acaso pretendía algo más de ella?

—No sabía que me seguías. ¿Qué quieres? —le dijo soltándose bastante incómoda.

—Tu teléfono, como hemos estado hablando antes de la canción. Espérame aquí mismo que voy a buscar algo para apuntar. —Pero ella no le dio tiempo a coger un papel y un bolígrafo, enseguida le contestó.

—Bien, entonces cuando averigües mi número de teléfono personal, llámame —respondió antes de girarse de nuevo—: No te lo voy a poner fácil, porque creo que si no te aburrirás enseguida —dijo guiñándole un ojo antes de dejarlo allí plantado con la palabra en la boca.

Días después, no había tenido noticias de Joseph, el chico de la fiesta, así que cuando llegó la fecha programada se marchó de viaje con Julia a disfrutar de las rutas por los castillos escoceses, así como de su tradición y su cultura. Un día, cuando se encontraban en la cola para entrar al castillo de Eilean Donovan recibió un mensaje que la hizo sonreír sin remedio:

> Virtuosa Sarah, no sabes cómo me ha costado encontrar tu número, porque no he aprovechado mis contactos. Según dicen, estás en Escocia mientras yo estoy en Boston sin ti, triste y apenado. Espero que a la vuelta accedas a cenar conmigo. Estoy deseando descubrir más cualidades tuyas. Recibe el beso que me muero por darte, Joseph.

Sarah le respondió al instante, comenzando una cadena de mensajes que no cesó hasta que ya estaban en el interior del castillo, y todo porque Julia la obligó a terminar la conversación. En él último mensaje quedaba bastante claro lo que ella pensaba:

> Eres un completo embaucador. Estoy convencida de que con esa labia no estarás tan triste ni tan solo. Aun así, acepto tu invitación a cenar. Te mando ese beso que quieres darme, pero en la mejilla.

Así, poco a poco, comenzaron su relación. Joseph viajaba desde Harvard hasta Boston cada fin de semana para estar juntos y el resto de la semana no se despegaban del teléfono. Sarah estaba cada día más agradecida a su padre por haberlos presentado. En ocasiones, se preguntaba qué habría ocurrido si no hubiese asistido a aquella fiesta. En cuanto Joseph terminó de estudiar volvió a Boston y se independizó. Él quería casarse inmediatamente, pero Sarah aún no había terminado la carrera, tenía prácticas y quería esperar. A él le costó entenderlo, pero por suerte Sarah le convenció de que le diera un margen de cinco meses. Por aquella época, los periódicos ya se hacían eco de la perfecta historia de amor. Sin embargo, ya había peleas por su carrera, por el apartamento en el que vivía Sarah, los enfrentamientos con sus padres en los que él se ponía de parte de ellos... Pero Joseph siempre conseguía ablandar su corazón con gestos tiernos: un ramo de rosas rojas que la encantaban, una declaración de lo mucho que la amaba o una cena íntima preparada en casa. Y así fue como, poco a poco, Sarah dejó de dar su opinión y de enfrentarse constantemente a todo el mundo.

Al final se casaron, como deseaban sus padres, en la catedral que estos decidieron, invitando a media ciudad. Incluso la luna de miel fue la que Joseph quiso y la aprovechó para hacer campaña en varios lugares mientras ella lo miraba desde la primera fila haciendo de esposa ideal. En esos momentos, Sarah se enfurecía y, ya desde entonces, tuvieron muchos enfrentamientos. Pero él siempre la convencía de que era necesario para su carrera política y juraba que ella era lo más importante. Sarah, entonces, agachaba la cabeza y le perdonaba. Aquel fue el error más grande que cometería en su vida, porque eso daría pie a que se convirtiera en una mujer que poco tenía que ver con la auténtica Sarah.

*

La doctora de cabello rojizo se encontraba cansada y tras la desagradable conversación con su exmarido se quedó dormida en la cama en la que se había tumbado a descansar. Unos golpes en su puerta la despertaron sobresaltándola, aunque los ignoró. Volvieron a tocar con insistencia así que acudió con rapidez, muy asustada porque algo malo hubiese sucedido en el hospital. Aún somnolienta abrió la puerta encontrándose con el nuevo doctor ante ella.

—¿Estabas durmiendo? –preguntó Elliot sorprendido de encontrarse a la doctora despeinada y con cara de recién levantada–. Si es hora de cenar.

—Sí, bueno, es que me he quedado dormida un rato –dijo Sarah peinándose con disimulo, pues las pintas que llevaba debían ser importantes–. Vamos.

Salió de su habitación como si la persiguieran, cerrando la puerta de golpe. Elliot se quedó pasmado al ver cómo corría hacia el comedor sin esperarlo después de que había ido expresamente a buscarla para cenar y comenzar así a hablar sobre el trabajo. Sarah iba casi corriendo porque necesitaba llegar a la mesa y sentarse lo más lejos posible del doctor, su táctica iba a ser evitarlo a toda costa. Por fortuna pudo sentarse entre la hermana Agnes y el padre Maximilian. Con la respiración acelerada se sentó entre ellos y no quiso mirar hacia la puerta, porque seguramente Elliot entraría de un momento a otro por la puerta del comedor. Efectivamente así fue y caminó directo adonde estaba sentada Sarah.

—Perdone, hermana ¿le importaría cederme el sitio para poder tratar asuntos de trabajo con la doctora? –pidió amablemente el doctor a la monja, que sin rechistar se levantó y se cambió de silla.

—Vaya, vaya, doctora. Imposible alcanzarte –empezó diciéndole Elliot–. Sinceramente, no sé si tienes algún problema conmigo, pero me gustaría que de ser así lo aclarásemos desde el principio, será mucho más cómodo para ambos.

¿Problema? ¿Cómo se suponía que podía decirle que lo que le pasaba era que le atraía demasiado? Como nadie nunca antes, ni siquiera su marido. Sarah carraspeó y giró su cara para mirarle.

—Mire, doctor, no me ocurre absolutamente nada con usted, pero llevo aquí cuatro meses y estoy acostumbrada a hacerlo todo sola, perdone si no he sido cortés con usted, no ha sido a propósito. —Y en ese momento Sarah se acordó de Pinocho porque el muñeco de madera se quedaba en nada comparado con ella.

—Ya te he dicho antes que no tienes que hacer nada sola a partir de ahora, porque yo estoy aquí y, por favor, no me llames de usted que tampoco soy tan mayor. De hecho, creo que soy el hombre blanco más joven de esta comunidad —le dijo sacándole una sonrisa—. Eso es, así me gusta, que sonrías. Y ahora mientras cenamos te ruego que me cuentes cosas sobre el trabajo que tengo que desempeñar porque estoy bastante perdido.

Sin darse cuenta, Sarah se fue relajando hablándole del proyecto que estaban llevando a cabo en la comunidad. Le relató su experiencia desde que había llegado. Elliot la escuchaba atónito al oír que el gobierno no hacía nada por mejorar las condiciones de los enfermos en el hospital y que tampoco les dotaban de recursos. Si no fuera por las ONG no sobrevivirían. También se enterneció con las historias que Sarah le narraba sobre los niños que había atendido y su eterna sonrisa, algo que la había dejado marcada. Y es que era sorprendente, no importaba lo que estuvieran sufriendo, aquella gente no dejaba de sonreír jamás. Elliot se fue haciendo una idea de lo que iba a ser su trabajo a partir de entonces, cenaron amigablemente y Sarah se sintió relajada junto a él por primera vez. Al centrarse en su trabajo, había dejado de pensar en esos ojos castaños e inquietantes, que desde que los había visto la habían hipnotizado. Terminada la cena, se despidió de todos y se marchó a su cabaña, pero en el camino alguien la sorprendió.

—¡Sarah! –gritaba Elliot mientras intentaba alcanzarla corriendo. Ella se lo quedó mirando y cada pisada de él iba al compás de su corazón, que se iba acelerando al sentir cómo se acercaba–. No sé cómo lo haces pero siempre huyes de mí. –Aquello la dejó como una estatua, clavada en el sitio, precisamente por la veracidad de la frase, pero tenía que intentar disimular.

—¡Qué cosas tienes! Es tarde y estoy cansada.

—¿Pero si te has echado una siesta esta tarde? –preguntó un Elliot asombrado mirándola con los ojos muy abiertos, sin comprender a aquella mujer que no hacía más que correr cada vez que él estaba cerca. Si no quería trabajar con él tenía un gran problema pues había acudido a aquel lugar para ayudar; era lo único que le quedaba, estar lejos de todo el dolor y el sufrimiento que le atenazaban cada día.

—Aun así, quiero irme a descansar. –Intentaba escapar de su presencia que no hacía más que hacerle sentir cosas que hacía mucho que no experimentaba. Tenía que trabajar con él y debía esconder esas emociones que le provocaba con muchas capas de indiferencia para que nada se notase. No era tarea fácil, pero lo conseguiría.

—De acuerdo, sólo quería preguntarte a qué hora debo estar preparado mañana.

—A las ocho en punto en la puerta del hospital, igual que hoy. –Tras decirle aquello, se giró y se marchó a su cabaña a intentar descansar. Esperaba no soñar con Elliot, aunque no las tenía todas consigo.

4

Un nuevo día comenzaba en la misión donde Sarah llevaba cuatro meses trabajando junto a las hermanas marianas, sólo que a partir de aquel día tendría que acostumbrarse a compartir sus tareas con el nuevo médico, Elliot. No recordaba haberse sentido tan atraída por alguien desde su época en el instituto, cuando era una adolescente y le ponía a mil el tipo malo de la clase, Frank Donovan, del que jamás podría olvidarse. Alto, delgado, pelo alborotado, ropa macarra (sobre todo la chaqueta de cuero que las volvía locas a todas), y con esa actitud chulesca y de ligón que enamoraba, incluida ella. Sarah era nueva en ese instituto, uno de los mejores de Boston. Frank estaba en la etapa rebelde, como todos, pero de forma exagerada. Sus padres, también de buena familia, ya no sabían qué hacer con él. Se saltaba clases, salía con unas y con otras, fardaba de su moto último modelo... Y todas suspiraban cada vez que lo veían llegar en aquel monstruo de dos ruedas. Pero Sarah le ignoraba, no porque no le gustara, pues le atraía una barbaridad, sino porque prefería no prestarle atención para que no se lo creyera tanto. Eso fue lo que hizo que Frank se fijara en ella. Una mañana, estando Sarah en el césped del patio apoyada en un árbol repasando sus apuntes de Química para el siguiente examen, él se le acercó. Utilizó la clásica excusa de no haber ido a clase para que le pasara sus apuntes. Sarah se quedó pasmada al verlo llegar y hablar con ella de aquella forma tan natural, pensaba que su interés era únicamente por conveniencia, pero poco a poco se dio cuenta de que Frank buscaba algo más en ella y así sucedió. Fue su primer amor hasta que sus padres se enteraron, y sin importarle que fuera de buena familia o que a su hija le interesara, la sacaron del instituto y la llevaron a otro a bien lejos de aquel lugar.

Sarah se sonrió al evocar recuerdos tan especiales para ella, porque con Frank lo descubrió todo por primera vez: el amor, la complicidad, las sensaciones estando con una persona que la deseaba, los detalles... Pero, sobre todo, fue la primera persona que la vio a ella y no a Sarah Collins, la chica de la familia adinerada e importante a la que pertenecía. Con él, sencillamente fue feliz en el sentido amplio de la palabra, como lo fue con Joseph al principio de su relación, pero eran muy diferentes. Frank, por su parte, a pesar de provenir también de una familia adinerada se enfrentaba a sus padres retándoles constantemente, como último recurso habían decidido llevarlo a aquel lugar donde la educación era bastante estricta. Allí conoció a su «pequeña» como solía llamarla, pero para su desgracia tampoco duró, de hecho en ninguna de las dos ocasiones había durado. Allí, en Obandé, lejos de su familia, era simplemente Sarah, la doctora que ayudaba a los enfermos y las religiosas, y donde estaba aprendiendo a ser ella misma, a decidir e incluso a decir que no. Se sentía libre y feliz.

Unos golpes en su puerta la sacaron de sus pensamientos. Era la hermana Agnes que venía a recordarle que al día siguiente por la tarde tenían que preparar el comedor para la reunión semanal de las mujeres que acudían a terapia donde hablaban de sus familiares enfermos: hijos, maridos, hermanos... Al mismo tiempo, elaboraban collares, pulseras, pendientes... que vendían en el mercado del pueblo los domingos para sacar un dinero, ya que en muchos casos ese era el único ingreso que recibían las familias. Además, la hermana le comentó que las otras monjas querían preparar algo especial para celebrar aquellos días navideños y deseaban que ella las ayudara como siempre hacía. Miró el reloj y tras la corta conversación con la hermana salió disparada al hospital donde había quedado con el nuevo médico.

Puntual como un clavo, allí estaba Elliot, esperándola en la puerta del hospital. Ya desde la distancia se le veía atractivo con sus musculados bíceps asomando a través de su camisa de manga larga remangada y esos ojos castaños en los que Sarah deseaba perderse. Inspiró profundamente y llegó hasta donde se encontraba él, confirmando que de frente se le veía incluso más guapo. ¿Tenía que trabajar con ese hombre a diario? No sabía cómo iba a conseguirlo.

—Buenos días, doctora —le dijo el médico con aquella sonrisa que podía fundir un iceberg que hizo que le temblaran las rodillas.

Tras saludarle con rapidez se metió en el interior del centro hospitalario seguido de cerca por su nuevo compañero de trabajo. Una vez hecho el recorrido por el hospital, le acompañó al vestuario donde podría cambiarse para comenzar su trabajo. Ella le esperó en la recepción del hospital por donde pasaban los enfermos para hablar de su dolencia. Aún era temprano y nadie había llegado quejándose de nada por lo que se puso a revisar los informes de los últimos pacientes a los que había dado el alta. Siempre era una alegría para un médico mandar a un enfermo curado a casa pero en aquel lugar era motivo de felicidad absoluta. Estaba dando el repaso a aquellos informes para archivarlos cuando lo vio llegar al mostrador donde ella se hallaba. En ese momento casi se quedó sin respiración, pues el uniforme le hacía aún más atractivo, si es que aquello era posible. Con aquel atuendo de color azul que le sentaba de maravilla, Sarah sentía cómo unas cosquillas traviesas se instalaban en su estómago dándole la vuelta. Evitó mirarlo tras llevarse la impresión, pero fue inevitable cuando Elliot se puso delante de ella impregnando el ambiente con su delicioso olor. Aun estando en aquel remoto lugar y con el calor que hacía, conseguía mantener su fragancia.

—¿Qué tal me queda? Ayer no me dijiste mucho —le preguntó el doctor con los brazos en jarras mirándola con esa encantadora sonrisa dibujada en los labios que tanto deseaba probar. Sarah le echó un rápido vistazo, pues si lo miraba con más detenimiento se iba a percatar de su interés por él y eso era lo que tenía que evitar a toda costa.

—Genial, vamos a empezar —respondió rápidamente—. Antes de que los enfermos comiencen a llegar vamos a dar una vuelta rápida por el hospital para que te vayas familiarizando con el lugar y me acompañarás en la ronda de los que tenemos ingresados. ¿Estás al tanto de las enfermedades más comunes de la región?

—Antes de venir estuve investigando por mi cuenta, pero quizá sea mejor si tú me pones al día, ¿no?

—No estoy aquí para hablarte de las enfermedades comunes que afectan a esta población —contestó de forma brusca la doctora. Ella no había sido informada de nada al llegar a la misión sino que poco a poco fue viendo por sí misma los males que aquejaban a aquellas gentes, pero su respuesta había sonado tan borde que enseguida rectificó—: Quiero decir que ya lo irás viendo con tus propios ojos, aquí no tenemos un minuto de respiro. Dentro de un rato esto se va a poner de bote en bote, ya verás —sonrió intentando dulcificar la contestación.

—No pretendía quitarte más tiempo del necesario. ¿Empezamos? —Ahora fue Elliot quien le dio una respuesta seca, aunque merecida por otra parte. Sarah prefirió ignorar el tema y comenzar con el trabajo. Dejó los informes en un cajón de la mesa de la recepción donde se encontraban y lo llevó por las modestas instalaciones explicándole dónde guardaba el material, las distintas zonas y la forma de actuar con los pacientes. Al cabo de media hora iniciaron el día con las rondas.

—Buenos días, Ebak —dijo Sarah al entrar en la habitación del primer paciente que debían visitar—. ¿Cómo te encuentras hoy?

—Buenos días doctora, muy bien —le respondió el chico tumbado en la cama.

Sarah se giró hacia Elliot y le explicó lo que le había sucedido.

—Ebak llegó al hospital hace un par de meses con un sarcoma de Kaposi. Tenía la pierna izquierda completamente podrida, no se podía estar a su lado. Había estado en su casa sin recibir ningún tipo de tratamiento al no contar con los medios económicos necesarios. Además estando ya aquí, se le detectó que era portador del virus VIH. Le dijimos que la única solución era la amputación de la pierna porque era imposible salvarla y comenzó el tratamiento del virus también. Tras la operación ha evolucionado favorablemente así que en unos días le daremos el alta.

—¿Y su familia? —Quiso saber un Elliot impresionado por lo que Sarah le estaba contando.

—No tiene familia ni trabajo.

—¿Entonces qué será de él cuando le demos el alta? —preguntó Elliot sin salir de su asombro, intentando no poner mala cara para que el chico no se sintiera incómodo.

—El hospital cuenta con un proyecto que les ayuda a seguir adelante. En la comida te lo explico, ahora sigamos visitando más enfermos. —Se despidieron de Ebak, al que a pesar de no contar con su pierna se le veía alegre. Nada tenía que ver con el chico enfermo que a su llegada deseaba la muerte, pues con el sarcoma y solo en la vida, le daba igual seguir viviendo. Tras su operación y el tratamiento del VIH había mejorado mucho su ánimo. Cuando más orgullosa se sentía Sarah de su trabajo era en momentos como aquel, al ver a los enfermos remontar y salir del hospital felices.

Un caso de malaria, una meningitis, dos hepatitis B y varios enfermos con diarrea eran los pacientes que estaban hospitalizados con carácter más grave. Sarah fue relatándole cada caso a Elliot minuciosamente pues conocía cada uno al dedillo. Se fijó en su gesto contraído, se notaba que no estaba preparado para todo aquello. Igual que le ocurrió a ella al principio, el nuevo doctor terminaría acostumbrándose. La hermana Agnes ya estaba atendiendo los casos que empezaban a llegar pero afortunadamente no había nada serio por el momento. El nuevo médico extendió varias recetas y repartió los medicamentos que Sarah le decía. Con esto llegó la hora de comer. Mientras Sarah y Elliot tomaban algo en la cafetería, la hermana Agnes se quedaba al cuidado de todo en el hospital con el padre Maximilian y alguna religiosa más. La clínica no cerraba nunca así que se distribuían en turnos para comer y cenar. Ya en la mesa, Sarah comenzó a explicarle cómo iban a ayudar a Ebak, quien tanto le había preocupado a Elliot esa misma mañana.

—Aquí en Obandé apostamos por un tratamiento integral de la persona. No los desamparamos una vez que los hemos curado. La ONG Manos Unidas nos apoya con el proyecto de los microcréditos. Esto consiste en apoyar a las personas enfermas del VIH que acuden a nuestro centro. Le damos tratamiento gratuito, pero no sólo nos quedamos ahí, vamos más allá. Nos preocupamos por la vida de esa persona ya que muchas de ellas, entre los que se incluye Ebak, no tienen cómo vivir. Por desgracia, muchas veces son abandonados por su familia porque tienen el virus y se quedan solos. Con el microcrédito pueden gestionar su propia vida sin ayuda de esa familia que los desampara. —Sarah recordó en ese momento a su propia familia que la había dejado de lado pues hacía ya un tiempo que no sabía nada de ellos, pero prosiguió rápidamente con la explicación—. El objetivo de nuestro hospital es darles una nueva oportunidad en la vida. Recuperan mucho, desde el estado físico hasta el anímico. Cuando llegan a nosotros vienen desanimados, abrumados por su estado y su situación familiar y completamente desesperanzados. Esto les da una nueva alegría de vivir. Tienen una ocupación, salen adelante y pueden alimentar a sus familias, si las tienen.

Sarah podía ver claramente lo impactado que estaba Elliot por las situaciones personales de los pacientes que habían visitado desde que habían empezado a trabajar esa mañana. Apenas era mediodía y se le veía saturado y afligido por tanta información. Quería poder reconfortarle pero sabía que eso no sería adecuado pues se acababan de conocer. Tras contarle todo lo que hacían en el hospital, notó un aire de tristeza en sus ojos, algo le decía a Sarah que no era precisamente por aquel lugar, pues el doctor desprendía un halo misterioso difícil de desentrañar. No habían terminado de comer cuando una de las religiosas corrió a buscarlos para asistir un parto natural. En apenas unos minutos ya estaban preparados en la habitación adaptada para que aquella mujer diese a luz a su bebé.

—Quédate a este lado —le indicó Sarah a su nuevo compañero. Tenerlo tan cerca la mareaba y necesitaba estar concentrada al máximo para que todo saliera bien. En el hospital nacía una media de tres niños al día. A veces tenían que improvisar una sala como aquella porque la sala de partos estaba al completo, exactamente como había sucedido en aquel momento. Elliot ayudó a Sarah en todo lo que ella le pidió y así ayudaron a aquella mujer a alumbrar a su criatura de forma satisfactoria.

Mientras Sarah se estaba limpiando las manos tras quitarse los guantes recordó cómo había mirado Elliot a la mujer con su bebé en el regazo y se preguntó si en algún lugar se había dejado a un hijo o una esposa. Su mirada estaba cargada de pena y nostalgia, no conseguía descifrar lo que sus ojos expresaban y eso la inquietaba mucho. Era como si fuera imposible desentrañar lo que estaba pensando ni lo que iba a decir a continuación.

La tarde prosiguió tranquila, por suerte no hubo enfermos graves ni operaciones complicadas. Sarah se marchó a su cabaña a ducharse y cambiarse antes de ir a cenar. Elliot quiso seguir en el hospital terminando de rellenar algunos informes pero quedó con ella para cenar juntos y seguir conversando sobre el trabajo en la misión. En la soledad de su habitación, rememoró los momentos que había compartido aquel día con Elliot y una gran sonrisa se instaló en su cara. No lo conocía todavía pero ella, que era mucho de seguir su intuición, estaba segura de que era una buena persona, comprometida, trabajadora y encima estaba como un tren. Lo malo era que estaba avocada a enamorarse perdidamente de aquel misterioso hombre.

*

Llegada la hora de la cena, acudió al comedor como cada día. No tenía que estar de guardia en el hospital pues las monjas se ocupaban de atender a los pacientes y las urgencias, así que podía charlar con la gente de la misión. Únicamente la llamarían en caso de necesitarla, así podría descansar como no hacía desde hacía varias semanas. Al llegar, con la emoción del cambio, conocer el hospital, la misión… no acusó el agotamiento hasta que empezó a hacer mella en su cuerpo. Menos mal que había llegado un nuevo doctor con el que compartiría la carga de trabajo y así sería menos duro, aunque si su compañero hubiese sido un médico calvo, gordo y viejo, lo habría agradecido más.

Intranquila como estaba por encontrarse con él en el comedor, se había puesto un vestido por las rodillas en tonos claros y las sandalias que utilizaba en contadas ocasiones que la hacían sentirse más mujer en aquel lugar. Sin embargo, al llegar a la sala en la que comían habitualmente se llevó un gran chasco pues el doctor ya había cenado y se había retirado a su cabaña, así que cenó junto al padre Maximilian y algunas monjas de la misión pero también se marchó pronto a dormir. Durante la cena, habló con las hermanas y el sacerdote de la misión sobre lo que tenían pensado organizar para la celebración de la Navidad y Sarah se prestó a ayudarles en todo lo que necesitaran a pesar de no ser una de sus festividades preferidas. Haría todo lo posible por hacer de aquella fiesta algo especial para la gente de Obandé.

Aquella noche el calor era más que insoportable así que decidió acercarse a la laguna que había próxima para intentar refrescarse un poco. Era un lugar cerca de su cabaña en el que nadie podía verla. Se desprendió de su vestido y de las sandalias y entró al agua completamente desnuda a hacer unos largos para poder conciliar el sueño. Algo más fresquita salió y se tumbó sobre el vestido mojándolo por completo, pero eso no le importaba en absoluto. Con la luz de la luna llena iluminando la laguna, pensó que era una estampa preciosa para dibujarla y es que Sarah no había podido pintar nada desde que había llegado allí. Esta afición la tenía desde pequeña, pero últimamente apenas la practicaba. Relajada tras el baño empezó a quedarse dormida cuando oyó un ruido que la sobresaltó. Rápidamente, se tapó con el vestido e intentó vislumbrar algo en la oscuridad de la noche. Volvió a su cabaña algo asustada, pero al ver a Elliot en su puerta se tranquilizó, quizá se había imaginado el ruido que la había atemorizado. Lo que no sabía es que un par de ojos castaños la habían estado observando.

—Doctora —le dijo con la voz ronca como quien se acaba de despertar.

—Hola, Elliot ¿querías algo? —preguntó ella sorprendida por verlo allí.

—No, es sólo que estaba dando una vuelta para intentar coger el sueño, el calor es insufrible.

—La verdad es que sí. No te preocupes que ya te acostumbrarás, como a todo —le dijo ella guiñándole un ojo e intentando aplacar la tristeza que veía en sus ojos desde que habían estado en el hospital.

—¿Te marchas ya a dormir?

—Pues no te creas que tengo mucho sueño y eso que me he bañado en la laguna y todo pero no hay forma. ¿Por?

—Bueno, yo te lo digo por si quieres que vayamos a dar un paseo —le propuso Elliot rascándose la nuca y mirándola dubitativo. Caminar bajo la luz de la luna llena. «Demasiado romántico», pensó Sarah, pero aun así se dijo que por dar una vuelta con él no pasaría nada.

—Claro. Vamos. —Comenzaron a andar juntos por la oscuridad del lugar apenas iluminado—. He notado que estás cabizbajo desde que salimos del hospital hoy. Yo al principio estaba como tú, en *shock* por todo lo que ocurre aquí, pero te terminas adaptando, créeme. —Quiso reconfortarlo.

—Supongo que al final me acostumbraré, pero todo lo que me has explicado es muy duro. Sé a lo que he venido pero creo que jamás imaginé que fuera tan crudo.

—Te entiendo, Elliot. La salud aquí es totalmente distinta al lugar del que nosotros procedemos. No es solamente su estado físico, es saber transmitir al enfermo seguridad, acompañarlo, estar con él en los momentos difíciles. Cuando tienen una enfermedad incurable, darles la mano y decirles que no podemos hacer más pero que estamos ahí, cerca, acompañándoles hasta que ocurre lo inevitable. Esta gente tiene un carácter duro porque su vida es dura, el sufrimiento, carecer de una casa, sin dinero… Por eso, cuando llegan a nosotros y les proporcionamos un gesto de cariño, el enfermo se queda rígido porque no está acostumbrado a recibir afecto al haber sido abandonado por su familia o rechazado por la gente pero, poco a poco, ves lo agradecidos que están y que la curación ha empezado desde ese preciso instante.

Sarah seguía caminando cuando se dio cuenta de que Elliot se había detenido, se encontraba a unos cuantos pasos por detrás de ella. Se giró y vio una nueva expresión hasta ahora desconocida en el rostro del médico. ¿Esperanza? ¿Ternura? Lo único que Sarah supo es que en ese momento descubriría a qué sabían los labios del hombre que estaba comenzando a volverla loca.

5

De repente, Elliot la tenía presa entre sus brazos mientras la besaba con delicadeza. Solamente rozaba sus labios con los de ella, era una delicia. Aquel beso tierno pronto se volvió más salvaje cuando el doctor le abrió la boca e introdujo la lengua para buscar la suya. En ese instante, la abrazó con más fuerza mientras se saboreaban frenéticamente. Sarah se puso de puntillas para poder acercarse más a él y un gemido se escapó de su interior. Elliot quería seguir besándola y abrazándola pero de repente se separó de la doctora mirándola arrepentido y tapándose la boca que hacía apenas unos segundos había devorado la suya. Aquel semblante... Aquella imagen hirió a Sarah más que cualquier palabra que pudiese haberle dicho.

—Lo... lo siento... No sé qué me ha pasado —dijo el médico evitando la mirada de la joven doctora que le observaba desconcertada. ¿Cómo podía pasar de besarla con aquella pasión a mostrarse como si hubiera hecho algo terrible? Los dos deseaban aquel beso, de eso estaba segura, pero no entendía el porqué de su comportamiento. Lo único que le quedaba por hacer era no darle importancia, aunque por dentro se sentía muy dolida.

—No te preocupes. Ha sido cosa de los dos. Lamento si te he hecho sentir mal por responder a tu beso, pero pensaba que era lo que querías. Después del día que has tenido necesitabas algo de consuelo y aquí estaba yo dispuesta a dártelo, pero no te inquietes que no volverá a suceder –le respondió ella con voz tranquila, aunque sentía que si permanecía un minuto más allí se le quebraría y no podría evitar derramar algunas lágrimas.

—Yo no he querido decir eso, Sarah. Además, nosotros… no podemos… –empezó a decirle mientras se acercaba a ella. Su cercanía y su fragancia la hacían sentir deseos de lanzarse a sus brazos y olvidarse de que él no quería que aquello continuara, así que simplemente sonrió y empezó a alejarse de Elliot. Pero, antes de seguir su camino, se dio la vuelta y le dijo:

—Mañana nos vemos en el hospital, olvidemos que esto ha ocurrido. Por lo que veo será lo mejor para ambos. –Con todo el dolor que le producía decir aquello a ese hombre que le había hecho sentir cosas nuevas, se marchó dejándole en la oscuridad con la simple compañía de la luna llena.

*

Sarah se despertó sin ganas de afrontar aquel nuevo día, ya que tendría que actuar con normalidad con Elliot, quien sólo hacía unas horas la había rechazado. A regañadientes, se levantó, se duchó y tras vestirse salió al comedor a desayunar antes de ir al hospital a afrontar un turno de veinticuatro horas. El trabajo en el hospital se organizaba así, distribuyendo el trabajo para que todo funcionara a la perfección. Menos mal que entre las hermanas había auxiliares de enfermería así como enfermeras, porque si no le hubiera tocado hacer todo el trabajo a ella sola. Hoy le tocaba a Sarah hacer ese turno, pero ahora que contaban con un nuevo médico, debería reorganizar el horario. Dividiendo el trabajo entre ambos, podríamos descansar más y disfrutar de tiempo para nosotros mismos.

El problema era que Elliot aún era un recién llegado y necesitaba la ayuda de alguien hasta que se hiciera al trabajo, pero ya se le ocurriría algo para no tener que estar con él tanto tiempo.

Ya en el comedor empezó a diseñar dicho horario, mientras tomaba su café con fruta como todas las mañanas. Avergonzada como se sentía tras el desplante de la noche anterior, deseaba no encontrarse con el nuevo médico y por suerte así fue. Tras charlar con las religiosas que habían terminado su turno en el hospital, se dirigió al vestuario para cambiarse de ropa pero no dejaba de pensar en que de un momento a otro lo vería y no le apetecía nada.

Abandonó el cuarto con premura, porque tenía muchas tareas por delante y no podía retrasarse lo más mínimo. Tan velozmente quiso salir que se chocó con alguien dándose un buen golpe en la cabeza. Se tambaleó pero no cayó al suelo, pues sintió cómo unos fuertes brazos la agarraron evitando una caída segura. No le hizo falta ver quién era, pues su olor le delataba, era Elliot. Sarah estaba de nuevo entre los brazos del hombre que la había rechazado, pero su estómago no hacía caso a lo que su cabeza le decía de tal forma que miles de sensaciones volaron hasta ese lugar. Alzó la mirada y se encontró con sus ojos profundos y castaños que la hipnotizaban y la dejaban sin respiración, mientras que su corazón palpitaba acelerado. La cosa no podía ir a peor o eso creía ella.

—¿Estás bien, Sarah? —La preocupación en su voz terminó por derrumbarla y ella, que tras el choque no se encontraba nada bien, terminó desmayándose.

Tumbada en una camilla de la sala de urgencias, unos minutos más tarde, yacía Sarah con un buen dolor de cabeza. Al parecer se había chocado con la fuerte espalda de Elliot, al ir tan deprisa y ser más bajita que él, el golpe había sido certero. Le dolía horrores pero no era nada importante, así que cuando abrió los ojos sólo pensó en salir de allí y comenzar su trabajo, que ya se estaba retrasando. Quiso erguirse, pero alguien volvió a echarla en la camilla impidiendo que se levantara.

—Tranquila, doctora, no tan deprisa. —Oyó que le decía el doctor revisándole los ojos con la linterna y examinando su cabeza como si fuera un tesoro recién descubierto. Sarah sentía que se iba a desmayar de nuevo al tenerlo tan cerca. Otra vez el corazón le jugaba una mala pasada y le bombeaba tan rápido que si la auscultaba se iba a delatar.

—Estoy bien y tenemos mucho trabajo por delante, así que deja que me levante –le dijo zafándose de sus manos que le tocaban la cara mientras se aseguraba de que todo estuviese bien.

—De eso nada, ahora el médico soy yo. Así que obedece, Sarah —contestó Elliot de forma tan tajante que no le quedó más remedio que aguantarse aunque poniendo cara de enfado—. Te has desmayado y eso es lo que me preocupa, porque el golpe no ha sido para tanto. –Que no era para tanto era discutible, y si no que se lo dijeran a su pobre cabecita que le latía como si tuviera vida propia.

—¡Sarah! –Entró la hermana Agnes asustada al verla tumbada en aquella camilla–. ¿Qué ha pasado? Mahmood me ha dicho que vio al doctor llevarte en brazos a una de las salas de urgencias y que no abrías los ojos.

—No se preocupe, hermana, que estoy bien a pesar de que este pesado no me deje levantarme –se quejó provocando una sonrisa en los labios de Elliot. Ella misma terminó sonriéndose al ver su gesto, pero cuando recordó lo mucho que lo deseaba desde que había probado sus labios, dejó de sonreír.

—Si se pone a pelear es que está bien –dijo la hermana–. Aunque deberías hacerte una analítica completa porque no es la primera vez que te desmayas.

—¿Ah no? –La miró interesado Elliot.

—¡Qué va! Lleva un par de meses muy cansada y se ha desvanecido de repente un par de veces más, yo ya le digo que debe descansar pero no me hace caso, doctor.

—Entonces tendremos que pedir ese análisis para salir de dudas.

—¡Que estoy aquí! ¡No soy ninguna niña por la que tengan que decidir! Ya soy mayorcita para que estén hablando de mí como si yo no estuviera en la misma habitación, ¡tomo mis propias decisiones! –La antigua Sarah acobardada se asustó, no volvería a dejar que nadie hablase por ella, mucho menos que tomaran decisiones en su nombre. Así que les gritó aquellas palabras dejándolos desconcertados. Después, se levantó y salió disparada de allí. Fue a la recepción y cogió los informes de los pacientes que tenía que visitar aquella mañana sin esperar a nadie. Ella sola se bastaba y se sobraba para hacer su trabajo, lo llevaba haciendo sin necesitar a otro médico desde hacía cuatro largos meses.

Al cabo de un rato, Elliot se unió a ella en las rondas pero evitó hablarle, no fuera que se enfadara más. Sarah, al principio, se sintió intimidada por su actitud pero pronto se centró en su trabajo y se olvidó de lo que había ocurrido hacía un rato. Cuando llegó la hora del almuerzo, una de las hermanas con las que trabajaba les llevó la comida a los doctores por recado de la hermana Agnes. Comieron en una pequeña salita que habilitaron al lado de la recepción para poder controlar si entraba alguien mientras ellos almorzaban. Sarah no dejaba de dar vueltas al contenido de su plato y el médico de vez en cuando la observaba con una mirada reprobatoria. Aquello la estaba haciendo enfadarse aún más que por la mañana porque ¿quién era él para decirle lo que debía hacer?

—Por mucho que marees las patatas, van a seguir ahí –le dijo Elliot sin mirarla.

—¿A ti qué te importa lo que yo haga? –contestó bastante seca mirándole a los ojos enfadada, porque igual que la volvía loca de deseo, la volvía loca de remate. No quería besarla o se suponía que no podía por algún motivo, eso había dicho él ¿y ahora se preocupaba por lo que le pasara?

—Sarah, tras el mareo de esta mañana y los que ya has sufrido, deberías preocuparte un poco más por tu salud –le aconsejó Elliot, pero ella se lo tomó a la tremenda y la situación se lio aún más.

—Bueno, esto es el colmo. ¿Quién te crees tú que eres y con qué derecho opinas sobre mi vida? Tú no sabes nada, no me conoces, así que métete en tus asuntos que ya me ocuparé yo de los míos –le respondió la mujer levantándose sin apenas haber probado un bocado. No le dio tiempo a llegar a la puerta, pues él ya la había agarrado del brazo, la volvió a llevar a la mesa y la sentó con cara preocupada. Después, se sentó junto a ella de nuevo.

—Claro que no soy nadie para dar mi opinión sobre tu vida, pero sí cuando soy médico. Así que, por lo pronto, te vas a comer las patatas con la carne y mañana a primera hora una enfermera te va a sacar sangre para que la analicemos, porque si no me equivoco sospecho que padeces anemia —contestó Elliot que la miraba fijamente provocando un mar de sensaciones dentro de ella. «Maldita sea», se dijo a sí misma. Encima tenía ese lado tierno que le encantaba. Como decía su amiga Nicole, tenía que buscarle alguna pega a aquel hombre de una vez por todas porque si no estaba perdida.

Se comió todo lo que había en el plato sin rechistar pero sin dirigirle la palabra, tampoco él lo hizo. Elliot no dejó de vigilarla para asegurarse de que no se dejaba nada y el par de veces que ella quiso dar el almuerzo por finalizado, él negó con la cabeza y la obligó a seguir. Cuando al fin terminó su comida, furiosa como estaba, se levantó y se fue al exterior a respirar un poco de aire que no estuviera tan tenso como el de aquella pequeña sala.

Respirar. Por fin pudo hacerlo, porque cada vez que estaba cerca de Elliot se le hacía muy difícil. Simplemente debía pensar en él de forma profesional, nada de cosquillas en el estómago, de dejar de respirar en su presencia, de que se le cortara la respiración ni de sentir el corazón a punto de salírsele del pecho. Tenía que olvidar aquel beso que la había hecho estremecerse como nunca. Tras varios minutos con todo aquello en su mente, volvió a entrar al hospital. Lo mejor era evitar a Elliot durante un rato, así que se fue a hacer inventario a la sala de materiales.

La tarde transcurrió tranquila, sin grandes complicaciones en los enfermos. Llevaban un período de calma relativa y eso era algo por lo que había que estar agradecido. Sarah volvió a encontrarse con Elliot, pero apenas se hablaron. Quería mantener las distancias, aunque el doctor se lo ponía muy difícil haciéndole preguntas sin parar. Ella le contestaba con monosílabos o frases cortas. La hermana Agnes apareció por allí un rato para estar con ellos y ver si necesitaban algo, un ángel caído del cielo era aquella mujer que se desvivía por la comunidad. Aprovechó la ocasión para pedirle a Sarah que acudiera a la ciudad a comprar lo que necesitaban para la cena de Nochebuena. Como cada año, iban a celebrar aquella noche especial en el comedor, con las familias más necesitadas que no iban a poder disfrutar de una cena decente en una noche tan especial como aquella.

—Sarah, recuerda que, además, mañana tenemos la reunión de mujeres.

—Sí, hermana, no se preocupe, está todo listo y por ir a comprar la comida tampoco se apure y cuente conmigo —le dijo Sarah a la religiosa a la vez que rellenaba los informes de las ultimas urgencias.

—¿De qué reunión habláis? —Quiso saber el joven médico intrigado.

—Organizamos grupos de apoyo psicológico. Las mujeres ponen en común su situación y buscan salidas laborales que les permitan ganar algo de dinero. Es un proyecto que la propia Sarah ideó cuando llegó aquí y está siendo todo un éxito —dijo la hermana mirando orgullosa a esta, que se sonrojó por el halago.

—Es una cosa de todos, hermana. Yo simplemente lo propuse, pero entre todos salió adelante. —Elliot seguía mirándola queriendo saber más—. Hablan, comparten sus dificultades, expresan su desánimo... A la vez que elaboran collares o tejen vestidos que posteriormente venden en el mercado sacando unos beneficios. Además, no se sienten solas gracias a esos momentos que comparten. En este país, la mujer es emprendedora, es creativa, es fuerte, tiene más capacidad de salir adelante que el propio hombre. Si un hombre muere, la familia puede arreglárselas pero si por el contrario es la mujer la que fallece, ese hombre sale adelante con mucha dificultad.

Elliot miraba a Sarah maravillado. Aquella mujer bajita, con el cabello de un tono rojo intenso y una mirada tan tierna que era capaz de derretir el corazón de quien se cruzara en su camino, tenía más fuerza que cualquier hombre que hubiese conocido. Así se lo habían dicho a ella misma en muchas ocasiones. Sin embargo, a Sarah no le gustaba ser el centro de atención así que enseguida desvió el tema.

La noche llegó sin avisar y tras cenar lo que la hermana les había preparado, Sarah se acomodó en el pequeño sofá de la sala para descansar un poco.
—Es bastante pequeño, pero si quieres me muevo para hacerte sitio —le dijo Sarah con voz cansada a Elliot. Había sido un día tranquilo, sin pacientes graves pero sin parar un solo instante.
—No te preocupes, me quedó aquí en la silla sin problemas. Yo me duermo en un vuelo. Por cierto, cuenta con que te acompañe a comprar lo necesario para lo que quieran organizar la hermana Agnes y el padre Max para Navidad —contestó Elliot intentando ponerse cómodo, aunque en una silla era difícil, mientras siguió hablándole—: Es increíble todos los proyectos que lleváis a cabo en este lugar. Sé que aún no los conozco todos, pero me da la sensación de que por mucho tiempo que esté aquí me será difícil llegar a conocerlos. Al contrario que tú que parece que llevas aquí toda la vida.
—La verdad es que hacemos muchas cosas. Los hijos de padres enfermos por el VIH también reciben ayuda participando en otro proyecto en el que nos aseguramos de que vayan a la escuela y reciban su tratamiento, así como ayuda psicológica. En esta zona, el sida se ceba con la gente, pero según nuestros estudios la tasa de VIH está en un doce por ciento cuando hace cuatro meses era de un catorce por ciento. Todo va mejorando, pero despacio. No te preocupes, sólo necesitas tiempo. —Le estuvo hablando del problema del VIH, mientras el sueño se apoderaba de ella sin remedio. No se dio cuenta, pero aquella última frase que le dijo caló a Elliot, pues eso era lo que deseaba con más fuerza en el mundo, que el tiempo corriera para poder curar todas sus heridas, que no eran pocas.

*

Sarah se despertó sin saber bien dónde se encontraba. Se había quedado dormida en el sofá de la salita durante varias horas a juzgar por su reloj. Elliot no estaba allí. Tras estirarse un par de veces, salió de allí y se lo encontró en la silla de recepción echado sobre la mesa con la cabeza descansando sobre sus brazos cruzados. En aquella postura estaba más guapo que nunca, se le veía relajado y tranquilo. Inevitablemente, acercó la mano a su pelo y lo tocó con suavidad para que no se despertara. Una sonrisa se instaló en su cara al sentir el tacto de su piel. Deslizó la mano por su cuello y acarició su mejilla con ternura. Elliot emitió un leve suspiro que contrajo aún más el corazón de la joven doctora. En ese momento, una mujer entró llorando con su bebé en brazos y Sarah acudió rauda a cogerlo. Lo llevó a una de las salas, mientras la madre le contaba lo que le ocurría. En apenas dos segundos, un Elliot aún somnoliento estaba a su lado. El bebé de unos cinco meses llevaba varias semanas con fiebre, vómitos continuos y un llanto insoportable. La madre, pensando que era una gastroenteritis, no había acudido al centro, pero los síntomas de su hijo cada vez iban a peor hasta que aquella mañana el niño estaba como dormido y no reaccionaba.

Sarah descubrió con horror que no estaba dormido si no que había muerto debido a la enfermedad que le había atacado sin piedad. Miró a Elliot intentando explicarle con la mirada que no había nada que hacer, pero pidiendo tranquilidad para que la madre aún no se enterase. Él asintió con la cabeza y sacó a la madre de allí con la excusa de que necesitaban valorar al bebé con más detenimiento. Las lágrimas brotaron sin poder evitarlo. Elliot entró de nuevo en la sala y al verla en ese estado la abrazó sin dudarlo un momento. Sarah lloró por todo lo que llevaba a las espaldas, por el trabajo incansable, las muertes que no había podido evitar comenzando con la de su primer paciente, su familia que seguía sin preocuparse por ella y los sentimientos tan intensos que estaban naciendo por aquel hombre que la abrazaba dulcemente mientras le acariciaba la espalda sin dejar de aferrarse a ella. Pasaron varios minutos hasta que se recompuso y enjugándose las lágrimas hizo frente a la situación.

—Déjame que sea yo quien hable con la madre —le pidió Elliot, queriendo evitarle el trago amargo.

Aún no era capaz de responderle, así que asintió con la cabeza y salió por la puerta escondiéndose en el vestuario. Allí lloró y lloró, echando afuera todo lo que llevaba dentro desde hacía meses. Entonces se acordó de su llegada a la misión varios meses atrás y de los duros comienzos que casi acaban con ella, en especial, con la muerte de su primer paciente, Razak.

6

Cuatro meses antes...

Varias horas de viaje la habían fatigado bastante, pero al menos ya estaba en el aeropuerto. A la salida vio a una monja menudita con un cartel donde se leía su nombre. Sarah se acercó a ella observándola más de cerca. Era una mujer de unos sesenta años, vestida con el hábito azul marino, el crucifijo colgado al cuello y unas sencillas zapatillas de color azul marino. Llevaba unas gafas redondas de pasta en tonos marrones, modelo años cincuenta y le impresionó bastante su rostro que reflejaba una gran serenidad.

—Hola, Soy Sarah Collins —le dijo a la monjita extendiendo su mano para que se la estrechara. La mujer al verla le sonrió abiertamente y le dio un gran abrazo. Ella se puso rígida, pues en su familia no abundaban las muestras de cariño, de hecho más bien escaseaban. En público jamás podían mostrarse de tal forma, e incluso Joseph era del mismo talante. La mujer, notando la incomodidad de Sarah, enseguida la soltó.

—Bienvenida a Obandé, soy la hermana Agnes. Trabajo en la misión junto al resto de hermanas y el padre Max —respondió la monja con una sonrisa en la cara—. Estábamos deseando que llegaras, hija. – «Hija», aquella mujer a la que acababa de conocer le había dicho hija con más ternura que la que sus padres jamás habían usado en toda su vida.

    La religiosa la guio hasta un coche cercano donde había un señor esperándolas. Era uno de los voluntarios de la misión que les ayudaba cuando era posible, según le había explicado la monja. Su nombre era Mahmood, 'el favorecido por Dios', era la traducción exacta. Acomodada en la parte trasera junto a la hermana, se dirigían al que iba a ser su hogar durante los próximos doce meses. Era poco más de media mañana y la temperatura ya era agobiante, sin embargo Sarah estaba tan entusiasmada con el trabajo que no le importaba aquello lo más mínimo. De camino a la misión, la hermana Agnes le estuvo contando que se alegraban enormemente de su llegada, pues el doctor que recientemente había abierto el hospital no soportó el duro trabajo y se había marchado hacía ya dos meses. Desde entonces estaban sin médico. Sarah estaba asombrada de que hubieran salido adelante sin ningún conocimiento médico más que con lo que tenían las hermanas y los escasos recursos con los que contaban. Afortunadamente, entre ellos había algún auxiliar de enfermería, pero si se les hubiera presentado un caso grave poco podrían haber hecho. Aquellas personas eran grandes de corazón aunque apenas las conocía. La religiosa no dejó de contarle lo que hacían en la misión. Tanta información estaba desbordando a Sarah, que comenzaba a agobiarse. La mujer vio el ceño fruncido de la nueva doctora que intentaba procesar toda la información y decidió preguntarle cosas sobre ella y su vida en Boston, pero la recién llegada no deseaba relatar demasiado sobre sí misma y fue bastante escueta. La monja fue consciente de aquello y no la presionó, ya habría tiempo de charlar.

    El voluntario condujo durante un rato que a Sarah se le hizo eterno, pues estaba deseando llegar a la misión de una vez. Desvió la mirada hacia la carretera para observar el paisaje que les acompañaba en su trayecto. La ciudad se encontraba ubicada en un conjunto de colinas coronadas por montes. La vegetación ocupaba un lugar relevante, frondosos árboles les rodeaban, así como varios parques y jardines públicos. Poco a poco, la ciudad desapareció mientras se encaminaban por una carretera farragosa y de difícil acceso. El coche traqueteaba bastante pero a Sarah no le importaba. Miraba maravillada todo lo que había a su alrededor. El contraste de la ciudad con las afueras le sorprendía sobremanera. La religiosa volvió a llamar su atención preguntando por el jefe de cirugía del Hospital de Boston, que era la persona con la que había mantenido correspondencia. Era su jefe quien iba a acudir en un principio, pero por problemas de salud definitivamente no había podido aceptar el trabajo y así es como había llegado a Sarah.

Finalmente llegaron a la misión. Frente a ellos se encontraba un edificio de ladrillo y varias religiosas estaban en la puerta, seguramente esperando su llegada. Los niños y las mujeres se arremolinaron alrededor del *jeep*. A continuación, Sarah bajó del coche junto a la hermana Agnes que la llevó hasta la entrada del hospital.

—Bienvenida, doctora Collins —dijo un hombre con alzacuellos, que claramente era el padre Maximilian—. Llevamos esperando su llegada meses y por fin el buen Dios lo ha hecho posible. —El padre, de unos cuarenta años, era moreno con los ojos oscuros, alto y regordete y su rostro, al igual que el de la hermana Agnes, mostraba una gran paz.

—Vaya, gracias —contestó Sarah, bastante cortada tras semejante recibimiento.

—Ya se lo he dicho yo, padre —prosiguió la hermana Agnes hablando—. De hecho, aún seguimos impresionados por que una doctora tan joven y con su currículum haya querido aceptar un trabajo aquí, en el fin del mundo, donde salimos adelante únicamente gracias a nuestro propio esfuerzo. —Sarah estaba empezando a sentirse incómoda con tanto piropo.

De pronto, las mujeres y los niños que se encontraban junto al *jeep* comenzaron a bailar y cantar canciones tradicionales de África. La hermana Agnes le explicó que era gente de la comunidad que se sentía tan agradecida por su llegada que esa era su forma de darle la bienvenida a la misión. Sarah tenía ganas de llorar, nunca nadie antes la había tratado con tanta dulzura y amabilidad. Se mordió los labios tratando de evitar que las lágrimas afloraran. Un par de mujeres la agarraron de las manos para que bailara con ellas. Sarah miró a la hermana

Agnes, que asintió con la cabeza como invitándola a hacerlo, y Sarah, sospechando que si se negaba a bailar sería una ofensa para aquella humilde gente, accedió muerta de vergüenza. Tras varios minutos en los que danzó y aplaudió imitando los movimientos de las mujeres, la bienvenida terminó y Sarah les dio las gracias efusivamente. Le presentaron a otras religiosas de la misión. Sarah no había trabajado antes con tan poco personal, pero el padre le aseguró que estaban pendientes de recibir a otro doctor para ayudarla en el trabajo.

Poco a poco, fue transcurriendo un día tras otro. Al principio, Sarah iba contrarreloj hasta que se acostumbró. Le costó muchas lágrimas y gritos de rabia en su solitaria cabaña, pues había cosas que se escapaban a su control y le provocaban una impotencia terrible. Sarah no podía comprender cómo la seguridad social no cubría las necesidades de los enfermos que atendían. Tampoco entendía cómo la gestión de los hospitales, incluso los del gobierno, era privada. El anestesista y el cirujano fijaban un precio para la operación y al terminar la intervención les recetaban los medicamentos necesarios para su recuperación, pero si el enfermo no disponía del dinero preciso debía sufrir tremendos dolores y aguantar. A ella esto la indignaba. No quería saber nada del dinero que los enfermos le daban cuando los operaba, pero el padre Maximilian le explicó que ese dinero se reinvertía en la misión y que así estaba fijado. Si no seguían las normas establecidas, el gobierno podía cerrarles el hospital y eso era lo menos deseado. Las ONG les ayudaban a gestionar el hospital pero aun así había demasiadas injusticias que rompían el corazón de la pobre Sarah. Lo que más dolor le había provocado hasta entonces fue la pérdida de su primer paciente un mes después de llegar a Obandé.

Se trataba de un hombre joven que padecía una meningitis bacteriana. Aquella gente sin recursos no se vacunaba y muchas de las enfermedades que a ella le parecían ya erradicadas estaban presentes en aquel lugar con demasiada frecuencia. Aquel hombre trabajaba en el campo sin descanso y no tenía tiempo de acudir al hospital, según le contaba la hermana Agnes. Hasta que no se desmayó trabajando sus compañeros no le llevaron a que Sarah lo evaluara, pero por desgracia la enfermedad ya estaba bastante avanzada. Sus acompañantes relataron que llevaba ya un par de semanas con fiebre, dolor de cabeza intenso, había vomitado y les había comentado que se notaba el cuello rígido, pero no podía faltar al trabajo porque su familia no comería. Su madre y sus hermanos dependían exclusivamente de él, era el hombre de la casa tras la muerte de su padre en los conflictos con la guerrilla de la zona. Inmediatamente, le hicieron una punción lumbar que evidenció lo que Sarah sospechaba, tenía meningitis bacteriana. Le pusieron un tratamiento con antibióticos pero ya era demasiado tarde. Su cuerpo no lo resistió y falleció. El momento de perder al paciente seguía anclado en sus recuerdos y dudaba que algún día pudiera olvidarlo...

—Hermana Agnes, Razak no evoluciona. No sé qué más hacer, la fiebre es imposible de controlar y anoche volvió a sufrir convulsiones —dijo a la monja una demacrada Sarah que no salía de aquel lugar desde hacía dos días. La hermana la había convencido de que saliera al exterior a que le diera la brisa y estirara un poco las piernas. Ya fuera, la monja le decía:

—Lo sé, hija mía, pero debes aceptar que mis hermanas y yo nos turnemos contigo. Tú eres la doctora y hay más enfermos, necesitamos que estés a pleno rendimiento. Razak está en manos de Dios, si las medicinas no consiguen sanarle será la voluntad del Altísimo —le respondió la hermana con las manos entrelazadas para rezar.

Sarah no quería pensar que Dios tuviera algo que hacer allí, en aquella remota comunidad donde todo salía adelante gracias al esfuerzo de la congregación de las hermanas, pero sí llevaba razón en que tenía que descansar. Hasta ahora, que había empeorado, Sarah no había querido salir del hospital. Estaba exhausta, pero Razak dependía de ella y no podía fallarle.

—¡Doctora! ¡Corra, es Razak! —gritó una religiosa desde el interior del hospital. Sarah corrió despavorida temiendo que lo peor hubiese llegado. Entró como una exhalación en la habitación del paciente seguida de la hermana Agnes. Volvía a sufrir convulsiones y ardía de fiebre. Comenzó a fallarle el corazón, fibrilaba. Ni siquiera las palas consiguieron aferrarle a la vida. Finalmente tuvo una parada cerebral, sus órganos seguían con vida pero ya nada se podía hacer por él.

—¿Lo desconectamos, doctora? —Oyó que alguien decía, pero ella ya no estaba allí. Sin dejar de mirar a Razak se quedó petrificada, empezó a costarle respirar. La hermana Agnes se dio cuenta y con suavidad luchó con ella para sacarla de allí. Tenía que seguir en aquella habitación junto a él, hacer algo... Mientras ella continuaba con la mirada perdida, la hermana la llevó al exterior donde apenas hacía unos minutos estaban comentando el estado de Razak. La ayudó a sentarse en los escalones y no dejó de acariciarle la espalda para aliviarle el dolor de haber perdido a su primer paciente. Ahora entendía cómo se habían sentido sus compañeros de Boston, cuando les había pasado lo mismo. Vacíos y fracasados. Razak dependía de ella y no había podido hacer nada. La hermana, que comprendía sus sentimientos, comenzó a hablarle.

—Sarah, mi niña, no pienses que la muerte de Razak ha sido por tu culpa. Llegó a nosotras demasiado tarde y no había nada que hacer. Yo he visto a mucha gente de esta comunidad nacer, pero también morir. Ya sabes que contamos con pocos recursos. Hacemos lo que podemos. No pienses que no has hecho todo lo que estaba en tu mano porque así ha sido, pero estaba en el plan de Dios llevárselo con él. —Intentó calmar su dolor, pero era difícil en ese momento y aún quedaba lo peor, decirle a la madre que su hijo había muerto. En ese momento Sarah despertó de aquel trance y se levantó. Entró a por las llaves del *jeep* y salió rápidamente. Hizo caso omiso a las voces de la hermana Agnes. Se dirigió a la casa de Razak, donde se encontraba su madre cuidando de sus otros hijos pequeños. La guerra había acabado con la vida de su marido y nuevamente la tragedia se había cebado con ellos. Tras salir del coche y cerrar la puerta, vio a la madre que salía de la pequeña cabaña donde vivía con sus tres hijos pequeños. No hizo falta que le dijera nada, pues Sarah llegó con el rostro bañado en lágrimas. La madre de Razak se lanzó al suelo de rodillas y comenzó a llorar diciendo cosas en un idioma que Sarah desconocía.

Haciendo acopio de las pocas fuerzas que le quedaban, pues estaba agotada, se acercó a ella. Se sentó a su lado en el suelo e hizo lo mismo que la hermana había hecho con ella, acariciarle la espalda tratando de aliviar un poco su aflicción. ¿Pero cómo mitigar el dolor de una madre tras perder a su hijo?

Sarah viajó en el coche junto a su madre y los hermanos de Razak. El viaje fue más asfixiante de lo habitual, no sólo por la temperatura, que no bajaba de los treinta y cinco grados, sino por la delicada situación. Llevaba en el *jeep* a una madre que había perdido a su hijo mayor, el cabeza de familia. A Sarah no le preocupaba que aquella familia fuera a morirse de hambre, pues como le había dicho la hermana Agnes en una ocasión, no importaba que el hombre no estuviera en la familia porque era una sociedad matriarcal. Si el hombre fallecía, el hogar salía adelante, pero si era al contrario, la familia tendría serias dificultades para conseguirlo. Sarah estaba consternada por la parada cerebral de Razak, su muerte en vida. Debía dejar a esa madre decidir en qué momento desconectarle de las máquinas, aunque su hijo ya no era ese cuerpo inerte que yacía sobre la cama.

Llegaron al hospital y mientras algunas monjas se quedaron con los pequeños, Sarah y la hermana Agnes entraron con la madre de Razak al hospital. Al abrir la puerta de la habitación, la madre se tiró al suelo y comenzó a sollozar. Los ojos de Sarah se inundaron de lágrimas silenciosas, pero la hermana le apretó la mano y tiró de ella hacia dentro. Por la mirada de la hermana comprendió que debía sacar fuerzas y ser fuerte por aquella mujer que acababa de perder a su primogénito. Sarah y la hermana se quedaron a un lado de la cama esperando que la madre pudiera levantarse y acercarse a su hijo. Respetaron aquel momento de duelo. Sarah nunca había presenciado algo así, ese llanto ruidoso con gritos en su idioma, esos golpes en el suelo, el inmenso dolor al sobrevivir a un hijo.

La hermana no dejaba de agarrar la mano de Sarah, que estaba impresionada y quería tirarse al suelo a consolar a aquella mujer, pero la monja le hizo entender que ese momento debía vivirlo sola. A los pocos minutos, algo más calmada, se levantó y se dirigió a la cama donde su hijo yacía inmóvil. Su madre lo acarició y lo besó por todas partes durante un rato que a Sarah se le hizo eterno. Sólo deseaba salir de aquel dramático lugar, huir del dolor y esconderse. La hermana se acercó finalmente y habló con la madre para explicarle que no había nada más que hacer pero debían asegurarse de que comprendiera lo que iba a suceder, cerciorarse de si estaba preparada para desconectarle. Nada más hablar con la madre de Razak, la religiosa desconectó todo. Únicamente sonó el pitido del corazón parado durante unos segundos, pero la hermana rápidamente apagó aquel sonido ensordecedor para evitar más sufrimiento. Le hizo un gesto a la doctora para que saliera y le diera unos instantes de intimidad a la madre con su hijo fallecido, pero esta no era capaz de moverse. La religiosa al darse cuenta tiró de ella suavemente y la llevó fuera a tomar el aire. Sarah se lanzó hacia los escalones de la entrada donde comenzó a sollozar tan fuerte que llamó la atención de unos pequeños que correteaban por allí. Los niños se sentaron junto a ella con el semblante triste y le acariciaron el pelo con suavidad. Sarah alzó la vista al darse cuenta de que eran los hermanos de Razak; entonces, hizo de tripas corazón y se limpió las lágrimas con rapidez. Se levantó y se puso a jugar con ellos, para que su vida permaneciera igual al menos durante un rato más. Los siguientes quince minutos todo fueron risas y chillidos de niños felices jugando con la doctora y haciéndose cosquillas mutuamente. No compartían el idioma pero no era necesario, incluso Sarah se olvidó del momento trágico que acababa de vivir.

7

Su turno llegaba afortunadamente a su fin, tras pasar un rato en el vestuario llorando como una niña, salió y buscó a Elliot. ¿Estaría aún consolando a aquella madre que acababa de perder a su hijo? No podía enfrentarse a eso, a pesar de que había tenido que pasar por ello, en varias ocasiones, desde su llegada. No había rastro del médico ni de la madre del bebé, pero sí de la hermana Agnes. Estaba en la recepción mirándola con pena y cuando Sarah se acercó le abrió los brazos. Ella no dudó en abrazarse a la hermana, sobre la que volvió a llorar sin consuelo. La religiosa se había convertido en alguien muy importante para Sarah, pues en el poco tiempo que llevaban juntas había compartido con ella más confidencias y sentimientos que con su propia madre. La hermana Agnes la acompañó a su cabaña para que descansara tras su turno de veinticuatro horas. Una vez allí, se quedó con la doctora para asegurarse de que tras la ducha se acostaba en la cama para que intentara reposar un poco.

—No puedo dormir ahora, hermana, esta tarde es la reunión de las mujeres y tengo que estar presente —le pidió Sarah mientras la obligaba a tumbarse.

—Querida mía, nadie es imprescindible en esta vida y tú necesitas el descanso más que nada ahora mismo, así que no rechistes. Dentro de un rato vendré a traerte la comida antes de que vuelvas a echarte –le dijo la hermana, comportándose como esa madre atenta que nunca tuvo.

—Pero, hermana, ya sabe que las mujeres cuentan con que yo vaya, no puedo abandonarlas.

—Y, por supuesto, que no lo harás. Sarah, hija, debes descansar para seguir atendiendo a esta gente como hasta ahora, pero me preocupa tu estado de salud últimamente y el doctor Savannah puede ocuparse esta tarde de la reunión. Además, estoy segura de que a las mujeres no les importará el cambio, pues a la vista está que el médico... –le contestó la hermana, que se sonrojó tras su comentario, lo que hizo que la doctora se echara a reír pues la hermana llevaba toda la razón.

—De eso no me cabe duda, hermana, pero dígame ¿ya la ha asustado el doctor diciéndole no sé qué tonterías sobre mí?

—Sarah, no seas cabezona. El doctor me ha comentado que puedes tener anemia y no me sorprendería. Hija, te desvives por esta gente de una manera enfermiza. Ya ves en qué estado estás. Necesitas descansar y no se hable más.

La hermana había dicho su última palabra. Salió de la cabaña dejándola asombrada por ese temperamento que nunca antes había visto, pero en el fondo sabía que era su manera de preocuparse por ella y cuidarla. Sarah se puso a pensar en los últimos momentos que había vivido hasta que el cansancio y la tristeza pudieron con ella y se durmió sin remedio. No supo por cuánto tiempo. Más tarde, la hermana Agnes le llevó la comida y le contó que todo estaba bajo control, mientras se aseguraba de que se tomaba todo lo que le había llevado. Sarah le pidió que le informara sobre los enfermos del hospital pero no consiguió nada. En cuanto se hubo terminado la comida, la religiosa volvió a obligarla a dormir, pero como Sarah no tenía sueño se quedó un ratito con ella. La hermana no pudo resistirse a la insistencia de Sarah por saber de los pacientes y, al final, accedió:

—¿Qué ha pasado con la madre del bebé muerto? —Quiso saber ella.

—No pienses en eso ahora, hija mía.

—Hermana, por favor, tengo que saberlo. Yo no he sido capaz de estar con ella porque me he derrumbado y he huido a esconderme como hacía mucho tiempo que no me pasaba —se lamentó Sarah con un hilo de voz.

—De eso nada, Sarah. No te permito que pienses así. Desde que llegaste a nuestra misión has hecho tanto por esta gente sin recibir nada a cambio que no te consiento que hables así sobre ti misma. El doctor le dio la noticia y se quedó con ella intentando confortarla, aunque ya imaginarás que es harto complicado. Otro regalo que nos ha dado el señor, ese médico es otra joya, como tú.

Sarah se estremeció al recordar el abrazo en el que se había fundido con Elliot. El calor de su cuerpo, sus manos sujetándola con fuerza y acariciándola sin descanso hacían aflorar miles de sentimientos en ella. Quiso desterrar aquellos pensamientos pero veía que era inevitable sentir aquello por ese hombre. La hermana siguió hablándole de las excelencias del nuevo médico; si no fuese porque era religiosa hubiera dicho que hasta le gustaba.

—Sarah, las personas somos las intermediarias con Dios. Aquí se hace todo lo que se puede por ellos y luego rezamos para que Dios les eche una mano. Esta gente tiene un Dios especial sobre ellos, durante todo el día, que les protege y les cuida tanto que a veces hace maravillas. Yo me quedo sorprendida por cómo algunos casos salen adelante. En ese momento, miro al cielo y le doy gracias al Señor. Pero, a veces, ese Dios los reclama demasiado jóvenes para que le acompañen en su reino de la luz y no nos queda más que aceptarlo y rezar para que su alma encuentre el descanso eterno. —Con aquellas profundas palabras con las que la hermana siempre conseguía conmoverla cuando tenían esa clase de conversaciones, Sarah sintió que las fuerzas la abandonaban de nuevo y se sumió en un reparador sueño.

Ya bien entrada la tarde se despertó y decidió salir a darse un baño en la laguna como el día anterior antes de que Elliot y ella se dieran ese fatídico beso. Las hermanas y el doctor estarían en la reunión, así que no le preocupaba que alguien pudiese verla. Cogió una toalla y tras ponerse su bañador deportivo, el mismo que utilizaba en sus clases de natación en Boston, se dirigió hacia la laguna. Una vez allí, nadó, buceó, se olvidó de todo y al salir del agua se tumbó sobre la toalla haciendo que los rayos del sol doraran un poco su blanca piel. Relajada y descansada, sintió un poco menos el peso que llevaba consigo. Quizá debía hacer caso a la hermana y aceptar que la vida muchas veces toma otro camino sin que nosotros podamos hacer nada para evitarlo. Cuando comenzó a anochecer volvió a su cabaña. Iba completamente tranquila cuando en su puerta, de nuevo, estaba Elliot.

—He venido a ver cómo estabas —le dijo el médico dándole un buen repaso de arriba abajo. Cuando Sarah se dio cuenta de cómo la miraba, el joven doctor se concentró en su cara bastante sonrojado.

—Gracias, la verdad es que estoy estupendamente. El descanso y el baño me han sentado de maravilla —le contestó ella quitándose la toalla enrollada a la cintura. Los ojos de Elliot volvieron a pasearse por su cuerpo sin atisbo de vergüenza. ¡Le gustaba! Sarah no sabía si lanzarse a besarlo o dar saltos de alegría. No se había separado de ella porque no le interesara, sino que había algo más que Sarah, sin duda, terminaría descubriendo. Su objetivo desde aquel preciso instante sería seducirlo—. ¿Quieres entrar a mi cabaña para que hablemos más tranquilos? —Intentó convencerlo acercándose a él muy seductora.

—No... yo... tengo que irme —carraspeó mientras no le quitaba el ojo de encima. Estaba a punto de caer, sólo tenía que forzarlo un poco más.

—Acompáñame, por favor. Quiero que hablemos sobre el caso de esta mañana, pero antes necesito darme una ducha. —Quiso convencerlo de aquel modo y, para su sorpresa, funcionó. Elliot asintió con la cabeza y entraron en la cabaña. Sarah entró a la ducha que necesitaba más que nunca, pues su cuerpo estaba empezando a sentir un calor infernal al tenerlo tan cerca y ver cómo la miraba. Parecía que la deseaba pero que algo le impedía actuar, y eso le estaba dando más confianza en sí misma. Al rato, salió del baño con la toalla anudada en su cuerpo, descalza y con el pelo mojado. Elliot tragó saliva al verla así.

—Saldré mientras te vistes —dijo él girándose hacia la puerta con visibles muestras de estar sudando por el nerviosismo que le provocaba aquella imagen, pero Sarah fue más rápida y le agarró del brazo obligándole a girarse para estar a escasos centímetros de él.

—No tengo por qué vestirme —respondió ella quitándose la toalla y quedándose desnuda delante de él. Se estaba arriesgando mucho con aquel gesto, sus respiraciones se volvieron aceleradas y Sarah notaba el corazón en la boca.

—¿Por Dios, Sarah, qué estás haciendo? —Consiguió al fin decir el doctor tras unos segundos en los que se deleitó observando su cuerpo—. No podemos hacer esto...

—Claro que podemos —respondió ella, lanzándose a su boca y eliminando cualquier duda que él pudiera tener.

Se subió a él enrollando sus piernas alrededor de su cintura. Sarah pudo sentir lo excitado que estaba, lo que le dio más fuerza para seguir besándolo, explorando su lengua, tirando de sus labios e incluso dándole algún mordisco travieso. Elliot quiso resistirse, pero fue imposible. A los pocos segundos la agarraba fundiéndose con ella en un beso salvaje y apasionado. Ella quería más, necesitaba que la llevara a la cama y le hiciera el amor sin parar, pero Elliot no se movía. Cuando separaron sus bocas para respirar, él apoyó su frente en la de ella y la magia se evaporó. La bajó despacio y la cubrió con la toalla de nuevo. Sarah estaba desconcertada. Había sentido lo mucho que la deseaba, ¿qué había pasado?

—Tenemos que parar antes de que nos arrepintamos, Sarah. —Y con esas palabras abandonó la cabaña, dejándola frustrada, confusa e insatisfecha.

Sarah no fue a cenar, pues de nuevo ese hombre había conseguido que se sintiera avergonzada, incluso más que la vez anterior, ya que en esta ocasión se había mostrado completamente desnuda ante él. No comprendía por qué actuaba de aquella extraña manera, cuando no cabía ninguna duda de que la deseaba. Lo había podido comprobar. Algo no cuadraba y ella lo descubriría tarde o temprano.

La hermana Agnes volvió a su cabaña a encargarse de que cenara. Aunque se le había quitado el apetito por completo, tuvo que hacer un esfuerzo para que la dejara sola y poder idear algún plan que acabara con las defensas de aquel hombre. La religiosa le preguntó por el doctor Savannah, pues no había aparecido por el comedor como cada noche, pero Sarah se hizo la tonta y le dijo que no sabía nada de él desde que dejó el hospital ese día. Cuando consiguió que la hermana la dejase en la tranquilidad de su habitación, fue en su busca. No estaba en su habitación, así que empezó a caminar por los alrededores sin ningún éxito. Volvió a la cabaña de él al ver luz encendida en su interior. Llamó a la puerta y un Elliot con un simple pantalón de pijama negro largo y con el torso desnudo del que caían pequeñas gotas de sudor, la recibió:

—Sarah ¿qué haces aquí? –le preguntó con la respiración acelerada sin comprender su presencia en aquel lugar y a esas horas. Parecía que había estado desfogándose haciendo ejercicio.

—¿Tú qué crees? –contestó ella entre enojada y excitada por la visión de su glorioso cuerpo del cual no podía apartar la mirada. El doctor se dio cuenta y quiso zanjar el tema de nuevo.

—Creía que había quedado claro hace un rato –le dijo mientras intentaba respirar con tranquilidad, pero Sarah ya no distinguía si era debido a la recuperación tras el ejercicio o al deseo que se estaba apoderando de él y, sobre todo, de su entrepierna.

—¿Claro? Lo tendrás claro tú pero yo no. –Lo empujó hacia dentro y cerró la puerta–. ¿Estás matándote a hacer ejercicio para compensar el calentón con el que te has ido? –Sarah no sabía de dónde salían aquellas palabras, porque ella no era así, pero es que aquel hombre la ponía al límite.

—No te pases, pelirroja. Será mejor que te marches y mañana cuando estés más despejada, hablamos.

—Yo estoy superdespejada aunque algo insatisfecha, y confundida también. Por eso estoy aquí, para que me des alguna explicación porque no entiendo nada. Las mujeres deben lanzarse a tus brazos muy a menudo, a la vista está, pero la forma en la que las rechazas es increíble.

—¡Basta, Sarah! No vamos a tener esta conversación –respondió Elliot, que estaba poniéndose furioso a juzgar por cómo subía y bajaba su pecho.

—Oh, sí, ya lo creo que vamos a tener esta conversación. A mí no me besa nadie ni se muestra tan excitado como tú y luego me deja a medias. Así que antes de que terminemos con lo que hemos empezado en mi cabaña hace un rato, dime qué es lo que te impide que hagamos el amor como ambos deseamos. –Un gemido se escapó de la garganta de Elliot tras las palabras de Sarah que empezaban a hacer efecto en su cuerpo.

—¡Por Dios, porque no puede ser! ¿Es que no le tienes ningún respeto a la orden? –preguntó muy enfadado.

—¿De qué orden me estás hablando? –le miró ella sin comprender nada. «¿De qué narices le estaba hablando?», se dijo Sarah.

—¡La orden de las hermanas marianas del Señor! Vale que no lleves hábito, pero si has decidido consagrar tu vida a Dios ¡tenle un poco de respeto! –contestó Elliot malhumorado. «¿Pensaba que era monja, como la hermana Agnes?», se dijo. En ese momento no pudo evitarlo y se echó a reír provocando más la ira de él. Cuando pudo hablar sin reírse le sacó de dudas.

—¿Piensas que soy religiosa como las hermanas? Me alegra saber que ese es tu único impedimento, porque no lo soy. Simplemente soy una cirujana que ha venido a trabajar en este proyecto durante un año. –El semblante de Elliot pasó por varios estados de ánimo: sorpresa, alegría, pero lo que más afectó a Sarah fue ver en sus ojos un halo de desolación. Ya no había nada que impidiera que vivieran aquel momento, ¿por qué esa mirada?

—Sarah, márchate por favor. Lo mejor será que lo dejemos aquí, no importa lo mucho que te necesite ni te desee, hazte a la idea de que eso no va a suceder nunca. –Las palabras de Elliot la hirieron y ya no tuvo ganas ni fuerzas de seguir luchando por él.

Abandonó la cabaña cabizbaja sin entender su actitud. No podía dormir en aquel momento, cuando se encontraba tan herida y asombrada, así que se decidió por dar un paseo por los alrededores. Quizá había confundido lo que él sentía por ella, pero no, el mismo Elliot le había dicho que la deseaba, ¿qué demonios estaba ocurriendo allí? Su mente estaba saturada tras los últimos acontecimientos vividos, por lo que finalmente se marchó a su cabaña a intentar conciliar el sueño antes de empezar un nuevo día junto a aquel hombre que jamás sería suyo.

8

A la mañana siguiente fue en busca de la hermana Agnes para que le contase cómo había ido la reunión de mujeres y para sorpresa de Sarah había sido un rotundo éxito. El doctor se había portado fenomenal con las mujeres, se había interesado por sus actividades allí, por sus familias y hasta había bailado con ellas. Se acercaba las fechas navideñas a pesar del aspecto que tenía el poblado, pues para ella resultaba chocante vivir una Navidad calurosa, aunque no tenía muchas ganas de celebrarla. En ese momento se imaginó a su amiga Nicole adornando su casa con toda la parafernalia navideña, pues a pesar de no contar con familia propia siempre le había encantado decorar la casa con el árbol, las luces, guirnaldas... Su casa parecía una feria de pueblo, vaya. Ella, por el contrario, detestaba todo lo relacionado con aquella festividad pues en la casa de su familia siempre montaban grandes fiestas. En Nochebuena acudía a cenar a casa gente que ni siquiera conocía, pero que eran contactos importantes de su padre. Y en Nochevieja la cosa no mejoraba, sus padres se empeñaban en viajar cada año a un lugar diferente a celebrar el Año Nuevo: Japón, Australia, Nueva York, Italia, España... Desde que tenía uso de razón habían estado en una zona del planeta distinta disfrutando de una gran cena con su posterior fiesta, pero todo alejado del ambiente cálido que sus amigas de la universidad siempre habían disfrutado. Incluso el mismo Joseph, pues a su madre le encantaba preparar una gran cena y rodearse de su familia en casa. Era la única noche que su esposo, uno de los concejales del partido de su padre, le concedía el deseo de estar a solas disfrutando de una auténtica velada familiar.

Cuando encontró a la religiosa, le explicó qué era lo que necesitaba para la cena de Nochebuena que tenían pensado preparar, pero ni por asomo iba a decirle a Elliot que la ayudara tras su último rechazo. La hermana le preguntó si el doctor la iba a acompañar como les había informado, pero ella enseguida le explicó que lo mejor era que se quedase por si había algún tipo de emergencia que requiriese de la ayuda de alguno de ellos. Los auxiliares y las hermanas tenían conocimientos médicos pero no llegaban a ser médicos y a veces era necesario que un facultativo estuviese presente. Podían tener un día de lo más relajado y tranquilo o en un segundo encontrarse una situación de vida o muerte.

Una vez tuvo la lista de todo lo necesario, se pasó por el hospital para asegurarse de que todo marchaba bien. La hermana Agnes estaría al cargo durante el turno de mañana junto a los auxiliares así que podía irse tranquila. Mahmood la estaba esperando a las afueras del centro hospitalario con la sonrisa marcada en su rostro. A Sarah eso la seguía impresionando, no importaban las condiciones en las que aquella gente viviera, rara vez veía la tristeza en sus caras. Se pusieron en marcha inmediatamente para tardar lo menos posible. Durante el trayecto, el voluntario volvió a agradecerle a la doctora su rápida ayuda cuando le había atendido hacía varias semanas. Mahmood había padecido una gripe, pero en las terribles condiciones en que vivían, en las que a veces escaseaban los recursos, cualquier enfermedad por simple que pareciera resultaba mucho más grave.

—Mi esposa quiere que venga a cenar un día a casa. Para nosotros sería todo un honor después de todo lo que hizo por mí –le dijo el hombre alto y grandote que conducía el coche con suma maestría por aquella complicada carretera.

—Me encantaría ir, pero no porque te curara de la gripe sino porque me gustaría conocer a tu esposa y a los pequeños de los que tanto hablas. –Mahmood estaba en el paro desde hacía varios meses, trabajaba en la ciudad construyendo edificios pero su empresa quebró y se quedó en la calle. Desde entonces ayudaba a la orden religiosa de las hermanas marianas aportando lo que podía. Conducía, reparaba lo que se estropeara en la misión e incluso en el hospital archivaba los documentos que le decían las hermanas. Estas a cambio le daban comida y ropa para sus hijos. Su esposa, Rebekkah, trabajaba en un mercadillo de la ciudad vendiendo los collares, vestidos y anillos que ella misma creaba. El caso de Mahmood y Rebekkah le impactó bastante cuando él mismo se lo contó.

—Rebekkah es una mujer increíble, doctora, y no se lo digo porque sea mi esposa y porque la ame más que a mi propia vida. Nunca le he contado nuestra historia, me temo. –Sarah frunció el ceño y negó con la cabeza–: Rebekkah no es africana como yo. Ella procede de Estados Unidos como usted. Su vida ha sido bastante difícil, su madre falleció al darla a luz y su padre le echó la culpa de la muerte de su esposa. No soportaba estar cerca de ella porque se parecía demasiado a la mujer que había sido el amor de su vida, así que en cuanto se casó con otra, mandó a mi dulce Bekkah a casa de sus tías maternas donde recibió todo el amor que su propio padre le había negado. Siempre se ocupó de ella económicamente pero no quiso siquiera verla. Rebekkah se crió con sus primos y sus tíos que sí la trataron como se merecía, pero siempre le quedó el dolor de no tener el amor de unos padres.

»Cuando tuvo diecisiete años viajó por el mundo conociendo diferentes países, al tener el respaldo económico y el apoyo de sus tíos podía hacer lo que quisiera y su deseo era ese, hasta que llegó aquí y nos conocimos. –Sarah podía ver la emoción en la voz de aquel hombre fuerte y grande, aquello la sobrecogió–. Llegó a Obandé como le digo a la edad de diecisiete años, yo contaba por aquel entonces con veinte y era un muchacho pobre, pero con unas ganas enormes de luchar por ser alguien en la vida.

»Recuerdo claramente la primera vez que la vi. Bekkah estaba sentada en el suelo llorando, nadie se le acercaba, pasaban por su lado como si no existiera. Yo acudí inmediatamente a ver qué le sucedía y al ver sus ojos castaños empapados por las lágrimas sentí como si me clavaran un puñal en el corazón. Estaba en apuros y parecía desolada. No quería pensar que alguien le hubiese hecho daño, pues se la veía completamente desvalida. Mi alivio llegó pronto cuando me dijo que le habían robado el bolso y en el forcejeo se había caído al suelo. Por suerte en su hotel tenía más dinero, pero se había llevado un susto tremendo y no estaba su familia, la que la quería para poder consolarla. La acompañé a su hotel y le dije que si lo deseaba podía enseñarle la ciudad, aunque lo que sentía en ese momento era que anhelaba mostrarle el mundo. –Sarah le sonrió a la vez que sentía el gran amor que Mahmood le profesaba a su mujer.

»Y así, poco a poco, nos fuimos conociendo. Visitamos la ciudad a diario, la llevé a los pueblos de alrededor, ella me contó la dura relación con su padre y yo le expliqué mi situación, pues no quería engañarla, aunque no le importó lo más mínimo. Así pasaron varios meses hasta que su padre se enteró de nuestra relación a través de sus tías y todo se acabó. Mandó a otro tío paterno a por ella y al ser menor de edad tuvo que marcharse, dejándome con un gran vacío en el pecho, y es que nos amábamos tanto doctora…

Sarah se estaba emocionando con la historia de Mahmood, al igual que él. Apoyó una mano en su hombro para reconfortarle durante un instante y enseguida se recompuso prosiguiendo con la historia.

—No pudimos comunicarnos de ninguna de las maneras, ella no podía salir del país y yo no podía ir en su busca porque era tan pobre como las ratas. Cuando cumplió la mayoría de edad su padre ya no podía retenerla, y abandonó su país en mi busca, no sin antes tener discusiones de lo más acaloradas en las que le decía que no comprendía cómo quería dejar una vida acomodada para irse con un hombre pobre y de color. Pero, entonces, Bekkah le dijo todo lo que llevaba callando desde que la abandonó siendo apenas un bebé, cosas como: «Es pobre, sí, pero su corazón es más rico que el tuyo porque sabe amar». Yo había perdido toda esperanza de encontrarme con ella nuevamente pero un día de lluvia y nubarrones, estando bajo un techo de un edificio que habíamos empezado a construir hacía unas semanas, apareció.

»Me habían contratado recientemente y estaba aprendiendo el oficio, tenía que ir a comprobar un par de cosas y, a pesar de la lluvia, acudí al lugar. Si no hubiese sido porque era un día frío y gris, habría creído que estaba contemplando una alucinación, como en el desierto cuando los caminantes ven oasis provocados por el sofocante calor. Rebekkah estaba en la acera de enfrente bajo la lluvia con un pequeño paraguas y sonriéndome. No fui capaz de reaccionar, así que ella se fue acercando a mí hasta que conseguí hablar y le dije: «¿Estás aquí?», a lo que ella me contestó «Para siempre», y desde entonces hasta ahora.

Sarah ya no pudo evitarlo más y lloró emocionada por la preciosa historia de amor que acababa de escuchar y que jamás hubiera esperado oír de ese hombre que vivía en aquel humilde poblado donde las cosas parecían simples y sencillas. Mahmood también se emocionó y alguna lágrima se le escapó, pero enseguida se la limpió con su enorme manaza.

—Es una historia hermosa. Nunca habría imaginado que algo así pudiera suceder en un lugar como este, la verdad. Aquí todo parece ser tan fácil y a la vez tan difícil. Me alegro mucho de que después de lo que pasasteis pudierais conseguirlo y estar juntos y felices, porque en definitiva es eso de lo que se trata la vida ¿no?

—Bueno, doctora, no fue todo tan estupendo. Bekkah no se separó de mí desde entonces, pero su padre nos hizo la vida imposible, mandó otra vez a su tío para que la hiciera entrar en razón, ya que era mayor de edad y no podía llevársela otra vez. Intentó que sus tías la convencieran, pero nunca antes la habían visto tan feliz y comprendieron que su felicidad ya no estaba junto a ellas. Aun así hizo todo lo que pudo hasta que la desheredó y le retiró todo el dinero que tenía en una cuenta que le había creado antes de que naciera. Vivimos con lo que vamos sacando de los trabajos, ella en el mercado, yo si me sale algún trabajillo y las hermanas nos ayudan también mucho. Hemos tenido dos niños preciosos que son toda nuestra vida y que nos llenan de alegría cada día.

—Menos es más –le dijo Sarah, aún emocionada por su historia, y es que aparte de ser emocionante de por sí, no pudo evitar sentirse reflejada en parte en la vida de Rebekkah al no contar con el apoyo de su padre en nada y tener que huir en busca de la felicidad–. ¿No habéis vuelto a saber de su padre?

—Eso es lo más triste, doctora. Hace un par de años el padre de Bekkah enfermó y ella sin dudarlo voló para estar con él llevándose a los pequeños a pesar de que yo no estaba convencido, pues no quería que sufrieran y no sabía de qué forma iba a recibirlos. Ni siquiera en aquellos momentos en los que se estaba muriendo cedió y finalmente falleció sin conocer a sus nietos y sin perdonar a su hija. Bekkah volvió destrozada pero tranquila porque había hecho todo lo que estaba en su mano, aunque no consiguió reconciliarse con su padre.

—Vaya, pobrecita. Ninguna persona debería sufrir ese trato de sus padres, porque supuestamente son quienes deben quererte y protegerte de todo el dolor que ya te encuentras tú solo en el mundo. La verdad es que la comprendo bastante…

–No pudo ni quiso seguir pues no le gustaba ir contando sus penas a la gente. Además, en ese momento llegaron al establecimiento donde comprarían lo que necesitaban para Navidad. Tras un par de horas en el hipermercado volvieron a la misión mientras Mahmood le habló de su boda, el nacimiento de sus hijos, las vicisitudes por las que habían tenido que pasar… Y lo que más claro le quedó a Sarah era el gran amor que aquellas dos personas de culturas y mundos tan distintos compartían. Gracias a historias como esa, Sarah mantenía la esperanza de conocer un amor tan maravilloso como aquel algún día.

La hermana Agnes quedó muy agradecida tras ver todo lo que habían comprado, aunque un poco enfadada también, porque Sarah había pagado muchas de aquellas cosas con su propio dinero. La misión le estaba otorgando tantas alegrías que era lo mínimo que podía hacer. Sarah quedó con Mahmood en cenar con su familia ese mismo día, pues estaba deseando conocer a Rebekkah, todo un ejemplo a seguir. Acudió al hospital para ver cómo se encontraban los pacientes y nada más entrar el corazón le dio un vuelco al ver a Elliot. Estaba en el mostrador de la entrada rellenando unos informes de pie, con el pelo alborotado y tan arrebatador como siempre. Estaba charlando animadamente con una de las hermanas y ambos sonreían. Entonces se giró y al verla se puso muy serio, ella se acercó y empezó a hablar con él como si nada de lo ocurrido la noche anterior hubiese sucedido, pues era lo mejor. Por alguna razón, aquel hombre no era para ella y cuanto antes se hiciese a la idea, mejor.

—¿Todo bien por aquí? —preguntó Sarah a la hermana que, tras saludarla, se marchó de allí dejándolos solos.

—Perfectamente —contestó el médico muy serio. La sonrisa que se dibujaba hacía unos instantes en su rostro había desaparecido y miraba sus informes mientras ignoraba por completo a la doctora que estaba, como una estatua, delante de él sin saber bien qué decir.

—Voy a cambiarme y me quedo aquí, cuando quieras puedes marcharte. —Comenzó a dar unos pasos, cuando Elliot se dignó a hablarle, pero sin levantar la vista de los documentos que tenía entre sus manos.

—¿Me estás echando? —Sarah se dio la vuelta sorprendida por su pregunta y le contestó sin demora, pero con el enfado creciendo en su interior. Ella sólo quería trabajar y olvidar lo que había pasado entre ellos, ¿por qué buscaba guerra aquel hombre al que deseaba y que la había rechazado en varias ocasiones?

—Claro que no, pero ya he vuelto de comprar lo de la cena con Mahmood y tú que llevas aquí toda la mañana puedes irte un rato a descansar o a hacer lo que te dé la gana. ¿Encima que lo hago por ti me hablas de esa manera? Haz lo que quieras.

—Por supuesto que voy a hacer lo que quiera, Sarah —le dijo él dando un golpe en la mesa al dejar la carpeta con los informes. Ella miró a su alrededor y dio gracias por que no hubiese nadie cerca, pues no quería montar ninguna escena. No comprendía a qué demonios venía esa actitud en él tan de repente. Fortalecida por el enfado, que iba en aumento, se acercó a él hasta que sus cuerpos casi se rozaban. Desde esa distancia podía deleitarse con su olor corporal y eso la mataba.

—No vuelvas a hablarme de esa forma ni a subir el tono cuando te dirijas a mí. Yo no soy ninguna niña a la que tengas que regañar. Te pase lo que te pase me importa una mierda, soluciónalo, pero no lo pagues conmigo porque no tengo culpa de nada –le contestó en un tono tranquilo y sin subir la voz. Elliot no pudo evitar desviar la mirada al pecho de ella que subía y bajaba. Esto descolocó de nuevo a Sarah que ya se estaba haciendo a la idea de que no quería nada con ella, pero al ver la lujuria con la que la observaba, dudó de nuevo. Lentamente se apartó de él, que tenía los brazos a ambos costados pegados haciendo fuerza para no moverse ni un milímetro.

—Precisamente eres tú la que tiene la culpa de que esté así. Quieres que lo solucione cuando sabes que no puedo. –Seguía sin comprender pero no se giró, simplemente se paró, escuchó lo que le dijo y siguió andando hasta llegar al vestuario, donde se cambiaría y borraría sus palabras de su mente.

Se había puesto los pantalones y estaba cogiendo la parte de arriba del uniforme cuando el doctor irrumpió en el cuarto sin llamar. Ella se quedó blanca al verlo, pues únicamente llevaba puesto un sujetador de encaje y los pantalones. Elliot cerró la puerta sin dejar de recorrer su cuerpo con la mirada, centrado en sus delicados pechos en los que se marcaban sus pezones debido a la excitación del momento. Llegó hasta Sarah y se lanzó a devorar salvajemente su boca, ella sólo podía responder a ese beso sin apenas poder participar porque lo hacía todo él. La tenía aprisionada, rodeándola con sus fuertes brazos y sin dejarla mover los suyos que estaban extendidos a ambos costados. Cuando por fin se separó de Sarah no fue para arrepentirse sino para concentrarse en sus pechos y dedicarle todas las atenciones que necesitaban. Tiró de la copa izquierda hacia abajo y comenzó a tocar de forma experta su pezón haciendo que ella temblase sin remedio. Sarah cerró los ojos por el placer que estaba experimentando en ese momento. Volvió a besarla sin dar tregua a su pecho, que masajeaba a la vez que retorcía el delicado botón erecto. Sarah no quería seguir por aquel camino si él no iba a terminarlo, pero las palabras se le quedaron atrancadas en la garganta y tampoco era capaz de moverse. Entonces Elliot recuperó la cordura y se apartó de ella como si le quemara.

—Yo... yo...

—Lo sientes ¿verdad? –contestó Sarah colocándose de nuevo bien el sujetador y poniéndose la parte de arriba del uniforme de trabajo–. Mira, Elliot, yo no soy una muñeca hinchable con la que puedas jugar cuando te apetezca. Lo mejor será que olvidemos esto. A partir de ahora, seremos totalmente profesionales y ni besos ni tocamientos ni nada. ¿Crees que podrás hacerlo? –preguntó Sarah como un volcán en erupción. ¿Qué se pensaba aquel tipo que podía hacer con ella? Por mucho que lo deseara, no iba a tolerar semejante actitud.

—Desde luego que puedo hacerlo. Siento mucho todo esto, no deberíamos hacerlo pero es mirarte y se me olvida todo lo que debo hacer. Perdóname, porque no quería hacerte sentir de esa forma en ningún momento.

—Perfecto. –Guardó su ropa en uno de los cajones del vestuario y se marchó dejándolo allí plantado sin más.

La tarde transcurrió sin grandes problemas y al llegar la noche Sarah se puso el mejor vestido que había metido en la maleta para acudir a la cena de Mahmood y Rebekkah. Era negro de tirantes y le llegaba por la rodilla. No sabía si sería demasiado atrevido porque mostraba un provocativo escote, así que cogió un pañuelo blanco y se lo colocó de tal forma que tapara un poco sus generosos pechos. No quería ser irrespetuosa en la casa de sus anfitriones. Se puso unas sandalias negras y cogió su bolsito blanco antes de salir por la puerta de la cabaña. De camino se sujetó el cabello con una pinza a modo de moño. Llegó en apenas diez minutos, pues Mahmood vivía muy cerca del hospital. La casa de piedra era una de las pocas de la zona, ya que la mayoría estaban hechas con barro. No era demasiado grande ni tampoco pequeña, unas cuantas ventanas con cortinas echadas y una sencilla puerta de madera. Sarah llamó y enseguida una mujer joven como ella, vestida con la ropa tradicional y el pañuelo en la cabeza, la recibió sonriendo.

—Buenas noches, tú debes ser Sarah –le dijo la mujer haciendo un gesto con la mano para que entrase. Ella asintió con la cabeza y entró. La esposa de Mahmmod era una mujer que rondaría la treintena, con el pelo largo castaño, alta y con buena figura a pesar de haber sido madre en dos ocasiones. Sus ojos expresaban felicidad a pesar de no tener muchos lujos y su sonrisa mostraba lo realizada que se sentía. Había conseguido hacer lo que deseaba a pesar de la oposición de su padre. La casa por dentro hacía justicia a lo que se veía en el exterior, un par de habitaciones sin puertas se veían nada más entrar. Rebekkah la llevó hasta una de ellas que era el saloncito donde había apenas una mesa con cuatro sillas, un sofá, dos librerías repletas de libros y la televisión. Como decoración había muchos tapices africanos y las cortinas que cubrían las ventanas. Sarah vio a Mahmood mirando un libro en una de las estanterías y al verla llegar se giró feliz.

—Doctora, es un honor tenerla en nuestro humilde hogar.

—El honor es mío, querido Mahmood. Parece una casa muy acogedora –le dijo ella mirando a su alrededor.

—Gracias, doctora. Los niños están poniéndose el pijama porque ya han cenado, así no nos molestan mientras hablamos.

—¡Oh no, por favor! No son ninguna molestia para mí, me encantan los niños y me gustaría conocerlos si es posible. –El voluntario asintió y la dejó un momento a solas mientras iba a buscarlos. Sarah paseó por la salita, que era aún más pequeña que su piso de Boston. A sus padres les hubiera horrorizado semejante casa. Escuchó a alguien carraspear y cuando se dio la vuelta no podía creer que Elliot también estuviese allí.

—Buenas noches, doctora. –Sin tiempo para responder, Rebekkah entró en la sala y les ofreció asiento, pero los dejó solos mientras comprobaba cómo iba el asado. Sarah, nerviosa por estar junto a él, se sentó en un lado del sofá y el médico en el otro. No podía mirarle a los ojos después del momento tan intenso que habían compartido hacía unas horas. Mahmood rompió el silencio al llegar con dos niños, un chico y una chica que se parecían bastante. Iban con dos pijamas de superhéroes y por sus caritas de sueño se notaba que estaban a punto de caer rendidos.

—Doctores, les presento a mis hijos: Hannah y Hamza.
—Elliot fue el primero en levantarse y dirigirse a los pequeños. Los saludó y jugó con ellos haciéndoles cosquillas. No quería derretirse por aquel hombre en ese momento, pero fue inevitable al verle reír y divertirse con los pequeños en la alfombra del suelo. Mahmood sonrió y los dejó en el salón, mientras iba a la cocina junto a su mujer. Sarah les sonreía desde el sofá y se unió a ellos una vez que pudo reaccionar. Los cuatro se batieron en un duelo de cosquillas riéndose y disfrutando tanto como los niños. Rebekkah llegó al instante y les pidió a los niños que se despidieran pues debían acostarse. Sarah quiso ir con ellos mientras les preguntaba por el colegio y sus juegos preferidos. Ayudó a Rebekkah a acostarles y les leyó un cuento a ambos. Al salir de la sencilla habitación de los niños, que tan sólo contaba con las camas, una mesa grande con dos sillas y estanterías con libros, Rebekkah suspiró al cerrar la puerta.

—Tienes unos niños adorables —le dijo Sarah tocándole en el brazo como muestra de afecto.

—Uf, sí, pero son agotadores, aún estoy buscando el interruptor de off pero sigo sin encontrarlo. —Ambas mujeres se rieron por el comentario y se dirigieron a la cocina donde estaban Mahmood y Elliot charlando tranquilamente. Finalmente se sentaron a cenar los cuatro.

—Antes de comenzar quiero darles las gracias a ambos —dijo Rebekkah—. A usted, doctora, por curar a Mahmood de la terrible gripe que le atacó hace unas semanas. Si no hubiese sido por sus cuidados, no sé qué habría sido de él. Yo con los niños no pude acudir tanto al hospital y por desgracia no la vi en las ocasiones que fui, así que me alegro enormemente de que hoy haya accedido a esta cena para darle las gracias como se merece.

—Es mi trabajo, Rebekkah, y además no podemos prescindir de alguien como Mahmood en la misión —le contestó Sarah guiñando un ojo al voluntario.

—Y a usted también, doctor, por traernos los deliciosos productos del hipermercado. No tenía por qué hacerlo, pero como no quiero que se sienta ofendido, los aceptamos. Ahora como muestra de mi agradecimiento le pido que sea usted quien reparta el asado.

—Para mí no es ninguna molestia, es más, lo hago encantado. Esta mañana no fui al hipermercado para colaborar en la cena de Nochebuena, así que tenía que ir para comprar algunas cosas. De este modo, puedo participar en la fiesta y de paso les traía algo ya que Mahmood es de gran ayuda en la misión.

La cena transcurrió tranquila hablando sobre el hospital, las enfermedades graves que asolaban a la población de vez en cuando, los hijos, la relación de Mahmood y Rebekkah, cómo había llegado Sarah a la misión... Pero Elliot no contó nada sobre él, era como si se hubiese cerrado en banda y cuando querían preguntarle algo se salía por la tangente. Aun así, Sarah no le dio importancia, pues cuanto menos supiera de él, mejor. Acabada la cena, como era costumbre en África, las mujeres se quedaron recogiendo, mientras Elliot se acomodaba en el sofá con Mahmood. Sarah aprovechó para volver a hablar sobre su familia.

—Si me permites, déjame decirte que te admiro profundamente. Mahmood me contó esta mañana lo ocurrido con tu padre y creo que es muy valiente lo que hiciste.

—¿Valiente? No, Sarah. No sé si has estado enamorada alguna vez, pero cuando llega el amor no puedes hacer nada por detenerlo aunque quieras, te impulsa y sólo puedes dejarte llevar, porque la corriente te arrastra. Cuando conocí a Mahmood pensaba que sería algo pasajero. Ni por asomo pensaba en dejar mi vida y mucho menos pensaba que acabaría viviendo aquí, acostumbrada como estaba a mi vida en Estados Unidos, pero créeme que cuando conoces al hombre de tu destino, haces lo que sea por estar con él.

Sarah asentía con la cabeza mientras Rebekkah le hablaba, porque aquello era lo que empezaba a sentir por el hombre de la habitación contigua, aunque en su caso no había nada que pudiese hacer. La corriente ya la estaba arrastrando y no podía hacer nada para salir de ella.

Tras fregar y secar los platos volvieron al salón, pero tras la charla con Rebekkah ya no tenía más fuerzas para seguir al lado de Elliot, así que se disculpó y se marchó. Al instante, el médico salió detrás de ella y la alcanzó.

—No sabía que ya te ibas, estaba en el baño —dijo el joven y apuesto médico, que seguía oliendo tan deliciosamente como siempre.

—Sí, estoy cansada y mañana llega el padre Maximilian, así que quiero estar lista temprano.

—Es cierto.

—Menuda historia la de Mahmood y Rebekkah. —Soltó ella de repente intentando sonsacarle algo a Elliot, que seguía cerrado en banda. Apenas musitó un sí audible y a pesar de insistir en su relación, Elliot no dijo más que monosílabos. Cansada de su actitud aceleró el paso, pues no quería seguir a su lado. Continuaron en silencio hasta que se despidieron:

—Buenas noches Sarah, que descanses.

—Gracias, Elliot, igualmente.

Y con estas palabras, cada uno cogió su camino y se marcharon a sus respectivas cabañas en el silencio de la noche.

9

A la mañana siguiente y bastante temprano, Sarah se dirigió al comedor porque sabía que la hermana ya habría empezado con los preparativos de la cena de Nochebuena que tendría lugar ese día. Sin darse cuenta ya estaban en Navidad y tan importante era la comida que degustarían junto a los enfermos del hospital como los juguetes para los niños, pero Sarah no había encontrado un minuto libre para ir a comprar algo para ellos. Al llegar al comedor vio que, efectivamente, la hermana ya estaba dando órdenes y organizando a la gente y la sala para que todo quedase perfecto y con un toque muy familiar. Todos le tenían mucho respeto y la religiosa a veces era como un comandante, ordenaba y todos acataban. Al menos, Elliot tenía turno en el hospital, eso la alivió un poco. No lo tendría tan cerca ni volvería a sufrir los efectos que eso le producía. Cuando lo tenía cerca no era capaz de controlar sus pulsaciones, su corazón palpitaba desbocado y se derretía al ver cómo la miraba a pesar de que no quería ni rozarle. Así que Sarah se unió al batallón organizativo de Nochebuena y en apenas un par de horas ya estaba el comedor decorado con motivos navideños y en la cocina comenzaban a hacerse los guisos que las hermanas habían planeado. A la hora de la comida, el doctor Savannah apareció para unirse a los preparativos pero ya quedaba poco por hacer.

—Siento mucho no haber comprado cuentos ni juguetes para los pequeños que tenemos ingresados —dijo Sarah a la hermana, que no paraba de moverse por la cocina atendiendo a todos los fuegos y controlando que todo se hiciera como ella decía.

—Querida niña, no te preocupes por eso. Tú estás agotada, has llevado todo el peso del hospital hasta que el doctor ha llegado y de hecho fuiste con Mahmood a comprar esta comida deliciosa que van a poder comer —le contestó la hermana mientras no paraba quieta.

—Bueno eso tiene solución —dijo de pronto Elliot atrayendo la atención de ambas mujeres—: Cuando fui a por comida, además, me paré en una librería donde vi algunos cuentos y luego me pasé por una tienda de juguetes cercana a la plaza y también compré algunos. No sé si habrá para todos, pero aparte de la comida pensé que los niños agradecerían tener algo para disfrutar ellos cuando tengan que volver a sus habitaciones.

Sarah y la religiosa lo miraban como si estuvieran viendo un extraterrestre, estaban maravilladas por el bonito gesto de aquel misterioso e indescifrable hombre. La hermana se acercó y le dio un tierno abrazo al tiempo que se lo agradecía repetidas veces. Ella, por su parte, no sabía qué decir, pero aquello ablandó un poco más su corazón. Elliot se había metido en su corazón alojándose en él sin poder evitarlo. Un rato después, se marchó al hospital a trabajar hasta bien entrada la tarde. Tuvieron que ir a llamarla para que fuese al comedor a disfrutar de aquella mágica noche. Sarah no tenía muchas ganas, pero al llegar descubrió que el ambiente era completamente distinto al que ella siempre había conocido. Había música africana sonando, algarabía de chiquillos, risas, caras felices y los ojos castaños de Elliot que aquella noche estaban distintos, pues desprendían algo parecido a la felicidad. Comieron, bebieron, cantaron y bailaron, pero sobre todo disfrutaron al ver los rostros de los pequeños enfermos iluminados al ver los juguetes y los cuentos. A Sarah le encantó el comportamiento de Elliot con los niños, jugó con ellos, les dio de comer a los que tenían más dificultades, les leyó cuentos… Era una persona tan diferente a la de los anteriores días que sólo sabía decirle que no, y entonces lo tuvo claro. No iba a poder hacer nada para evitar amar a aquel hombre de tiernos ojos castaños.

La mañana de Navidad, Sarah se dirigió primero al comedor antes de ir al hospital porque el padre Maximilian regresaba de la selva donde había estado colaborando en un proyecto de la misión con la gente más desfavorecida. El padre se había marchado con un par de enfermeras y tres integrantes del personal militar que protegían aquellas tierras. Sarah se reunió con las hermanas que estaban preparando el desayuno antes de que el sacerdote llegara. No había ni rastro de Elliot. Le extrañaba que no estuviera presente ese día, sobre todo porque aquel hombre le había recibido como si fuera un hijo. Finalmente el padre llegó y durante unos instantes todo fueron alegrías y abrazos. Las hermanas temían por los focos insurgentes de guerrilla que aún pululaban por la selva, de ahí ese efusivo recibimiento.

—Padre Maximilian, es una alegría tenerlo con nosotros de nuevo —dijo Sarah abrazándole nada más verlo, y es que allí las muestras de cariño se prodigaban sin parar, algo bien diferente a lo que sucedía en Boston.

—Muchacha, ¿cuántas veces he de decirte que me llames Max? —contestó el padre regañándola amablemente. Ella asintió con la cabeza sonriendo—. ¿Y mi chico dónde está? ¿Lo habréis tratado bien, verdad? Sentí mucho tener que dejarle nada más llegar, pero aquella familia estaba sufriendo una epidemia de gripe tan fuerte que necesitaba cuidados urgentes.

—Es una suerte que usted sea médico como nosotros y pudiera acudir en su ayuda, pero padre ¿de quién está hablando? ¿Se refiere a Elliot? —preguntó ella, queriendo saber algo más del misterioso hombre.

—Por supuesto, hija mía, ¿de quién voy a hablar si no? Tengo que hablar con él urgentemente. El obispo me ha dicho que no han tenido noticias suyas y están bastante preocupados. No sé por qué Elliot no ha escrito al seminario para informarles sobre su llegada y el trabajo que está realizando aquí.

—¿Semi... seminario? —Acertó Sarah a decir, impactada por las palabras del padre. No podía ser cierto, el padre debía estar confundido, porque una persona a punto de ordenarse sacerdote no iba besando a mujeres como lo hacía él, y desde luego no desnudaba a las mujeres con la mirada como cada vez que se encontraban a solas.

—Claro, hija. El obispo nos mandó a Elliot para que colaborara en este proyecto antes de ordenarse sacerdote.

—¿Entonces es seminarista? —quiso saber ella sin salir de su asombro.

—Sí, lo soy. —Oyó que contestó el hombre del que se estaba enamorando a su espalda. Sarah se giró y lo vio serio y rígido.

—¡Por fin! Ahí está mi chico —dijo el padre acercándose a Elliot con la cara llena de felicidad. Tras darse un abrazo y preguntarse mutuamente cómo estaban, el padre volvió a la carga—. ¿Seguro que estás bien? El obispo está muy preocupado porque no le has escrito.

—Ya... es que ha sido todo un poco de locos y aún no me he acostumbrado, padre, ya sabe. —Elliot evitó mirar a Sarah, que no salía de su asombro.

—Entonces ¿eres seminarista? —preguntó Sarah nuevamente mirándole directamente. Elliot se giró hacia ella y la miró con sus penetrantes ojos castaños.

—Sí.

Sarah sintió que se moría en aquel instante, ahora lo entendía todo. Él la rechazaba porque se estaba preparando para ser sacerdote y dentro de poco tiempo se ordenaría. Un nudo se instaló en la garganta de Sarah y las lágrimas luchaban por asomar a sus preciosos ojos verdes. Petrificada como estaba era incapaz de salir de allí. Ella pensaba que podía vivir algo maravilloso con ese hombre que la volvía loca y todo se había quedado en un sueño. Desde ese momento debía comportarse de manera diferente con aquel hombre, porque no solo jamás sería suyo, sino que estaba prohibido en el sentido amplio de la palabra. Aquello la partió en dos provocándole una herida en el alma y en el corazón.

*

Sarah continuó con su trabajo en el hospital mientras Elliot, el seminarista, hablaba con el padre Maximilian. Seminarista. Aún no podía aceptar que el hombre del que se estaba enamorando iba a ser sacerdote. ¿Por qué tenía que haberse fijado en él? Tenía que aprender a vivir con el sentimiento que estaba creciendo en su corazón y no hacer nada por respeto a Elliot, porque esa era la decisión que él había tomado. Sin embargo, no dejaba de darle vueltas a un pensamiento. ¿Por qué un hombre como él se ordenaría sacerdote? No sabía bien por qué, pero Sarah sospechaba que había un trasfondo que le había llevado a tomar esa decisión. Los pacientes reclamaron su atención, por lo que tuvo que dejar de pensar en Elliot. Tenía la esperanza de que seguiría hablando con el padre Maximilian durante bastante tiempo, así no tendría que verlo, pero por desgracia no fue así y al cabo de una hora estaba, de nuevo, en el hospital.

—Sarah, ¿podemos hablar? —preguntó Elliot mientras ella atendía a una mujer joven.
—Como ves, estoy ocupada —le contestó mientras auscultaba a la mujer aquejada de una tos severa.
—Cuando termines me gustaría que pudiésemos hablar. —Ella no contestó, ni siquiera le miró. Elliot volvió a insistir—: Sarah...
—Ve a la recepción y asegúrate de que no hay nuevos pacientes esperando —le dijo ella mirándole por fin. Su semblante reflejaba verdadera aflicción, pero debía ser fuerte y no dejarse afectar por su gesto. Elliot asintió y se marchó mientras ella continuó atendiendo a aquella mujer y trataba de concentrarse en su trabajo.

Sarah siguió con los pacientes, uno tras otro, sin descansar y sin pedir ayuda a Elliot. No podía estar junto a él todavía, pues sentía que la había traicionado al no contarle desde un primer momento sus intenciones de ordenarse sacerdote. Por si fuera poco, además se había atrevido a besarla un par de veces y sin ella haberlo forzado en ninguna de las dos ocasiones. ¡Era de locos!

Estuvo trabajando hasta muy tarde. La hermana Agnes le llevó algo de comida al hospital, pero hasta que no terminó de rellenar algunos informes no se marchó. Al acabar, cogió el almuerzo, aunque sin apetito, y se fue a su cabaña. Una vez allí, encendió el ordenador para revisar sus correos electrónicos: tenía varios de sus compañeros del hospital y de su jefe que querían saber si iba todo bien por la misión. Fue contestándolos mientras comía sin ganas. Ni rastro de sus padres ni de su hermano. Comprobó su teléfono móvil, que tenía abandonado desde hacía varias semanas. El trabajo la absorbía tanto que no le prestaba apenas atención. No se había dado cuenta de que su amiga Nicole le había escrito, y por la hora del mensaje estaría de fiesta con alguna amiga o con ese chico que la tenía tan enamorada. Sarah jamás la había visto tan entusiasmada con un hombre y ella se alegraba enormemente por Nicole, porque tras su enfermedad y lo mucho que había padecido, se merecía ser feliz de una vez por todas.

¡Hola Sarah!
Hace ya semanas que no me escribes ni un mísero wasap, no digamos ya un correo. Espero que sea porque la gente de la misión te tiene muy ocupada, pero ¡dime que estás bien por favor! Te envío un beso enorme, ¡te quiero Cuqui!

Aquel simple mensaje la hizo sonreír y por un momento dejó de sentirse tan dolida y aturdida. Pero rápidamente las dudas volvieron a inundar su mente: ¿Por qué Elliot no le habría contado que era seminarista? Absorta como estaba en sus pensamientos no vio que la luz del Skype brillaba. Cuando vio que se trataba de Joseph apagó el ordenador con un suspiro. No estaba para sus tonterías en aquel momento. Contestó a Nicole tranquilizándola pero escudándose en que tenía mucho trabajo en la misión y por eso le era imposible estar pendiente del teléfono, además de que la wifi a veces no funcionaba correctamente. Aprovechó para felicitarle la Navidad y pedirle que le enviara fotos de Boston nevado y, sobre todo, de ella disfrutando de aquella época del año. Al terminar dejó el móvil en su mesita de nuevo y se animó a dar un paseo. El hospital estaba siendo atendido por las hermanas y Elliot, y ella necesitaba un momento antes de volver a la realidad y enfrentarse a lo que el médico quisiera decirle. No tenía ganas de aparecer por el comedor donde sin duda estarían todavía celebrando que era Navidad. Se puso a caminar sin rumbo fijo. Al llevar ya cuatro meses en la misión conocía aquel lugar como la palma de su mano. Anduvo tanto tiempo que ya había anochecido cuando volvía a su cabaña. Para su sorpresa, Elliot estaba esperándola en la puerta. Sarah inspiró profundamente armándose de valor para enfrentarse por fin a él.

—Esto se está convirtiendo en una costumbre —le dijo ella para romper el hielo.
—Sarah, ¿dónde has estado? —preguntó Elliot con tono preocupado.
—Como si te importara —musitó ella avanzando hacia su puerta, pero antes de poder entrar notó que la agarraba del brazo con fuerza.
—Claro que me importa, Sarah, no seas así. Déjame que te explique... —le dijo acercándose a ella.
—Suéltame y no te acerques a mí nunca más. —Siguió caminando, pero de repente se giró para increparle—: ¿Sabes una cosa? No me gusta que me mientan y yo en ningún momento te he engañado, cosa que tú no puedes decir. —Al decir «tú» le señaló con el dedo de manera amenazadora. Elliot estaba callado, escuchando atentamente lo que le estaba diciendo—. No entiendo cómo un hombre que quiere dedicar su vida a Dios se da el lujo de engañar a la gente y encima va por ahí besando a mujeres.
—No voy besando mujeres por ahí, sólo a ti... —dijo él, mientras se cruzaba de brazos haciendo que Sarah se enfadase todavía más.
—¡No me interrumpas! Me da igual a quién beses, pero si me lo permites no creo que un seminarista deba ir haciendo ese tipo de cosas. ¿Qué dirían en el seminario si se enterasen? ¿O el obispo? —Quiso darle donde más le dolía, pero el gesto serio de Elliot no cambió. No había forma de saber qué pasaba por su mente.

—¿Has acabado? Porque creo que deberíamos seguir con esta charla en tu habitación. —Y sin darle tiempo a replicar se metió con ella en la cabaña. Sarah estaba asombrada por la parsimonia con la que se estaba tomando su sermón.

—¡No te he dado permiso para pasar! –volvió a gritarle–. Mira, tenemos que trabajar juntos así que lo mejor será que nos olvidemos de todo y tan amigos.

—¿Tan amigos? Por Dios, Sarah, si esta mañana me querías matar cuando te has enterado, anteayer querías arrastrarme a la cama y ayer hiciste como si fuéramos dos extraños en casa de Mahmood. Pareces una veleta, cambias de opinión cada cinco minutos –le dijo él haciendo aspavientos con los brazos mostrando su desconcierto.

—Entonces ¿qué propones? Mira, Elliot, tú puedes hacer con tu vida lo que quieras, pero a mí déjame en paz. No te preocupes que no volveré a lanzarme a tus brazos ni a ofrecerme a ti. –Terminó por decir Sarah frustrada y rabiosa–. Y ahora vete de mi habitación que quiero dormir.

—¿Crees que quiero estar aquí mirándote y no besarte como deseo? ¿Que me gusta trabajar a tu lado y evitar rozarme contigo porque si lo hago mi cuerpo reacciona y lo único en lo que pienso es en hacerte mía? ¿Acaso piensas que no me digo a mí mismo que es imposible, que en breve consagraré mi vida a Dios? Pero tú, tan entregada a la gente, tan sonriente, y con ese cuerpo tan perfecto, me lo pones muy difícil. Si además te lanzas a mis brazos como la otra noche ¿qué puedo hacer? Dios, Sarah, soy un hombre de carne y hueso. ¿De veras crees que soy inmune a ti? Porque déjame decirte que para lo que yo tengo no hay vacuna alguna, sólo encuentro un remedio y ese puede ser nuestra perdición.

Aquella declaración la dejó tan sorprendida que apenas pudo reaccionar cuando de pronto Elliot estaba estrechándola entre sus brazos, asaltando su boca salvajemente. Sarah reaccionó por fin respondiendo a su beso metiendo su lengua en la boca de Elliot buscando sentirle aún más.

—¿Aún dudas, Sarah? –Consiguió decirle al separar sus bocas por un momento para tomar aire, ella gimió asintiendo con la cabeza levemente, pero no pudo contestarle porque él volvió a atacar sus labios de forma frenética.

Estaba descontrolado, la abrazaba con tanta fuerza que ella apenas era capaz de respirar. La llevó a la cama que tenían detrás y se tumbó sobre ella. Sarah no sabía qué hacer, estaba tan nerviosa que no acertaba a desabrocharle la camisa. Elliot sonrió y lo hizo por ella. Le quitó la camiseta y desabrochó el sujetador dejando sus pechos al aire. Le acarició un pezón con su lengua suavemente, se concentró en él mientras le masajeaba el otro con el dedo. Sarah se removía inquieta recibiendo las atenciones de Elliot. La despojó de su pantalón y sus bragas de algodón blancas e inmediatamente se deshizo de su pantalón de lino beis y sus *boxers* negros dejando libre su erección. Sarah lo miraba sin creérselo aún. Estaba viviendo el momento más apasionado de su vida. Elliot la miraba con verdadera adoración. Por un instante, se sintió avergonzada de estar desnuda delante de él, no como el otro día cuando ella tenía el control y estaba segura de sí misma. Él notó ese cambio en ella y le susurró, dándole la seguridad que necesitaba:

—Sarah, no sabes cuánto tiempo llevo deseando esto. No te contengas y entrégate a mí sin barreras –le dijo poniendo una mano en su corazón. Sarah le hizo caso y tiró de él para poder saborear su boca mientras Elliot se introducía en ella de una sola embestida. Al principio, Elliot se quedó quieto dejando que Sarah se acoplara a su cuerpo. Hacía tiempo que no compartía esa intimidad con un hombre, así que esperó unos instantes a acostumbrarse.

—Elliot, muévete –le rogó la mujer rodeándole la cintura con las piernas y así lo hizo él. Se fundieron en un abrazo eterno a la vez que el médico se hundía más profundamente en ella mientras le besaba el cuello, la cara, los pechos… Sarah empezaba a notar cómo iba a llegar al clímax sin poder retrasarlo por más tiempo. Elliot lo sintió y aceleró sus embestidas para alcanzar la cima juntos y unos segundos después se desplomó sobre Sarah sofocando sus gritos con su boca. El cuerpo del doctor se estremecía descontrolado, las respiraciones de ambos eran entrecortadas y les costaba respirar con normalidad. Elliot salió de ella y la estrechó contra sí con más fuerza. Sarah apoyó su mejilla en su pecho, sobre el que podría quedarse para siempre. Estaban tan unidos en aquel momento que sentían que nada podría separarlos nunca.

10

Al amanecer, Sarah se despertó entre los brazos de Elliot. Alzó la vista y lo vio profundamente dormido junto a ella sin dejar de abrazarla. La noche pasada se habían amado varias veces dejando salir todo ese deseo acumulado y, al mismo tiempo, Sarah había descubierto los sentimientos que Elliot enterraba en su interior. Pero... ¿qué pasaría a partir de ahora? Elliot seguía siendo seminarista, eso no había cambiado y Sarah no podría pedirle que dejara ese camino. No quería hacerle a él lo que le habían hecho a ella durante tanto tiempo. Sin despertarlo, se deshizo de su abrazo y se puso una fina bata para salir al exterior. Los amaneceres en África deberían ser la octava maravilla del mundo. Desde que Sarah había llegado a Obandé y vio el primero por casualidad cuando volvía a la comunidad tras asistir una emergencia médica en un pueblo vecino, lo tuvo claro. No había nada más increíble que aquello. Desde la cabaña no podía verlo bien, así que se acercó hasta la laguna donde la vegetación era menos frondosa. Allí podría contemplar el amanecer mejor, aunque para verlo en todo su esplendor debía alejarse del pueblo varios kilómetros.

Poco a poco, el sol fue despuntando e iluminó todo lo que la noche había ocultado y que era apenas visible para el ojo humano. Los animales se movían sin dificultades, pues estaban acostumbrados a esa penumbra absoluta. Sarah miraba maravillada ese amanecer como si fuera un renacer para ella. Su vida había cambiado tanto desde que había abandonado el hospital de Boston... había dejado su vida segura y acomodada para comenzar una nueva donde lo más importante sería su trabajo. Por primera vez pensaría en lo que le hacía feliz sin sentirse mal porque su familia no lo comprendiera y además había conocido el amor de un gran hombre que se preocupaba por los enfermos como ella, que era tierno y apasionado a la vez, a pesar de que desconocía casi todo sobre él. Lo único que tenía claro era que en varios meses se marcharía para dedicar por entero su vida a Dios. Un escalofrío recorrió su cuerpo, pero lo achacó a las lluvias de la pasada noche que habían refrescado el ambiente. Sin embargo, en su interior sabía que era por Elliot. De pronto sintió unos pasos acercarse a ella y antes de poder girarse ya estaba atrapada entre unos brazos fuertes que le infundían la seguridad que a ella le faltaba.

—¿Qué haces aquí? Me ha costado encontrarte —dijo él besándole en la cabeza con ternura.

—¿Alguna vez has visto algo más hermoso que eso? —le preguntó ella mirando hacia el frente viendo como el sol hacía nacer un nuevo día.

—Para serte sincero, sí —contestó mirándola. Ella se giró extrañada y vio sus intensos ojos castaños iluminar la penumbra que quedaba antes de que el sol saliera por completo. Ella le sonrió y lo besó fundiéndose en uno de esos abrazos que tanto disfrutaba la joven doctora.

—Podría vernos alguien —consiguió decir ella tras recobrar el aliento, provocando que volvieran a la realidad.

—Si te digo que no me importa ¿me creerías? —respondió Elliot mirándola con los ojos muy abiertos y llenos de algo nuevo. En ese momento, no reflejaban la pasión cegadora que les había llevado a amarse sin descanso la noche anterior, sino que era algo más parecido a la ternura, ¿quizá amor? Sarah se emocionó al pensar que él podría amarla como ella ya lo amaba a él y un par de lágrimas se le escaparon sin remedio. Elliot las limpió con los pulgares y fue besando sus ojos y sus mejillas hasta llegar de nuevo a su boca y perderse en ella durante el resto del amanecer.

Después volvieron cada uno a su cabaña. Se despidieron en la de Sarah, porque cuando estaba con ella nada le importaba y no quería que esos momentos acabasen nunca, a pesar de que sabía que lo suyo no podría ser. Ella no le dijo nada y él tampoco se pronunció de ninguna manera. Sarah fue a desayunar al comedor junto a las religiosas, y la hermana Agnes, que ya la conocía muy bien, le preguntó si le ocurría algo. Sarah se excusó diciéndole que no sabía nada de su familia pero la mujer, que no era tonta, sabía que se trataba de algo más. No quiso interrogarla allí con todas las hermanas y el padre delante, ya habría tiempo de una charla de las suyas. Cuando Elliot entró en la sala, a Sarah le dio un vuelco el corazón. Inmediatamente, apartó la vista del doctor y se concentró en la conversación que mantenían las religiosas sobre algunos de los pacientes con sida a los que trataban y la opción de darles un microcrédito para que pudieran salir adelante. Al rato, Elliot se acercó a ellas y tras dar los buenos días se dirigió directamente a Sarah.

—Doctora ¿se ha hecho ya los análisis que le dije? —le preguntó el médico muy profesional.

—Aún no he tenido tiempo y no es que me preocupe en exceso —respondió ella bastante seca sin mirarle mucho, lo cual extrañó a la hermana Agnes. «¿Estaban enfadados?», se preguntó.

Sarah creía que tenía que ser antipática con él cuando hubiese gente delante para no delatarse, aunque engañar a la religiosa no sería tarea sencilla pues «más sabe el diablo por viejo...» que se solía decir.

—No se preocupe, doctor, que mañana mismo estoy en el hospital estirándole el brazo para que la pinchen.

—¡Hermana! —le dijo Sarah, asombrada por su respuesta.

—Ni hermana ni nada, que si como el doctor dice tienes anemia, debes cuidarte. Mira qué ojeras traes hoy, como si no hubieses descansado nada en toda la noche. —Y la hermana no andaba muy lejos de la verdad. Sarah se sonrojó y Elliot tosió tapándose la boca para no mostrar su risa. Ella le miró de manera reprobatoria, pues nadie podía enterarse y él casi lo estaba publicando con sus gestos. El momento fue interrumpido por otra de las religiosas que traía un paquete para Sarah.

—¿Para mí?

—Sí, doctora —le dijo la hermana con una sonrisa en la cara. Sarah no sabía de qué podía tratarse, pero al ver el remitente quiso estampar el dichoso paquete contra el suelo para que se rompiera su contenido, fuese lo que fuese.

—¿Qué pasa, Sarah? ¿De quién es? —preguntó la hermana Agnes al ver el semblante serio de la doctora. Elliot también estaba interesado en saberlo tras ver su reacción, pero la joven sabía que podía provocar el caos, al decir de quién era, aunque era inevitable, pues tarde o temprano se enteraría. Eran como una gran familia donde se sabía todo de todos, lo suyo, si conseguía evolucionar, sería difícil de ocultar.

—Es de Joseph.

—Oh, vaya. Si quieres lo abro por ti, querida. —Se ofreció la hermana cariñosamente, pues Sarah le había hablado de su exmarido al llegar a la misión una de las calurosas noches en las que compartieron confidencias.

—¿Quién es Joseph? —Quiso saber Elliot que la miraba con el ceño fruncido.

—Es el marido de la doctora. —Se adelantó la religiosa a contestar por ella dejando a Sarah con la palabra en la boca.

—Exmarido, hermana. Yo firmé los papeles antes de venir a Obandé y mi abogada me dijo que el divorcio se resolvería en unos meses, aunque aún no he recibido la notificación oficial.

—¡Vaya, doctora, qué calladito te lo tenías! —dijo Elliot claramente molesto por no saber nada de aquello—. Voy hacia el hospital. Tenemos trabajo que hacer. —A Sarah no le dio tiempo a explicarle nada porque ya se había marchado dando grandes zancadas. La hermana la miraba extrañada. Allí estaba pasando algo entre esos dos y ella lo descubriría. Sarah salió detrás de él con el paquete en la mano. Tuvo deseos de tirarlo, pero quería saber qué sería. ¡A saber qué se le había ocurrido ahora a Joseph! Sarah alcanzó a Elliot en el vestuario que estaba cambiándose para comenzar el trabajo.

—Puedo explicártelo Elliot, aunque no sé si tengo que hacerlo porque tampoco sé qué somos. —Aquello le dolió al médico que la miró apenado, pero Sarah quería llevarle al límite y saber qué demonios pasaba por su cabeza.

—¿En serio, Sarah? Eres increíble. No sólo me ocultas que estás casada, sino que además vienes a acusarme de no sé qué —le dijo él quitándose la camiseta y poniéndose el uniforme. Sarah se mordió el labio inferior al ver de nuevo ese torso sobre el que había dormido plácidamente hacía apenas unas cuantas horas.

—Elliot, Joseph no es mi marido. Ya había iniciado los trámites mucho antes de venir a la misión, pero oficialmente seguimos casados, sí. No deja de escribirme correos electrónicos, conectarse a Skype cuando estoy hablando con otra gente, mandarme cosas —se explicó ella mostrándole el paquetito—, pero no es culpa mía que no acepte que lo nuestro murió hace mucho tiempo. —El médico suspiró sin hablar y ella aprovechó para acercarse por detrás y abrazarlo. Apoyó su cabeza ladeada en la fuerte espalda de él—. No te enfades conmigo, por favor. No tenemos por qué hablar de nada. Dejemos las cosas como están.

—¿Eso qué significa? Porque si quieres decir que olvidemos lo que pasó anoche en tu cabaña, créeme que no sé cómo hacerlo. Esta mañana al ver que no estabas en la cama me he dicho que era lo mejor, que solamente era puro deseo, que habíamos zanjado el tema pero instintivamente he salido a buscarte y al verte observando el amanecer con esa mirada en tus ojos he querido correr a tus brazos, abrazarte y llevarte muy lejos de aquí donde solamente seas mía y nadie pueda reprocharnos absolutamente nada.

Una lágrima se le escapó a Sarah mientras se aferraba a él con más fuerza, Elliot se giró y cogiéndole la cara entre sus manos continuó hablando. No quería ver la pena en su rostro y mucho menos ser él quien la provocaba.

—Pero al estar en mi cabaña, he tenido un momento de lucidez y me he regañado a mí mismo. Sarah, soy seminarista y en breve entraré en la orden para dedicar mi vida a Dios. Esto no puede ni debe ser. He reflexionado y lo tenía muy claro, decisión tomada. Pero al entrar en el comedor y verte charlar con las hermanas con esa sonrisa tuya, me has vuelto a desarmar. ¡Dios, Sarah, no sé qué es lo que tengo que hacer! —respondió Elliot apoyando la frente contra la de Sarah totalmente abatido.

Ella no quería forzarle a nada aunque sabía lo que deseaba de él. Ya lo pensarían, así que hizo lo único que podría ayudarle en aquel momento que era reconfortarle con sus besos y sus caricias. Estuvieron en aquel espacio besándose y abrazándose sin pensar en nada más hasta que el deber les llamó y salieron a comenzar con su trabajo.

*

El día transcurrió con tranquilidad hasta por la tarde que llegó uno de los muchos casos de malnutrición que llevaban en el centro hospitalario. Un niño de año y medio entró en la consulta con su madre. Sarah ya le conocía, pues llevaba un mes tratándole, pero en vez de mejorar había ido a peor, lo que hacía que Sarah sospechara que tenía tuberculosis además de sufrir sarampión y una gravísima malnutrición. El pequeño no tenía ni fuerzas para llorar al igual que su madre y su abuela que le miraban resignadas aceptando el triste final. El tiempo iba en su contra y en la de todos los niños que trataban en el hospital afectados por la malnutrición, pues se movían en la delgada línea que separa la vida de la muerte. Pese a todo, ni Sarah ni los trabajadores del hospital dejaban de luchar para conseguir que el milagro sucediera y poder salvar al pequeño.

Algo más tarde, otra niña llegó al hospital con muchos dolores en la tripa. Sarah la auscultó y confirmó con Elliot el diagnóstico de apendicitis severa. Sin perder tiempo, prepararon todo para operarla y evitar que empeorara. Por suerte la intervención fue todo un éxito, así que la dejaron ingresada para vigilar de cerca su evolución, pero no había tiempo para el descanso ni siquiera tras la operación. Una de las hermanas enfermeras los llamó para enseñarles los resultados de otros niños que tenían ingresados. Entraron en la sala habilitada como laboratorio y las sospechas de Sarah se confirmaron.

Todos estaban enfermos de tuberculosis, pero no contaban con la medicación necesaria tras haber tratado al pequeño de año y medio que había llegado esa misma tarde. Entonces, Sarah habló con el padre Maximilian para que pidieran cuanto antes las medicinas. Afortunadamente, las ONG que colaboraban con ellos actuaban con rapidez y en unos días les llegarían, mientras tanto intentarían paliar los dolores de los niños. Sarah vio a Elliot bastante serio cuando terminaron de hablar con el padre y le preguntó si le ocurría algo.

—¿Qué me va a suceder, Sarah, me acostumbraré a esto? ¿Tú has visto a esos niños? No sé si algunos podrán sobrevivir estos días sin medicación —dijo compungido mientras se pasaba las manos por la cabeza. Sarah se acercó a él y cogiéndole de las manos intentó tranquilizarle.

—La tuberculosis es un indicador de la pobreza de estas gentes y de que viven en unas condiciones deplorables. Malnutrición, vivienda precaria y hacinamiento. Pero ¿qué podemos hacer nosotros? Diagnosticarles, darles las medicinas y estar a su lado. Cuando faltan las medicinas, sólo nos queda estar con ellos intentando frenar la enfermedad como podamos pero si eso no es posible, el consuelo es lo único que nos queda. No lo puedes todo, sólo eres un hombre, Elliot —contestó ella intentando aliviarle, pero Elliot no se lo tomó muy bien. Se soltó de sus manos y se alejó dejándola allí. Sarah se quedó sola en el comedor donde habían hablado con el padre. Entendía que era demasiado para él porque llevaba poco en la misión y ella misma había sufrido lo que él estaba padeciendo, pero al enfrentarle a la cruda realidad se había separado de ella como si su contacto le quemara. Salió al exterior tras avisar a la monja que estaba en la recepción de que se ausentaría durante un rato. Necesitaba respirar y despejar su mente por unos instantes. La hermana Agnes se acercó a ella en ese momento.

—¿Todo bien, querida? —le preguntó apoyando la mano en su hombro.

—No, pero lo estará —contestó resignada lanzando un suspiro al aire. Todo era demasiado difícil, quizá lo mejor sería dejar aquella locura, que trabajasen juntos el tiempo que fuera oportuno y se separaran sin problemas. Pero ya estaban empezando a entrar sentimientos en juego y la cosa se estaba complicando en exceso.

—Ya sabes que puedes contarme cualquier cosa, hija mía —le dijo la mujer con voz dulce.

—Lo sé, hermana, gracias. –Posó su mano sobre la de la hermana agradeciéndole el gesto.

—Sé que algo ocurre, Sarah, y entiendo que no quieras compartirlo conmigo, pero quiero que sepas que cuando me necesites, aquí estoy. –Sarah le sonrió y antes de derrumbarse delante de aquella noble mujer, volvió al interior del hospital. A la hora de la comida, una de las hermanas le llevó algo el almuerzo de parte de la hermana Agnes, pero estaba tan agobiada con el trabajo que apenas pudo probar bocado. Pero ¿dónde se había metido Elliot?

Al final del día, cuando tuvo todo más o menos bajo control se marchó a su cabaña a descansar. Las hermanas la llamarían en caso de necesitarla, ya que Elliot, que tenía que hacer su turno de veinticuatro horas, estaba desaparecido. Agotada como se encontraba, no tuvo fuerzas para abrir el paquete de Joseph, aquello era lo último que necesitaba. ¿Qué se le habría ocurrido a su exmarido ahora? La sola idea de que siguiera molestándola la hizo sentir una rabia indescriptible. ¿Cuándo podría ser libre de una vez por todas? Encendió el portátil con la vana esperanza de que sus padres se hubieran puesto en contacto con ella de una maldita vez, pero no era así. ¿Cómo podían haberse olvidado por completo de ella o negarse a saber cómo estaba? Quizá sabían de ella a través de Joseph, con el que había hablado más, pero aun así le dolía profundamente que siguieran con ese empeño de no hablarle, como castigándola. Se recostó en la cama con la esperanza de no quedarse dormida antes de ducharse, por lo que decidió echar un vistazo al móvil.

> ¡Por fin das señales de vida! Me alegro de que estés bien ¡pero no tardes tanto en escribirme o me presento en Obandé! Por cierto, tu apartamento ha sobrevivido a las fiestas salvajes que he dado. Cuídate, mi niña, besos enormes.

¿Fiestas salvajes? Si no fuera porque conocía el sentido del humor de su amiga se habría preocupado. Al rato, recuperada un poco del día tan estresante que había tenido, se metió en la ducha. Estuvo bajo el agua varios minutos concentrada en cómo el agua resbalaba por su piel y se mezclaba con la espuma del jabón que cubría su cuerpo. Más relajada tras la ducha se tumbó en la cama intentando dormir, pero no era capaz de conciliar el sueño pues seguía preocupada por Elliot. Estaba desaparecido desde el mediodía y no sabía nada de él. ¿Estaría bien? Dio varias vueltas en la cama. Las ganas de saber de él podían con ella. Quería ir a buscarlo a su cabaña, pero era demasiado orgullosa. La había soltado como si le estuviera haciendo daño y la había dejado sola con todo el trabajo. No lo haría, por mucho que quisiera averiguar qué le había pasado, se aguantaría las ganas de buscarlo.

Al no poder conciliar el sueño se acordó del paquete que Joseph le había mandado y se animó a averiguar qué trampa se le había ocurrido ahora para hacerle chantaje emocional, como siempre. Sarah se quedó horrorizada al descubrir que se trataba del DVD de su boda junto a una carta que leyó detenidamente.

Mi querida Sarah,

Espero y deseo que las cosas en la misión sigan marchando bien, señal de que estarás a salvo y feliz por hacer tu trabajo. Soy consciente de lo mucho que te apasiona tu labor allí pero no puedes evitar que me preocupe, y ya sabes que lo hago. Ayer estuve ordenando la librería del salón donde guardamos las películas y me topé con el DVD de nuestra boda. Lo estuve viendo y recordé lo felices que éramos. ¿Acaso no podemos volver a serlo? Te lo mando para que te evoque recuerdos preciosos a ti también y te haga recordar quién eres y a qué mundo perteneces.

Te quiere, tu marido
Joseph

Tal y como se imaginaba, el chantaje emocional hacía acto de presencia en la carta que acompañaba al vídeo de su boda.

Sí que era cierto que aquellas imágenes en movimiento rememoraban una etapa feliz de su vida, pero ya no era aquella chica ingenua y sumisa. Sarah sabía perfectamente quién era y de lo que estaba segurísima era de que no era esa mujer que todos se empeñaban en rescatar del pasado. Aun así, al estar desvelada decidió poner el DVD en el ordenador. En la pantalla apareció un gran salón donde varios invitados formaban un círculo. Por un lateral, aparecía Sarah con su vestido de novia que, por supuesto, su madre había elegido, la última tendencia del diseñador de moda del momento; un moño con el velo cayendo hacia atrás y su padre de su brazo con el frac. Llegaron al centro de la pista donde todos les rodearon y empezó a sonar *Without you* de Mariah Carey, canción elegida para ese momento también por su madre, al igual que toda la organización de la celebración. Sarah solamente se había personado en la tienda del vestido para probarse varios, había acudido al restaurante para degustar el menú y poco más. Su madre, alegando que ella estaba demasiado ocupada y que no le importaba encargarse de todo aquello, fue la que se encargó de la boda del año. Un reportaje de veinte páginas fue publicado en la revista más importante de Boston, su padre habló de la boda de su hija en varios eventos y hasta Joseph se aprovechó de su compromiso para darse publicidad y engordar su carrera posando como el político perfecto con la vida ideal. En aquel momento, Sarah ya sentía que no tenía el control de su vida pero aún estaba enamorada y aguantaba por amor.

 Bailó la pieza musical con su padre y Joseph. Miles de flashes iluminaban la imagen de ambos bailando mientras se miraban embobados y comentaban la boda seguramente pues hacía tanto tiempo que ni se acordaba. Mientras estaba viendo el vídeo llamaron a su puerta. Eran ya las tantas de la madrugada y pensando que sería algo del hospital voló a abrir con el vídeo aún en la pantalla pero, para su sorpresa, no era ninguna hermana de la misión, sino Elliot.

 —¿Qué haces aquí? –le preguntó ella con el gesto muy serio.

 —Sarah… yo… lo siento –le dijo cabizbajo. Sarah le dio la mano para que entrara en el interior mirándole comprensiva. Él dudó pero finalmente accedió. Lo llevó a la cama donde lo sentó poniéndose ella a su lado. Entrelazó su mano con la de Elliot y apoyó la cabeza en su hombro. Quiso hacerle saber que estaba allí para él, para cuidarle y apoyarle en lo que decidiera, aunque ella misma sufriera las consecuencias.

11

Elliot seguía sin hablar, sentado junto a Sarah, que descansaba su cabeza en el hombro de él. Sus manos estaban firmemente agarradas, unidas, como si fueran capaces de enfrentarlo todo si no se separaban. Permanecieron así durante un rato muy largo hasta que Elliot se decidió a hablar.

—Perdóname, Sarah. Me he sentido abrumado por todo lo ocurrido en el hospital y sólo podía pensar en salir de allí y estar contigo en esta habitación para olvidar toda la miseria y pobreza que nos rodea. Aparte del hecho de que esté en el seminario. ¡Maldita sea, voy a dedicar mi vida a Dios! ¿Qué estoy haciendo, Sarah? —La voz se le quebró sin remedio. Ella notó que estaba hecho un lío y no sabía cómo ayudarle. Levantó la cabeza de su hombro y se dispuso a consolarle, mientras la voz de Mariah Carey seguía sonando en la habitación.

—Elliot, no puedes llevar el peso del mundo en tus hombros, es cierto que aún no sabemos mucho el uno del otro pero es lo que transmites. También entiendo que la situación de hoy en el hospital ha sido demasiado pero, créeme, te acostumbrarás. Yo estaba como tú cuando llegué, y con el tiempo el corazón se te endurece y toleras las situaciones. En cuanto al otro tema, no quiero que pienses nada, de hecho no pensemos. Te propongo algo —le dijo Sarah girando su barbilla hacia él para que sus ojos se encontraran—. Seguiremos trabajando en el hospital dando lo mejor de nosotros como hasta ahora, pero cuando estemos en esta cabaña, estaremos en nuestro paraíso particular y nada de lo que hay afuera nos afectará. Ya se tomarán las decisiones cuando corresponda, pero no nos neguemos esto que sentimos. —Sarah puso una mano en el pecho de Elliot, que agachó la cabeza mientras una lágrima resbalaba por su mejilla. Estaba sufriendo y no sabía cómo ayudarlo.

—Pero… —Ella le puso un dedo en sus labios y negó con la cabeza. Recogió la lágrima con su dedo y lo besó tiernamente, con dulzura, como si quisiera sellar el trato con aquel beso intenso y lleno de amor. Elliot se dejó llevar por sus caricias y terminaron fundiéndose en un abrazo impaciente, cargado de ternura, de esos que acarician el alma. Siguieron besándose con pasión, como si el tiempo se hubiera detenido y nada más importara en aquel preciso momento, sólo los sentimientos que les arrastraban en ese torbellino de emociones que no podían controlar. Se amaron en su paraíso particular durante toda la noche donde los susurros de amor y las palabras de cariño predominaron en el silencio de la calurosa noche africana.

*

Enredados de brazos y piernas dieron la bienvenida al nuevo día que comenzaba en la misión de las hermanas marianas del Señor. Cuando Sarah se despertó no pudo evitar sonreír. Él seguía durmiendo plácidamente abrazado a ella. Habían decidido que seguirían siendo fieles a sus sentimientos y se dejarían llevar hasta que fuera el momento de tomar decisiones. Sarah sabía lo que iba a ocurrir, pero no quería pensar en ello, simplemente, disfrutaría del momento. Tenía una nueva oportunidad en la vida tras haber abandonado Boston y no la iba a desaprovechar. Muy a su pesar, tuvo que levantarse y dejar a Elliot para ir como cada día a realizar su trabajo en el hospital. Se duchó y se vistió sin molestar al hombre que yacía profundamente dormido en su cama. Acarició su pelo y su mejilla, le dio un delicado beso en los labios y lo dejó allí. Antes de ir a desayunar fue al hospital a hacerse el análisis de sangre que tanto le habían pedido la hermana Agnes y Elliot. Después fue al comedor con las monjas de la misión y el padre Maximilian, con la mejor de las sonrisas y la felicidad inundando su rostro. Su querida hermana Agnes la miraba recelosa, pues sabía que algo se estaba cociendo allí y cada día estaba más deseosa de averiguarlo. Se percató de que el doctor Savannah no estaba ahí y sospechando que lo que le pasaba a Sarah estaba relacionado con él, le preguntó:

—¿Y el doctor? —Quiso saber inquisitiva.

—No lo sé… —dijo ella, bebiendo su café sin mirar a la hermana.

—Qué raro que no haya venido a desayunar. Quizá debería mandar al padre Max a buscarle a su cabaña —comentó desinteresadamente mientras se fijaba en la actitud nerviosa de Sarah que la miraba de reojo.

—No creo que esté allí… por la hora que es sería extraño que siguiera en su habitación ¿no cree, hermana? —Sarah estaba deseando salir de aquel comedor y evitar las preguntas de la religiosa, que parecía que quería sacarle información—. Me marcho ya al hospital que tengo muchas cosas que hacer. Al mediodía nos vemos. —Y salió disparada hacia el centro a comenzar otro día más.

Las hermanas que habían pasado la noche con los enfermos le dieron el último informe y tras ponerse el uniforme empezó a visitar a los pacientes ingresados. Estaba realmente preocupada por los niños con tuberculosis que aún no contaban con las medicinas necesarias. Esperaba que no tardaran mucho o algunos de ellos no lo contarían. Cuando estaba asistiendo a uno de estos niños vio llegar a Elliot muy apurado. Cuando terminó de atender al pequeño fue al vestuario a hablar con él.

—¿Cómo no me has despertado, Sarah? ¡Por Dios, es tardísimo! —se lamentaba el joven médico, mientras se vestía a toda prisa con bastante descoordinación.

—Estabas tan guapo durmiendo que no quería despertarte, además necesitabas descansar después del día de ayer —le dijo ella dándole un besito en la espalda mientras se abrochaba los pantalones.

—Sarah... –le regañó él–... hemos quedado que esto en la cabaña, no aquí. –Y aunque quiso ser fuerte terminó cediendo ante su insistencia y se besaron durante largo rato–. Por cierto, esta mañana cuando me levanté tu portátil seguía encendido y he visto lo que aparecía en la pantalla, espero que no te importe –le dijo Elliot mirándola e intentando averiguar qué se le pasaba por la cabeza.

—En absoluto, ¿lo has apagado? –Fue la pregunta de ella, sin darle ninguna importancia a que hubiera visto el DVD de su boda. Sin embargo, él quería hablar sobre ello.

—¿Por qué estabas viendo eso? –le preguntó Elliot directamente buscando algún sentimiento por su todavía marido en sus ojos.

—Es lo que me mandó Joseph en el paquete que viste, quiere que vuelva con él y por eso me hace ese tipo de chantaje –respondió Sarah sin rodeos y mostrándose fría acerca del paquete, que simplemente le había hecho recordar una época en la que aún era feliz pero que fue el principio del fin. Elliot vio que ningún sentimiento de afecto asomaba a sus ojos y eso le tranquilizó, pero aún le quedaba un resquicio de duda. Sarah notó que seguía preocupado y agarrándole por la cintura lo miró directamente a los ojos y zanjó el tema.

—No siento absolutamente nada por él y, por supuesto, no tiene nada que ver con lo que me ocurre contigo, nunca antes había sentido esto por nadie, puedes creerme o no, pero es la verdad.

—Quiero hacerlo pero esa carta y el DVD me han matado de celos al verlos esta mañana y no sabía qué pensar. Son tantas cosas, Sarah, que yo... –Ella se apoyó en su pecho y lo abrazó con más fuerza. Pasados unos instantes, volvieron a besarse. Cuando por fin pudieron separarse, volvieron al trabajo, pues allí nunca podían parar. Los casos solían ser muy graves y no había tiempo para el descanso, no podían dormirse en los laureles.

Sarah estaba preocupada por el estado de salud de uno de los niños con tuberculosis, había empeorado durante la noche y si no recibía tratamiento inmediatamente quizá sería demasiado tarde. Elliot sentía que debían hacer más y así se lo transmitió a Sarah, que lo vio muy agobiado. Lo llevó al comedor y mantuvo una conversación importante con él.

—Ya te dije anoche que sé perfectamente cómo te sientes, pero no puedes estar así cada día, Elliot. Cuando yo llegué nunca se me había muerto un paciente y con el primero que falleció aquí me derrumbé, pero la hermana Agnes con su paciencia infinita y su amor me hizo ver que no podemos salvar a todos. Al principio, es lo que más choca. Estamos acostumbrados a ver la muerte pero no por estas causas tan injustas. Sin embargo, aquí muere gente joven, hay mucha mortalidad infantil. Tienes que convivir con la muerte, pero es algo que cuesta mucho y te hace sufrir. Cuando das tratamiento a un paciente y por desgracia no lo consigue es muy doloroso porque sabes que en otro lugar, con otros medios, saldría adelante. Sientes impotencia y te cuestionas qué haces aquí, pero con el tiempo vas entendiendo más esto y eres consciente de que vienes a ayudar a la gente, a hacer lo que puedas, poner de tu parte y nada más —le dijo Sarah sentada a la mesa del comedor agarrando de las manos a Elliot. Tenía que hacerle comprender que ellos hacían lo que podían, ya que en esas condiciones era imposible hacer más. Él asintió con semblante serio y regresaron sin perder más tiempo a atender a los pacientes que necesitaban su ayuda.

El padre Max acudió al hospital para darle buenas noticias. Al día siguiente, una de las ONG con la que colaboraban les llevaría las medicinas necesarias para la tuberculosis, pero aún había que confirmarlo. Sarah se alegró enormemente, porque temía por la vida de uno de los pequeños que estaban más graves. No quiso alertar al padre Max para no preocuparlo, pero dudaba de que pudiera pasar la noche. Antes de marcharse, el padre pidió a Sarah que cuando viera a Elliot le recordara que debía ponerse en contacto con el seminario, pues aún no sabían nada de él. Sarah asintió y se fue enseguida, pues no quería que el sacerdote percibiera la pena en su rostro.

Al caer la tarde, la doctora se quedó en la habitación del niño con tuberculosis con su madre, pues no quería estar ausente si requerían su ayuda. No podía estar lejos, ya que la rapidez a la hora de actuar era vital. Se llevó unos informes para completar mientras lo vigilaba de cerca. La madre del niño tuvo que ausentarse durante un rato para atender su puesto en el mercado, y con la doctora allí se quedaba más tranquila. Elliot entró en la habitación al mediodía.

—No te encontraba –le dijo situándose a su lado y mirando al niño tumbado en la cama–. ¿Cómo está?

—Sigue igual y temo que si las medicinas no llegan, lo vamos a perder –contestó Sarah sin mirarle a la cara, pues no quería que Elliot viera la tristeza reflejada en su cara. No quería saber si se había puesto en contacto con el seminario ni nada relacionado con ese tema, así que continuó examinando al pequeño. Después se sentó en una silla cercana a la cama mientras rellenaba unos informes. El joven médico observaba cada movimiento de su compañera.

—¿Necesitas ayuda con algo? –le preguntó señalando los papeles que sostenía en sus piernas. Sarah no quería que le hablase, que la mirase, que respirara siquiera el mismo aire que ella, como si estuviera molesta por algo, y le habló de mala manera mientras no quitaba la vista de los papeles.

—Me gustaría un poco de tranquilidad y silencio, ya que el pequeño tiene que descansar, así que lo mejor será que te vayas a revisar el inventario o a terminar los informes de urgencias de anoche. ¡Ah! Y ve al laboratorio también a preguntar si los resultados de los análisis de los niños ingresados por tuberculosis están ya. Por cierto, el padre Max me ha pedido que te recuerde que debes llamar al seminario, que no saben nada de ti –le dijo en un tono acusador.

—De acuerdo. –Fue la única respuesta que le dio antes de salir por la puerta.

No se enfrentó a Sarah ni le dijo una sola palabra del tema, como ella esperaba, sino que se retiró a tiempo. De lo contrario, hubieran comenzado la guerra de nuevo. La doctora siguió vigilando al enfermo más grave mientras terminaba de escribir los informes, aunque tenía la cabeza en otra parte. Nunca se había interesado por conocer de primera mano cómo funcionaba un seminario, cuáles eran las condiciones, pero de pronto sentía ganas de descubrir cosas sobre ellos. Tras cerciorarse de que el pequeño continuaba estable, se fue al laboratorio donde los auxiliares le dieron los resultados de los análisis que buscaba. Por suerte no se había cruzado con Elliot, que efectivamente había ido a preguntar por la analítica, pero como aún no estaba lista se había marchado a encargarse de otras tareas. Se sentó en uno de los dos ordenadores que tenían en el laboratorio para fines médicos, pero esta vez no iba a utilizarlo para eso, sino que su objetivo era otro. Escribió en el buscador la palabra «seminario» y dio clic en la primera página que apareció:

El seminario es una casa de formación destinado a jóvenes y adultos, que voluntariamente inician un itinerario de formación que los conduce al ministerio sacerdotal. Suelen pertenecer jurídicamente a la diócesis bajo la autoridad del obispo. Todo candidato debe cumplir con los siguientes requisitos para ordenarse:
- Sólo los varones pueden solicitar ser admitidos.
- Tener recta intención hacia el sacerdocio.
- Solicitarlo de manera completamente voluntaria.
- Capacidad moral, espiritual e intelectual.
- Buena salud física y psicológica.
- Disponibilidad hacia el celibato.
- Ser católico con los siguientes sacramentos cumplidos: bautismo, confesión, comunión y confirmación.

¿Disponibilidad hacia el celibato? Pero si de toda la vida los sacerdotes han tenido que evitar a toda costa mantener relaciones sexuales. Sarah no entendía nada. Elliot no era la clase de hombre que ella se imaginaba que quisiera ser sacerdote. Especialmente, porque no había cumplido con el sexto requisito, pues desde que sucumbieron a la pasión se habían amado con tal intensidad que nunca tenían suficiente y deseaban más el uno del otro, como si quisieran poseer un pedazo de sus almas. Apagó el ordenador, pues no tenía intención de seguir descubriendo más sobre aquello en lo que se iba a convertir aquel hombre que seguía siendo un misterio para ella, pero por el que empezaba a tener sentimientos tan fuertes que estaba segura de que su corazón se iba a quedar en el camino sin remedio.

12

Salió del laboratorio apesadumbrada por lo que acababa de leer. No dejaba de pensar en que algún día Elliot se marcharía para ser sacerdote y trabajar en alguna otra misión o en alguna iglesia llevando una vida totalmente ajena a la que ella llevaba. Por suerte no se lo encontró, una de las auxiliares le dijo que estaba haciendo inventario como ella le había pedido. Tras comprobar el estado de los enfermos tuberculosos y en especial de Shuja, que como su madre le había traducido significaba 'valiente', Sarah confiaba en que lo fuera y pudiera combatir a la enfermedad que poco a poco estaba acabando con su vida.

Se marchó a dar una vuelta bajo el calor que estaba machacando el poblado en el que se encontraban. Necesitaba respirar, despejar su mente. Sabía que era difícil hacerlo en aquellas condiciones, pero seguir en el hospital sabiendo que él estaba cerca y que podía encontrárselo de pronto le hacía sentir ganas de huir. Avisó a Mahmood, al que vio en la puerta del hospital, de que se marchaba a dar un paseo por los alrededores en contra de sus advertencias, pues los focos de insurrección de la guerrilla estaban reorganizándose, planeaban secuestros y podía ser peligroso. Aun así se arriesgó, pero tampoco se alejó demasiado. No había que tentar a la suerte más de lo normal. Anduvo por el poblado saludando a unos y a otros, pero ella buscaba soledad así que se escondió detrás del comedor y se sentó en unas tablas de madera viejas que había allí. Apoyó la espalda y la cabeza en la pared del comedor y cerró los ojos. Sólo quería olvidarse de todo, de sus padres, de Joseph, de Elliot y del sufrimiento que veía a diario al cual, por desgracia, ya estaba inmunizada.

Sin apenas darse cuenta, una lágrima se escapó y se encontró deshaciéndose en un llanto compulsivo. Se tapó la boca para evitar que la escucharan y se echó hacia delante apoyando su cabeza sobre las rodillas, donde lloró varios minutos sin hallar consuelo. De repente, oyó un crujido que la sobresaltó y miró a todos lados pero no vio nada. Volvió a cerrar los ojos y se apoyó de nuevo sobre la pared. El sol quemaba más que ningún día o quizá ese día todo le afectaba más, le pesaba demasiado la vida. Notó a alguien a su lado al que reconoció fácilmente pues su olor era inconfundible. Elliot se sentó en silencio pegado a ella y puso una mano en su pierna acariciándola e intentando reconfortarla. Ella apoyó su mano en la de él sin decir nada. Permanecieron así durante un largo rato hasta que él habló:

—No tengo la menor idea de por qué has elegido este lugar para esconderte ni por qué huyes de mí. Sé que la situación es difícil y no soy nadie para pedirte explicaciones, pero me muero al verte tan triste y saber que la culpa la tengo yo –le dijo Elliot sin mirarla, pero sin dejar de tocarla. Sarah inspiró una vez antes de contestarle.

—No digas eso, ya llevo aquí varios meses y aunque estoy acostumbrada, a veces todo me pesa demasiado y necesito parar un momento para desahogarme y poder volver a la carga con más fuerza.

—No lo dudo pero no me gusta verte así, quiero evitarte esto y no sé cómo hacerlo. En cuanto a mi parte de culpa tengo una idea –le dijo el apuesto médico despertando el interés de Sarah, que lo miró por primera vez desde que había llegado junto a ella–. En cuanto tengamos un turno libre, tú y yo nos vamos a disfrutar de algo de intimidad, ¿qué te parece?

—La idea me encanta. Todo lo que sea pasar tiempo contigo suena maravilloso, pero una vez que vuelvo a la realidad veo que es bastante improbable.
—De eso nada. Yo ya estoy imaginándonos en algún lugar alejado donde no tengamos que ocultarnos y podamos ser nosotros mismos.
—¿Como en nuestro paraíso? –quiso saber Sarah acercando su cara a la de él. Elliot puso los ojos en blanco, pues llamar «paraíso» a la cabaña donde se amaban sin descanso le parecía una cursilada romanticona.
—Exacto. –Y se besaron sin preocuparse de si en aquel escondite alguien podía descubrirles. Elliot introdujo su lengua en la boca ansiosa de Sarah que lo esperaba anhelante. La abrazó contra sí intentando conseguir que toda la tristeza se marchara y que su rostro volviera a iluminarse como siempre. Pasaron varios minutos fundidos en aquel beso sin percatarse de que alguien los observaba en la distancia.

*

A mediodía, tras una jornada agotadora, llegaron al comedor riéndose, pues aunque intentaban disimular se estaban enamorando y eso se notaba. La hermana Agnes estaba ya sentada a la mesa cuando los vio llegar.
—Buenas tardes, queridos míos. Me alegra veros tan felices, ¿se debe a algo en especial?
—Estamos como siempre, hermana, pero esperanzados de que los pacientes se mantengan estables –contestó rápidamente Sarah cambiando de tema para que la hermana no descubriera ni sospechara nada–: ¿Se ha confirmado si las medicinas llegan mañana?
—Me temo que no, pero están tus resultados médicos. Cuando termines de comer ve a recogerlos y me cuentas inmediatamente qué te ocurre, porque me tienes muy preocupada. Además de los problemas que has tenido se suma que tan pronto te veo radiante como estás deprimida, hija, y eso no es normal. –Sarah reprimió una risita.

La religiosa se había convertido en alguien muy importante para ella y le gustaría confesarle toda la verdad, pero aquello sería una catástrofe. Elliot iba a ordenarse sacerdote y toda aquella locura en la que se habían sumido estaba prohibida. Ellos sólo querían disfrutar de aquello que sentían sin pensar en nada más. Comieron sin apenas mirarse ni hablar, la hermana era la que mantenía viva la conversación. Una vez acabada la comida, Sarah se dirigió al laboratorio donde leyó los resultados y no se sorprendió en absoluto cuando constató que el atractivo médico que tenía por compañero había acertado de pleno, tenía anemia y no leve. Estaba leyendo los resultados cuando Elliot entró en la habitación y se situó detrás de ella.

—¿Qué dicen? —preguntó impaciente. Ella se dio la vuelta y encogiéndose de hombros le contestó.

—Tenías tú razón, anemia. —Una vez que se lo dijo, él le quitó los papeles de la mano y los leyó por sí mismo. Con el ceño fruncido repasó con detenimiento los resultados durante un rato. Sarah, a pesar de ser médico, se estaba poniendo nerviosa, como si pudiera decirle algo que ella no supiera. Entonces, dejó la analítica en la mesa que tenían al lado y le cogió la cara con ambas manos.

—No me agrada llevar la razón en este tema. No te preocupes que a partir de ahora aunque tenga que alimentarte yo mismo lo haré y esa anemia va a desaparecer en un abrir y cerrar de ojos. Además, necesitas vitaminas, así que voy a hablar con el padre y las conseguiremos cuanto antes. —Sarah le sonrió y le dio un tierno beso en los labios pero enseguida se separaron.

—¿Pero tú sabes dónde estamos? ¿Acaso no te has dado cuenta de lo difícil que es conseguir las medicinas para los niños que tenemos ingresados con tuberculosis?

—El padre Max me ha confirmado hace un rato que mañana mismo estarán aquí y ahora mismo voy a ir a decirle lo que necesito para quitarte esa anemia. No me importa lo que haya que hacer ni lo que cueste. —Sarah se habría emocionado al verlo tan preocupado si no hubiera sido porque reparó en lo que Elliot le acababa de decir. ¿Cuándo habían hablado de los medicamentos de la tuberculosis que ella no se había enterado?

—¿Cuándo te ha dicho el padre Maximilian eso? —quiso saber ella mirándole con gesto serio. Elliot le esquivó la mirada y quiso cambiar de tema.

—Lo importante ahora es conseguirte esas vitaminas y comenzar a comer como es debido, así que voy en busca del padre ahora mismo. —Se giró para salir cuando las palabras de Sarah le detuvieron en la puerta.

—Supongo que también habéis hablado del seminario —le dijo ella muy seria, queriendo saber más sobre esa conversación que sospechaba que habían mantenido. Se dio la vuelta y la miró con el semblante bastante serio, delatándose.

—Qué más da cuando haya sido, Sarah. Lo que realmente debería interesarte es que las medicinas llegan mañana. —Elliot estaba empezando a enojarse y ella no comprendía nada.

—Bueno, el padre me pidió que te recordara que desde el seminario querían que te pusieras en contacto con ellos y supongo que has hablado con el padre Maximilian sobre eso. ¿Me equivoco?

—¡Dios, Sarah, por qué te empeñas en recordarme cada dos por tres que estoy en el seminario! ¿Crees que no lo recuerdo? Por supuesto que lo sé y también sé que tengo un compromiso con ellos. No hace falta que estés todo el rato haciendo alusión a ello. ¡No entiendo tanto empeño de verdad! —le dijo malhumorado antes de abrir la puerta y dejarla con la palabra en la boca sin saber qué decir.

¿Por qué se había puesto así? Simplemente quería saber si había hablado con el padre sobre ello pero en parte llevaba razón, ella no tenía que saber nada de esa vida, sino limitarse a disfrutar del tiempo que pudieran robar juntos. Con sus palabras le decía que le daba tiempo y que nada importaba, pero con sus gestos le demostraba lo contrario, lo presionaba a tomar una decisión y el médico aún no estaba preparado para ello. Recogió los análisis y fue a ver cómo se encontraba el pequeño valiente que luchaba con uñas y dientes contra la tuberculosis. Su estado de salud pendía de un hilo.

Sarah se quedó el resto del día junto a su madre y el pequeño en la habitación. No se acordó de que era hora de cenar hasta que Elliot entró en la habitación con cara de pocos amigos, se quedó en la puerta observando la escena sin intervenir hasta que finalmente le hizo una pregunta a la doctora.

—Sarah ¿podría hablar un momento contigo?

—Ahora no —respondió ella sin mirarle. Estaba hablando con la madre de Shuja sobre su puesto en el mercado y lo bien que le iba y además no le apetecía nada hablar con él en ese momento.

—Es importante, por favor —insistió impaciente.

Sarah le miró con frialdad y tras disculparse con la madre del pequeño salió de la habitación seguida de Elliot.

—Tú dirás.

—¿Has cenado?

—¿Para eso me has sacado de la habitación? —le preguntó ella bastante molesta todavía por cómo la había tratado.

—No sé si recuerdas que tienes una anemia galopante y que aparte de las vitaminas que ya te he encargado, debes comer al menos tres veces al día de forma decente.

—¿Y tú recuerdas que ya soy mayorcita para tomar mis propias decisiones? —respondió Sarah llena de rabia desafiándole con la mirada, lo cual agravó la situación porque pareció que lo enfadaba aún más.

—Pues para ser tan mayorcita no te comportas como una mujer acorde a tu edad. Ahora mismo vas a comer y no acepto un no por respuesta. Yo me quedaré con Shuja y su madre. Desde este momento, me convierto en tu médico así que tienes que obedecer y hacer todo lo que te diga si quieres curarte esa anemia, y ahora ve —le ordenó señalando con el brazo extendido y el dedo índice en dirección a la puerta.

Eso fue ya la gota que colmaba el vaso pues no solamente se había atrevido a dejarla con la palabra en la boca sino que ahora le mandaba ir a comer. ¿Quién era él para cometer semejante osadía? Ya había conseguido que sus padres y Joseph no dirigiesen su vida y no iba a consentir que él lo hiciera, así que, muy enfadada, contó hasta cinco mentalmente y volvió a entrar en la habitación sin darle ninguna explicación. Debió ser suficiente con la mirada que le echó antes de volver con el pequeño y su madre, porque Elliot no volvió a aparecer el resto de la tarde.

13

Ya de noche, Sarah se encontraba muy cansada y apenas había podido probar bocado desde el desayuno. Si, además, le añadía el estrés emocional que le ocasionaban los pacientes que no evolucionaban bien y, en especial, el caso de Shuja y las peleas con Elliot, el acoso de Joseph y seguir sin saber nada de su familia, el resultado era un agotamiento demoledor. Dejó el hospital tras hablar con el personal de la noche y asegurarse de que Shuja se encontraba descansando y bien dentro de su gravedad. Sarah se dirigió a su cabaña con algo de fruta que cogió del comedor, se la comería antes de meterse en la cama y dormiría durante horas. Revisó su teléfono móvil, pero no vio ni mensajes ni llamadas, echó un vistazo al correo electrónico y obtuvo el mismo resultado. Sin siquiera desvestirse se tumbó en la cama, el sueño la venció y así estuvo durante varias horas. Se despertó a las tantas de la madrugada sintiendo frío porque yacía en la cama sobre el edredón con la ropa puesta. Como si se hubiese anticipado, el sonido del móvil la sorprendió y al mirar a la pantalla una sonrisa se le dibujó en la cara.

—Hola, amiga –dijo Sarah con la voz aún ronca de recién despierta.

—¡Uf! Menuda voz. ¿Estabas durmiendo? He querido llamarte en una hora decente, pero me hago un follón con el cambio horario –le contestó Nicole desde el otro lado del teléfono.

—No te preocupes, me alegra tanto oír tu voz que no me importa la hora. Cuéntame qué tal estás, cómo va todo.

—Eso es precisamente lo que quiero que me digas tú, porque eres tan escueta en tus mensajes que apenas puedo distinguir si estás bien o no. Llámame histérica, pero presiento que no va todo bien, ¿me equivoco? –Aquel infalible sexto sentido de su amiga le daba miedo porque siempre que le pasaba algo la llamaba acertando que algo se cocía. Sarah no quería preocuparla pero, al mismo tiempo, necesitaba desahogarse con alguien así que, tras dudar un momento, se decidió a contarle todo lo que estaba ocurriéndole aunque antes se interesó por el misterioso hombre que la tenía en una nube.

—Antes de contarte yo, quiero saber cómo estás tú y si ese hombre misterioso sigue en tu vida.

—¡Ay, ya lo creo! No te imaginas de qué manera sigue en mi vida, ¡Dios, Sarah! Sabes que yo siempre he pasado de toda la ñoñería del romanticismo, pero este hombre me tiene soñando con todo de aquello de lo que siempre he huido. Deseo ser suya de todas las maneras imaginables, ser la madre de sus hijos, su amiga y confidente y la que le sostenga la mano en su último aliento–. A Sarah se le encogió el corazón al escuchar hablar de esa manera a Nicole, que era todo lo contrario a ella y jamás se había atado a un hombre, aunque este fuera el hombre más maravilloso del mundo. Por fin había encontrado el amor, ese que tanto se merecía y las lágrimas comenzaron a amenazar con derramarse de los ojos de Sarah sin que pudiera evitarlo.

—¡Nic, cariño! No puedo creer que estés hablándome en serio. Eso es fabuloso, ¡Dios, voy a llorar! –Y, efectivamente, las lágrimas desbordaron los ojos de Sarah que no sólo lloraba de alegría por su amiga sino que fue una catarsis completa, lloraba por sus pacientes, porque echaba de menos a sus padres que no la escribían desde hacía semanas, por el acoso y derribo de Joseph, pero, sobre todo, porque amaba profundamente a Elliot y aquello acabaría en catástrofe.

—¡No llores que te cuelgo! Deberías alegrarte por mí y no llorar, boba. Aunque algo me dice que no lloras solamente por mí sino que hay algo más. Venga, suéltalo –la apremió Nicole y, entre sollozos y quejidos, Sarah le habló del hospital, de las dificultades que seguía encontrándose, de la ausencia de sus padres, de Joseph que no dejaba de mandarle mensajes y regalos pero cuando más lloró fue cuando le habló de Elliot.

—Sarah ¿es en serio? ¿Un cura? ¡Pero, por favor, cómo ha podido suceder! Ahora mismo me cojo un billete y allá que voy –le dijo Nicole nerviosa tras escuchar el sufrimiento de su mejor amiga, la que había estado con ella en sus peores momentos y con la que contaba como si fuera su propia hermana.

—No digas tonterías, estoy agotada y todo se me junta, pero en cuanto descanse un poco más estaré bien.

—Claro, porque enamorarse de un hombre que va a ser sacerdote se pasa durmiendo. ¡Deja de decir chorradas, Sarah! ¿Cómo has podido enamorarte de un hombre así? Creía que la estúpida de las dos era yo. Que yo siente la cabeza, no quiere decir que tú la pierdas.

—El tiempo lo cura todo, Elliot se irá en unos meses y yo seguiré aquí en la misión así que voy a hacer lo que siempre me has dicho, disfrutar del momento y no pensar en nada –intentó convencer a Nicole y aunque resultó complicado consiguió que no se cogiese un avión inmediatamente.

Tras colgar hizo lo que le había estado diciendo a su amiga, se duchó, se puso la lencería más sexi que tenía y unas sandalias de tacón que había metido en la maleta, porque aunque no solía vestir así, la hacían sentirse más femenina y nunca se sabe si vas a tener que usarlos. El camisón que había elegido era de seda negra y marcaba sus curvas a la perfección. Se echó una bata por encima para no delatar lo que llevaba debajo. Salió de su cabaña y corrió hacia la de Elliot pensando en todo lo que iba a suceder en cuestión de segundos. Llamó a su puerta y Sarah sintió que se derretía al verlo con su pelo alborotado y sus intensos ojos castaños mirándola fijamente. Sólo llevaba el pantalón negro del pijama dejando el duro torso al desnudo.

Lo empujó dentro y cerró la puerta. Asombrado al verla allí a aquellas horas, se quedó perplejo al ver cómo Sarah se deshacía de la bata y de las sandalias descubriendo el impresionante conjunto de lencería negra que llevaba la pelirroja y que le hizo estremecerse.

Sarah se revolvió su corto cabello de manera sexi mientras se movía de manera provocativa como si siguiera el compás de alguna música. Elliot tragó saliva al verla con aquella actitud, lo cual la animó para seguir. Se deshizo de un tirante y del otro de forma silenciosa y, lentamente, se bajó el camisón y se quedó completamente desnuda pues tampoco llevaba ropa interior. Notó cómo un gemido se escapaba de su garganta porque ya estaba completamente excitado, a juzgar por el bulto que se percibía en su pantalón. Sin decir una palabra, se acercó a él y se lanzó a su boca, sin darle oportunidad de hablar, ni siquiera de respirar. Sólo quería disfrutar, no pararse a pensar o evaluar la situación. Elliot estaba bastante encendido y no la detenía, Sarah se sentía viva, deseada, podía notar la humedad entre sus piernas. La lengua de Elliot entró en su boca poniéndole el vello de punta a Sarah, que no dejaba de abrazarlo y corresponderle salvajemente. Sin poder recuperar el aliento, la cogió en brazos y siguieron devorándose mutuamente. Colgada de su cuello, enroscó las piernas a su cintura buscando sentir el contacto de su piel. Gemidos ahogados se escapaban de sus bocas pero no había palabras, con sus actos se decían lo mucho que se deseaban. La llevó hasta la cama y se sentó con ella encima.

Acariciando su espalda, la echó hacia atrás porque, en aquel instante, quería dedicarle sus atenciones a sus pechos, que lamió sin darle tregua humedeciendo aún más a una Sarah desbocada que no dejaba de gemir desesperada por culminar con él en su interior. Cuando ya no pudo más lo detuvo y, con una simple mirada, Elliot se dio cuenta de lo que Sarah quería, así que se revolvió con ella encima para quitarse los pantalones. Ella, dominada por la lujuria, deseaba sentirlo dentro de ella cuanto antes. Una vez se deshizo de los *boxers* ignoró cualquier atisbo de vergüenza y agarró su miembro con la mano provocando que a él le subiera y bajara el pecho sin descanso.

Con los ojos cerrados, echó la cabeza hacia atrás envuelto en una nube de deseo que la propia Sarah podía sentir, pero Elliot no quería acabar de esa forma por lo que la detuvo y, poco a poco, se deslizó dentro de ella sintiendo a Sarah encima de él, a horcajadas. No era una postura que a ella le hubiera gustado mucho en el pasado, pero con Elliot se sentía cómoda e incluso relajada. Levantó las caderas para penetrarla más profundamente, Sarah se balanceó sobre él recibiendo cada embestida que él le daba musitando su nombre entre gemidos ahogados. Ella lo cabalgaba besándole, lamiéndole, tocándole por todas partes. Quería ser su dueña y a la vez su esclava. Perdieron la noción del tiempo y cuando el orgasmo los sorprendió, Elliot se bebió cada gemido que salía de la boca de ella, besándola con pasión.

Tras una noche de pasión interminable cayeron sobre la cama, agotados y enredados, sintiendo el latir del corazón del otro como si de una nana se tratara. Los primeros rayos del amanecer despertaron a Sarah que se encontró con la mirada penetrante e intensa de Elliot sobre ella.

—Hola —dijo ella tímidamente.

—Hola —contestó Elliot acariciando su mentón dulcemente.

Sarah se quedó embobada mirándole y vio en sus ojos la ternura que tanto anhelaba.

—Me gusta sentir tu olor en mi piel —dijo Sarah una vez que se hubieron despegado. Elliot gruñó y apoyó la frente en la almohada al lado de la cabeza de Sarah.

—No me digas esas cosas o no podré salir de esta cama, y mucho me temo que deberías ducharte y volver a tu habitación —propuso Elliot con un leve tono de tristeza. Pero tenía toda la razón del mundo así que, a regañadientes, la dejó salir de entre sus brazos y se duchó en su baño. Sarah esperaba que en algún momento abriese la puerta y se duchase con ella pero no sucedió, parecía tener más autocontrol.

Aseada y de nuevo con el sexi camisón puesto, salió del cuarto de baño. Se encontró a Elliot sentado con la sábana cubriéndole de cintura para abajo. «Menos mal», pensó, pues si no se hubiese lanzado de nuevo sobre él. Le extendió el brazo para que se acercara a la cama y así lo hizo. Se acercó con paso firme y se sentó delante de él. Sonriendo como sólo él sabía, la abrazó pegando su cuerpo al de ella, la agarró por la nuca y la besó tiernamente. Pasados unos minutos, Sarah se levantó dispuesta a marcharse pero seguía unida a él de la mano.

—Pensaba que estabas enfadada conmigo –le dijo Elliot mirando fijamente sus dos manos unidas. Sarah recordó entonces que sí lo estaba, pero tras la conversación con Nicole, había decidido que tenía que disfrutar del tiempo prestado que tenía con él.

—Ya ves que no –respondió ella sin soltarse del contacto de su mano y es que no quería irse, lo que más deseaba era permanecer en aquella habitación junto al hombre que amaba, pero la realidad se imponía. Cuando por fin pudo soltarse de la mano de Elliot se giró y sin mirar atrás, se marchó.

14

Sarah se vistió para afrontar un nuevo día. Pensaba en el día en que pudieran coger el *jeep* y marcharse lejos de Obandé, para estar solos, tranquilos y felices. Cuando estaba soñando con aquello llamaron a su puerta, era la hermana Agnes que apareció en la entrada a su cabaña con el semblante muy serio. Sarah se temió lo peor y su mente sólo pensaba en Shuja. Estaba realmente preocupada por él porque había empeorado en los últimos días y si las medicinas no llegaban esa mañana como le había dicho el padre Max, el niño tendría pocas posibilidades de sobrevivir.

—¿Sucede algo, hermana?

—No quería que te marcharas corriendo al hospital cuando te diga lo que tengo que decirte, así que he preferido venir a darte un suculento desayuno y asegurarme de que te lo comes todo –le contestó la religiosa, mostrando una bandeja con un plato lleno de fruta y un tazón con cereales a la vez que le mostraba el termo de café que sostenía en la otra mano.

Sarah le sonrió y la invitó a pasar. Sentadas en el escritorio de la doctora, la hermana no dejó de observar cómo se lo comía todo mientras le hablaba de cosas banales de la misión, como que tenían que arreglar el tejado del comedor porque por una zona vieron que había algunas tejas rotas. Fuera lo que fuese lo que quería contarle a Sarah esperó a que terminara de desayunar.

—Y ahora que me he comido todo como una niña buena, dígame qué sucede, por favor.

—En primer lugar, hija, debes cuidarte. El doctor Savannah no se quedará mucho tiempo, así me lo ha hecho saber el padre Max, y tú eres la única doctora que tenemos. Si no te curas de la anemia tendremos que devolverte a tu casa y hasta que nos manden a otro médico pueden pasar meses —soltó la hermana Agnes en décimas de segundo dejando aturdida a la joven doctora.

«¿Elliot se iba pronto? —pensó—, ella no sabía nada aunque, claro, no hablaban mucho de su situación, cómo demonios iba a saberlo». Pero volvió al principio cuando la religiosa le dijo que debía decirle algo que quizá le quitase el apetito.

—Está bien, hermana, pero ¿qué es eso que tiene que contarme? —La doctora estaba ansiosa por averiguar qué sucedía.

—Verás, ayer por la noche Shuja tuvo un nuevo ataque y está aún más grave. Las medicinas no han llegado aún y no estamos seguros de que lleguen finalmente hoy, porque parece ser que ha habido un problema con la empresa de mensajería. El padre Max está tratando de solucionarlo. —Sarah no se paró a escuchar más, salió disparada hacia el hospital a ver qué había ocurrido.

Pronto pediría explicaciones de por qué nadie la había avisado cuando era ella quien llevaba el caso de Shuja. Llegó en un abrir y cerrar de ojos, casi sin resuello, pero nada de eso le preocupaba, lo único en lo que podía pensar era en Shuja y en que resistiera hasta que pudiese darle las medicinas que necesitaba. Entró en la habitación del pequeño y lo encontró con más tubos y máquinas que el día anterior, la madre del niño no estaba allí dentro, por suerte, porque las pintas que llevaba eran para asustarse, los ojos se le iban a salir de las cuencas del susto que llevaba en el cuerpo y le costaba respirar.

—¿Sarah? —Oyó que la llamaban, pero solamente podía mirar a la cama donde yacía el cuerpecito del pequeño. No fue hasta que la zarandearon que pudo ver quién estaba a su lado, era Elliot que la miraba entre extrañado y asombrado.

—¿Cómo no me has dicho nada? —le preguntó muy enfadada mirándole con cara de pocos amigos.

—Ya me ocupé yo de él anoche. Sólo podemos esperar a que lleguen las malditas medicinas para poder salvarle —respondió el médico sin mostrar un ápice de arrepentimiento por no haberle informado de nada.

—No te estoy preguntando si te ocupaste o no. Lo que quiero que me digas es por qué narices no me dijiste lo que había pasado. ¡Te exijo una explicación y la quiero ya!

—Tranquilízate. Tú no estabas porque era mi turno y te recuerdo que soy tan médico como tú y puedo encargarme de este paciente perfectamente como de cualquier otro —dijo Elliot, cruzándose de brazos en postura desafiante delante de ella, que empezaba a echar chispas.

—¿Y cuando fui a tu cabaña tampoco pudiste decírmelo? ¡Porque oportunidades no te faltaron!

—No es que estuvieras muy comunicativa, la verdad —contestó, haciendo que se enfadara mucho más, además de hacerla sentir como una cualquiera. Era verdad que había acudido al cuarto de Elliot encendida y con un único propósito, pero al decirle aquello sentía que la estaba insultando y eso ya era el colmo. Hecha una furia por que no le hubiera dicho nada sobre el empeoramiento de Shuja cuando fue a su habitación, cogió la puerta y se marchó en busca del padre Max, pues ese niño necesitaba aquellos medicamentos con suma urgencia o moriría en apenas unas horas.

Dio vueltas por todo el hospital, el comedor, la sala donde se reunían las mujeres, los alrededores y no daba con él. Fue entonces en busca de la hermana Agnes para que le dijera dónde podía encontrar al padre, pues necesitaba saber si las medicinas llegarían ese día. Iba de camino cuando se encontró a una niña vestida con una camisa vieja medio rota y descalza, tendría apenas unos ochos años, malnutrida y sucia, pero lo que más impactó a Sarah es que llevaba entre sus brazos un cuerpecito que no paraba de llorar. Aceleró el paso y sin hablar cogió al pequeño que no pesaba nada y se lo llevó al hospital con urgencia, seguida por la niña. Al entrar, Elliot la vio y con tan sólo mirar la escena supo que se trataba de otro grave caso de malnutrición y que era cosa de vida o muerte. Llevaron al niño a una sala cercana donde comenzaron a examinarlo mientras trataban de calmar su llanto. Una de las religiosas se quedó con la niña que tenía la mirada triste y llena de lágrimas por ver así al que, seguramente, sería su hermano pequeño. El cuerpecito del niño que tenían delante aparentaba tener unos cuatro años; estaba sucio, medio desnudo, se le marcaban los huesos de las costillas a través de la piel, tenía los brazos tan delgados que parecían dos palos y las piernas con el mismo aspecto lamentable. Tras comprobar el estado del niño e intentar calmarlo le pusieron una vía intravenosa con suero para suplir la falta de líquidos en su debilitado cuerpo y una vía parenteral para que, poco a poco, su cuerpo fuera recibiendo los nutrientes que necesitara. Lo que no conseguían era calmar su llanto por muy cariñosos que fueran con él, así que Elliot salió en busca de la niña a ver si con ella allí el pequeño conseguía tranquilizarse. Por suerte, así fue, aunque tardó mucho tiempo en dejar de lamentarse y quedarse dormido. Una de las hermanas que trabajaba habitualmente en el hospital acompañó a la niña, que también se la veía desnutrida pero en menor medida, al comedor. Con todo el jaleo no se acordó de los medicamentos de Shuja hasta que vio llegar al padre con una sonrisa en la cara, eso quería decir buenas noticias sí o sí, o al menos eso esperaba Sarah.

—¡Excelentes noticias, chicos! A mediodía llega el paquete donde están las medicinas para los niños con tuberculosis, entre otras, que habíamos pedido a la ONG. —Sin importarle si estaba mal visto se tiró a los brazos del padre emocionada porque el pequeño Shuja iba a poder salvarse después de todo. Elliot que estaba también allí se alegró muchísimo y no pudo reprimir una risita cuando vio el gesto afectuoso de aquella mujer tan menuda como apasionada que lo traía loco.

*

A mediodía, y como había dicho el padre, llegó el mensajero con los medicamentos que necesitaban. Sarah y Elliot actuaron con rapidez y administraron las medicinas a los niños enfermos, entre ellos Shuja. Su madre no dejaba de llorar al ver que finalmente su hijo se iba a recuperar y todo aquello se quedaría en una mala pesadilla. Pasaron las horas y, por suerte, los pequeños empezaron a mostrar mejoría, aunque lentamente. Y así, poco a poco, llegó la noche en la que ella tenía turno hasta el día siguiente. Apenas había hablado con Elliot desde su discusión por la mañana, pues habían tenido que estar bien concentrados con tanto trabajo y cuando lo hacían era para comunicarse informaciones sobre el estado de los niños. En el mismo paquete que contenía las medicinas de los pequeños viajaban las vitaminas para ella, así que inmediatamente empezó a tomárselas para volver a estar a pleno rendimiento, mientras rellenaba informes en la sala de descanso. Justo en ese momento apareció el doctor y al ver que se estaba tomando las vitaminas que encargó para ella, sonrió abiertamente, con esa sonrisa que podía parar un tren pues iluminaba su rostro de una manera aún más perfecta.

—Me alegro de que estés haciendo caso a tu médico –le dijo mirándola con los ojos brillantes de alegría, y es que había sido un día bueno, los niños con tuberculosis comenzaban a mejorar, los pacientes con gripe también habían recibido las medicinas y el pequeño que encontró Sarah por la mañana iba aceptando los nutrientes, aunque muy despacito. Descubrieron que la niña que iba con él era su hermana mayor, ambos llevaban huérfanos unos meses y la pequeña hacía todo lo posible por cuidar de su hermano, lo bañaba, le cocinaba y lo cuidaba de la mejor forma que sabía, pero aun así era sólo una niña. Ella también estaba desnutrida, pero su caso no era tan grave como para hospitalizarla. En el comedor había bebido agua y había probado algo de fruta, poco a poco para que no le hiciera daño, pero a diferencia de su hermano ella podría superar la malnutrición sola y sin problemas. En cuanto al pequeño, se quedaron alarmados al descubrir que tenía siete años y no cuatro como aparentaba su frágil aspecto. En los próximos días su evolución sería decisiva. Con suerte, podrían comenzar a darle un alimento terapéutico, inventado hacía varios años, que consistía en un saquito con quinientas calorías a base de cacahuetes, vitaminas y minerales que ayudaban a combatir la malnutrición infantil. El «saquito salva vidas» como lo llamaban comúnmente y que a tantos pequeños había ayudado.

Elliot seguía allí de pie mirando a Sarah que no apartaba la mirada de sus informes. Ella no quería hablar con él, puesto que seguía enfadada y podría decirle de todo menos bonito, pero parecía que precisamente eso era lo que el doctor quería porque no dejaba de insistir.

—Si quieres, puedo quedarme contigo a hacer el turno de noche o te puedes ir a descansar y yo me quedo.

—¿En serio? ¿Para que vuelva a ocurrir algo y no me entere? No, gracias —le contestó ella sin mirarle a la cara.

Un suspiro se escapó de la garganta del médico que cogió una silla y se sentó a su lado, rozando su brazo con el de ella, lo que provocó que todo su cuerpo se estremeciera, pero aun así no se retiró.

—Por lo que veo, sigues enfadada. Mira, Sarah, yo estaba aquí y podía encargarme del caso sin problemas. Luego cuando viniste a mi cabaña, no sé si te diste cuenta, pero no pensaba precisamente con la cabeza, de hecho, ni siquiera pensaba porque sólo te veía a ti, tan entregada y apasionada que simplemente me dejé llevar y sentir, al igual que hiciste tú. —Hizo una pausa en la que rozó con el dedo índice el brazo de ella y lo recorrió por entero, consiguiendo que apartase la mirada de los informes y lo mirase a la cara—. Siento mucho si esta mañana te has sentido ofendida por lo que te he dicho, pero no ha sido a propósito. Sarah, tienes la capacidad de dejar mi mente en blanco, no puedo pensar con claridad cuando estás frente a mí, desnuda, tan vulnerable y tan poderosa al mismo tiempo que caigo rendido ante ti sin remedio.

—¿Sólo se trata de eso, de sexo? —preguntó ella sacando fuerzas de no sabía dónde. Necesitaba saber qué le pasaba a él por la mente, qué pensaba, pero sobre todo qué buscaba en ella.

—¿Eso es lo que crees? ¿Que se trata de eso? Qué engañada estás —le dijo con un leve tono de tristeza a la vez que se levantaba y le daba la espalda–. No consigo encontrar la excusa para alejarme de ti y centrarme en llegar a ser sacerdote, que es lo que se supone que debo hacer. No puedo sacarte de mi mente, pero tampoco quiero hacerlo. Te has metido muy dentro y aunque intente sacarte es imposible, no puedo –dijo Elliot agachando la cabeza, como si llevara el peso del mundo sobre sus hombros y no pudiese caminar más. En ese momento Sarah, muy arrepentida por lo que le había dicho, se acercó a él y poniendo las manos sobre sus hombros le habló casi en un susurro mientras su corazón palpitaba alocado tras lo que acababa de escuchar de sus labios.

—El amor no se busca, nos encuentra, él es quien nos elige a nosotros. No se puede huir de él porque siempre termina encontrándote. Dios es amor o eso es lo que dicen ¿no? Estoy segura de que lo entenderá y en cuanto al seminario lo mejor será hablar con el padre Max, es un hombre de buenos sentimientos y parece que te tiene un gran afecto. Él también comprenderá que contra los sentimientos no se puede luchar. No lo hagas más y déjate amar.

—¿Amar? –Se giró encontrándose frente a frente–. Yo no puedo volver a amar, Sarah. Ya lo hice una vez, lo di todo y Dios me castigó de la peor forma posible. No me pidas que vuelva a amar porque no lo merezco.

—¿Quién ha dicho eso? –replicó ella muy molesta. Agarró la cara de Elliot con ambas manos y acercándose más a su cuerpo continuó susurrándole palabras de amor–. Elliot, no sé qué te ocurrió en el pasado para que tengas tan bajo concepto de ti mismo pero, por Dios, me encantaría darte mis ojos para que te vieras como yo lo hago. –No pudo continuar porque se separó de ella y se echó hacia atrás negando con la cabeza.

—No estoy preparado, no puedo, no debo… Tengo que irme. –Y se fue dejándola sola, vacía, sin comprender qué sería eso tan terrible que le había pasado para pensar que no se merecía volver a amar. Pero el caso es que la amaba, no se lo había dicho con esas palabras exactas, pero a Sarah no le cabía ninguna duda de que efectivamente era lo que sentía por ella. Estaba tan enamorado de ella como ella de él y únicamente existía un obstáculo, el propio Elliot.

15

El resto de la noche transcurrió sin grandes incidentes, los pacientes mejoraban y eso era siempre motivo de alegría, aunque a Sarah poco le podía alegrar, pues tras la última conversación con Elliot sentía que su corazón estaba a punto de romperse en mil pedazos. Por fin había descubierto los sentimientos que tenía hacia ella y no podía ser, porque su vida ya estaba comprometida con Dios. Ella no había sido nunca muy religiosa, a pesar de haberse casado por la iglesia. De hecho, aquello fue idea de su familia y del propio Joseph, porque a ella lo mismo le daba, pero perteneciendo a unas familias como las suyas era impensable celebrar otra cosa que no fuera una boda por todo lo alto, con más de quinientos invitados (entre los que se encontraba lo más selecto de la sociedad de Boston), cantantes famosos amenizando la celebración y, cómo no, una ceremonia oficiada por el obispo.

Al amanecer, como estaba todo en calma, le pidió a una de las auxiliares que se quedara al cuidado en la recepción mientras ella salía a estirar las piernas, porque necesitaba despejarse un poco. Fue a su cabaña a por su bloc de dibujo y caminó un rato hasta que encontró un lugar desde donde se veía el amanecer. Era algo que le daba mucha paz, ver cómo el sol nacía lentamente, despertando la vida a su alrededor. De la nada, de la total oscuridad, emergía el sol iluminándolo todo a su paso. Así se sentía ella, su vida estaba apagada cuando llegó a la misión y comenzó a trabajar para cumplir el sueño de su vida, antes de que llegase él. Entonces, al conocerlo, creyó que sería la luz que iba a encender de nuevo su existencia. Así era como se sentía junto a él, pero de pronto el sol se había vuelto a poner dejando su vida a oscuras. Una angustia crecía en su pecho. Estaba completamente enamorada de él y no podía hacer nada. No podía separarse de él porque trabajaban juntos, pero ahora mismo le resultaba muy difícil estar a su lado, no sabía qué iba a hacer al día siguiente cuando lo viera. De pronto, se sintió observada y vio que Elliot se acercaba a ella. Iba a descubrir antes de tiempo cómo iba a poder llevarlo.

—Sarah… —pronunció su nombre haciendo que se estremeciera de pies a cabeza. No quería mirarlo porque entonces sería su perdición.

—Dime —le contestó ella sin dejar de mirar el amanecer con el bloc de dibujo entre las manos. Notó que se acercaba más a ella e instintivamente retrocedió un paso. No quería que la tocara porque sabía que si lo hacía se perdería en sus brazos y no tendría el coraje suficiente para rechazarlo.

—Sarah. —Alargó su mano hacia ella, que seguía resistiéndose, pero finalmente lo consiguió cayendo el bloc al suelo. Aun así no lo miraba, tuvo que ponerse delante de ella tapándole la perfecta imagen del amanecer. Apoyó su frente en la cabeza de ella y suspiró—. Siento mucho lo que te he dicho y la forma de irme pero, por favor, entiéndeme, no estoy preparado para contarte nada y no dejo de pensar en qué debo hacer. Estoy agotado.

—Elliot, ¿cuántas veces te he dicho que no pienses, que sólo te dejes llevar y veamos dónde terminamos? —Acunó su cara entre sus manos haciendo contacto visual con aquellos hermosos ojos castaños que la tenían tan enamorada—. ¿Quieres que te lo diga? Te amo, Elliot. No me importa lo que te haya sucedido en el pasado y, por supuesto, no creo que no te merezcas otra oportunidad porque todos nos la merecemos. Estoy completamente enamorada de ti, estoy convencida de que me merezco otra oportunidad y resulta que la quiero contigo —le dijo sonriéndole, acercando su nariz a la de él y haciéndole una suave caricia. Él volvió a suspirar cerrando los ojos y ella lo agarró más fuerte aún, queriendo transmitirle con ello todo lo que le estaban diciendo sus palabras. Permanecieron así varios minutos hasta que Elliot apartó las manos de su cara, se dio la vuelta hacia el amanecer y le habló de espaldas a ella.

—Hay una frase anónima que leí hace tiempo y hoy cuando estaba de vuelta en mi habitación tras nuestra conversación, de repente ha aparecido en mi cabeza sabiendo que la destinataria de dicha frase no puede ser otra persona, más que tú. —Sarah frunció el ceño sin comprender nada, entonces Elliot se giró con los ojos brillándole de emoción, agarró su cara como ella había hecho con él hacía apenas un momento y recitó la frase a escasos centímetros de su boca—: «El día que te conocí tuve miedo a mirarte, el día que te besé tuve miedo a quererte, y ahora que te quiero, tengo miedo de perderte».

A Sarah se le llenaron los ojos de tantas lágrimas que tuvo que cerrarlos para poder contenerlas. Elliot no lo dudó y devoró su boca con ansiedad, ternura y decisión. Se abrazaron mientras ambas lenguas batallaban y se entregaban la una a la otra. Pasados unos instantes, simplemente se abrazaron con el amanecer ante ellos renaciendo un día más, al igual que sus corazones, en aquel lugar tan suyo donde el pasado no existía ni podía afectarles, donde poder comenzar una nueva vida.

Tras pasar un rato abrazados, sintiendo palpitar sus corazones y habiendo expresado sus sentimientos, estaban en paz. Sarah recogió el bloc del suelo y el médico le preguntó por aquella libreta que tenía entre sus manos.

—Simplemente es un bloc de dibujo donde plasmo aquello que me emociona, lo que me hace feliz.

—¿Y yo salgo en ella? —preguntó el presuntuoso doctor mientras ella se reía.

—Pues no, no sales, doctor. ¿Quieres estar en ella?

—Me haría mucha ilusión, pelirroja —le dijo él guiñándole un ojo a la vez que la apretaba con más fuerza contra su costado. Sarah se separó de él para admirarle y dibujarle mientras él no dejaba de sonreírle.

Una vez acabó el dibujo se lo enseñó y quedó maravillado por lo bien que se le daba aquello. Finalmente, la joven volvió al hospital a comprobar que todo estaba en orden, se cambió de ropa y volvió a su habitación para intentar dormir un rato. Pero ¿cómo podría hacerlo con tantas cosas bullendo en su cabeza? Lo más importante era que Elliot le había dicho que la quería y que no podía separarse de ella, por mucho que lo intentara. Ella deseaba aferrarse a sus palabras y no pensar en que era seminarista y que le estaba prohibido. Una vez se hubo duchado y cambiado, encendió el portátil para enviar un correo electrónico a su jefe e informarle de cómo iban las cosas por allí. Al abrir su bandeja de correo no le extrañó ver el correo diario de Joseph diciéndole lo mucho que la quería y que la necesitaba. Siempre había algún archivo adjunto con un poema o una cancioncita romanticona, pero en aquel momento se encontraba tan feliz que poco le importaba. Se disponía a cerrar el ordenador cuando llamaron a su puerta. A Sarah le extrañó mucho por las horas, ya que pasaban de las dos de la mañana, pero al abrir lo entendió todo. Un Elliot resplandeciente esperaba al otro lado de la puerta con una sonrisa cargada de amor y con un brillo especial en sus ojos que nunca antes había visto. Entró y cerró la puerta tras de sí, fundiéndose en un beso largo y húmedo con la mujer que amaba. Como pudo se separó de ella, para contarle lo que había ido a decirle.

—Mañana no tenemos que estar en el hospital ninguno de los dos. –Ella fue a rechistar pero él se le adelantó poniéndole un dedo en los labios para callarla–. Las hermanas se encargarán de todo y estoy seguro de que la hermana Agnes también estará pendiente y supervisará todo. Con la excusa de que tenemos que ir a la ciudad a por material para reconstruir el tejado del comedor, nos iremos a pasar un día entero solos.

A la doctora se le iba a salir el corazón del pecho al conocer el plan que había ideado Elliot para poder disfrutar de un día completamente solos, pero aun así la ciudad no estaba tan lejos del poblado y alguien podía verlos por lo que la sonrisa se esfumó de su rostro rápidamente. Elliot se dio cuenta y la abrazó contra su pecho acariciando su pelo con ternura.

—Es lo máximo a lo que podemos aspirar, mi amor. —Sarah se sintió feliz al escuchar aquella palabra cariñosa en boca de Elliot, pues le daba esperanzas.

—Lo sé —respondió ella alzando la cara para encontrarse con sus ojos castaños que tanto le gustaban—. Es sólo que deseo estar contigo en un lugar donde nadie me juzgue ni me reproche nada, donde podamos ser tu y yo sin reservas.

—Yo quiero lo mismo y por eso he reservado una habitación en un hotel de la ciudad donde vamos a poder disfrutar sin que nadie nos vea. Sé que es ocultarse, pero no puedo prometerte mucho más, amor mío. —Como si le hubiera dicho que tenían que estar en un establo, a ella le daba lo mismo. Podrían estar solos riendo, hablando, comiendo... Lo importante era que podían ser ellos mismos alejados de miradas curiosas y de mezquinos reproches. Sarah se puso de puntillas para poder besarlo mientras se reía llena de felicidad. Elliot la abrazó aún más y comenzaron a dar vueltas hasta que mareados cayeron sobre la cama. Poniendo todo de su parte tras una larga sesión de besos, abrazos y promesas de amor eternas, se separaron hasta el día siguiente cuando podrían actuar libremente, y lo que era más importante, vivir su amor sin barreras.

*

Aquel nuevo día era aún más especial, pues iban a estar juntos casi todo el día. Sarah se preparó temprano con unos pantalones cortos, las botas de montaña y una blusa blanca abotonada hasta casi el cuello. Se hizo una coleta y tras coger el bolso salió a buscar a Elliot, que ya la estaba esperando apoyado en el coche, con unos vaqueros azules viejos, sus deportivas y una camisa de cuadros que entonaban de maravilla con sus preciosos ojos castaños. Al verla llegar, su mirada se encendió y Sarah pudo darse cuenta de que era por la blusa que transparentaba el sujetador blanco que llevaba debajo.

—Será mejor que nos vayamos pronto, porque si no te voy a llevar a mi cabaña y no vamos a salir de ahí en todo el santo día —le dijo él cuando la tuvo delante. Sarah, con las mejillas encendidas por su comentario, le dio un cachete en el brazo para regañarle, pues aún estaban en la misión y alguien podía oírles. Se subieron al *jeep* y tras el ajetreado camino lleno de baches llegaron a la ciudad. Lo primero que hicieron fue comprar el material para la reconstrucción parcial del tejado del comedor, pero una vez acabado con eso, se marcharon al hotel donde Elliot había reservado una habitación para ellos. El hotel era bastante bueno a juzgar por el enorme *hall* al que entraron ya agarrados de la mano. Cuando Sarah vio que él la cogía de la mano se giró a mirarlo, pero el médico ni se inmutó. Ella se sonrió y caminó orgullosa junto a él con las manos entrelazadas. Elliot habló un perfecto francés con el recepcionista del hotel, mientras ella se admiraba del lugar donde estaban. A diferencia de lo que se veía fuera e incluso en el poblado, los sillones del *hall*, las mesas, los tapices… todo parecía ser de gran valor. Sarah pensó entonces en que mientras se morían de hambre en los pueblos de alrededor en aquel lugar predominaba la ostentación y eso le produjo una enorme desazón. Un suave tirón de Elliot la sacó de sus pensamientos, indicándole que subían ya a su habitación. En el ascensor, Sarah se echó en sus brazos cerrando los ojos mientras se derretía con su olor. Salieron del ascensor acurrucados el uno contra el otro y llegaron a la puerta de la habitación sin separarse un milímetro. Elliot sacó la tarjeta del bolsillo introduciéndola en la ranura para poder entrar. Dejó que ella entrase antes porque quería ver su cara de sorpresa ante lo que se iba a encontrar dentro. Un rastro de pétalos rojos la guiaban hasta una gran cama con dosel. A los pies de esta, había un asiento donde reposaban un par de copas y al lado una fresquera con una botella de champán. De pronto comenzó a sonar la canción *Love me like you do* de Ellie Goulding. Sarah se giró y vio cómo Elliot le había dado con un mando a la cadena de música que estaba junto al armario, enfrente de la cama. Su mirada estaba cargada de tantos sentimientos que todos se agolparon a la vez en el corazón de la joven doctora, provocando que un montón de lágrimas se escaparan de sus ojos como un torrente. Elliot se acercó a ella y meció a su dulce Sarah entre sus brazos mientras sonaba aquella hermosa canción que era el retrato de su historia de amor.

El resto del día transcurrió entre risas, confidencias, besos calientes, caricias de las que traspasan el alma, baños traviesos en el *jacuzzi*, pasión desatada entre las sábanas... Disfrutaron al máximo de aquel día, pero debían volver a la misión, así que al atardecer se despidieron de aquel lugar donde habían compartido tanto y del que se llevaban tanto.

Ya de noche llegaron al poblado donde los recibieron como si hubiesen pasado varios días. Elliot descargó el material junto al padre Max e inmediatamente empezaron a planificar cómo empezar con la reparación del tejado. Sarah se escabulló a su cabaña donde se quitó la ropa para ponerse el pijama, pero agotada por tanta felicidad cayó en un profundo sueño.

*

Los días transcurrían y los enfermos iban mejorando por momentos, llegó además la Nochevieja y volvieron a reunirse para recibir el nuevo año todos juntos. Sarah compartía con el hombre que amaba todos los momentos que podía, salían a pasear, intentaban escaparse al pueblo de vez en cuando, nadaban en el lago y siempre que les era posible veían el amanecer juntos y abrazados. Sin apenas darse cuenta, ya estaban en el mes de febrero y el cumpleaños de Sarah se acercaba. Seguía sin tener noticias de sus padres ni de Nicole, aunque tampoco se esforzaba mucho por obtenerlas, pues estaba en su burbuja y no era consciente de nada más allá de lo que sentía y vivía con Elliot.

La mañana de su cumpleaños las monjas habían organizado en el comedor un desayuno sorpresa y cuando la doctora llegó la recibieron con aplausos, un gran cartel donde se leía «Felicidades» en grande, un pastel casero y muchos besos y abrazos por parte de todos. Era muy querida en la misión y de esa manera deseaban devolverle una parte de lo que ella hacía por aquella gente. Por la tarde tuvieron más trabajo porque habían llegado enfermos con gastroenteritis, pero por suerte no eran casos graves. Esa noche se retiró pronto porque estaba muy cansada. Ya en su cabaña, abrió su correo electrónico y vio que tenía un mensaje de Nicole con un vídeo de Feliz Cumpleaños de los cientos que hay por Youtube, varias felicitaciones de sus compañeros del hospital y un mensaje de su madre que la felicitaba en nombre de toda la familia. Lo que sí la sorprendió más fue ver un mensaje de su hermano Robert de hacía unos días, con quien no había hablado nada desde su llegada a la misión. Nunca habían tenido esa conexión especial que se decía que solían tener los hermanos gemelos. No se llevaban mal, pero tampoco eran íntimos, cada uno hacía su vida. Robert era muy parecido a su padre, por lo que chocaban mucho, tenían caracteres muy diferentes. Ya hacía varios meses que no se ponían en contacto con ella. Lo único que había recibido de ellos en todo ese tiempo era la felicitación de cumpleaños de su madre y el correo de Robert. Por el contrario, de Joseph no hacía más que recibir mensajes de correo electrónico, wasap, cartas, regalos que le llegaban semanalmente... Cuando se disponía a abrir el mensaje de su hermano llamaron a la puerta. A Sarah le extrañó mucho por las horas, ya que era casi medianoche, pero al abrir lo entendió todo. Ahí estaba Elliot, en la puerta de su cabaña, con un enorme ramo de rosas rojas que había ido a comprar esa misma tarde y que muy hábilmente había estado escondiendo en su habitación. Ese día, el médico la había felicitado en el vestuario mientras se cambiaban para empezar el turno y no esperaba nada más de él.

—No tenías que regalarme nada —dijo ella aspirando el olor de esas rosas que le parecieron las más bonitas que había visto nunca.

—Lo sé, pero me hacía ilusión, aunque ese no es tu regalo.

—¿Ah no? —preguntó ella curiosa mirando al médico, intentando descubrir si lo ocultaba en los bolsillos o tras de sí.

—No es nada material, es lo que me llevó a unirme al seminario. Estoy preparado si quieres escucharme, Sarah. —Aquello dejó de piedra a la doctora, pues llevaba queriendo saber por qué se negaba a amar y por qué había tomado la decisión de tomar los hábitos. Por fin descubriría qué era aquello tan terrible que había sucedido en su vida. Ella asintió y se sentó a su lado en la cama sin rozarle, pues Elliot necesitaba espacio para atreverse a hablar. Inspiró varias veces y con la última inspiración obtuvo el valor que necesitaba para confesarle el mayor dolor que había vivido hasta ese momento–: Ya te he contado que mis padres son profesores de primaria y que se enamoraron al instante, y ellos siempre fueron un ejemplo para mí. Yo siempre quise encontrar ese tipo de amor y poder experimentarlo como ellos. Cuando conocí a Sandra creí que lo había encontrado, pero al sentir este amor por ti he descubierto que no era así. –Sarah se emocionó al escuchar eso pero quería estar concentrada en el relato y no quiso mostrar ninguna reacción–. Ella era enfermera, nos conocimos en Nueva York donde yo me crié, en la universidad, pero al casarnos nos mudamos a Boston, de donde era ella. –Los recuerdos se agolparon en su mente y tuvo que detenerse, momento que Sarah aprovechó para acariciar sus hombros, dándole el apoyo necesario para continuar.

»Ambos trabajábamos en una clínica privada que creamos juntos con toda nuestra ilusión y nuestros ahorros. Nos fue bastante bien, éramos felices, pero yo siempre pensé que nos faltaba algo. Anhelaba algo más en nuestras vidas y pensamos que ese anhelo era tener un hijo. Una noche yo tenía turno en la clínica y ella se marchó a casa antes para descansar. Un descuido en la carretera le hizo perder el control del coche y se estrelló contra un árbol. No llevaba el cinturón de seguridad puesto porque la distancia era corta y se confió. La llevaron al hospital de Boston pero no pasó de aquella noche.

A Sarah se le agolparon las lágrimas en los ojos, pero luchó por detenerlas, pues Elliot estaba sufriendo y le estaba costando mucho confesarle todo aquello. Se removía inquieto en la cama y se veía claramente el nerviosismo que le producía abrirle su corazón de aquella forma.

—Esa noche me dijeron que mi mujer había fallecido tras operarla sin éxito. Lo que yo no sabía era que Sandra estaba embarazada y había planeado contármelo al día siguiente cuando yo llegara a casa de la clínica. En casa descubrí una ecografía debajo de la almohada y por detrás había escrito «Felicidades papá».

Fue en ese momento cuando Elliot se rompió y lloró en el regazo de Sarah durante un buen rato, sin consuelo. Sarah sólo podía acariciar su pelo e intentar reconfortarle con dulces palabras, pero ni siquiera así lo consiguió. Al parecer el choque había sido brutal y al no llevar puesto el cinturón no había habido forma de salvarla. Por la época en que todo había sucedido y la circunstancia de que no llevara puesto el cinturón, a Sarah le recordó a aquella mujer que vio el día que terminaba su trabajo en Boston. Quizá se trataba de la misma mujer, pero decidió que no era el momento adecuado para indagar sobre eso. Algo más sereno, Elliot siguió hablando.

—Mi amigo William es sacerdote y cirujano como nosotros. Me vio tan perdido, tan deprimido y rabioso, que me habló del consuelo que se encuentra en ayudar a otra gente, así que decidí entrar en el seminario para poder ayudar a los más necesitados. Quizá encontraría algo de paz asistiendo a personas más desfavorecidas, ya que no pude ayudar a mi propia mujer. Y así fue como acabé aquí.

Sarah continuó abrazada a él aquella noche en la que le contó cómo era su vida con Sandra, cómo se conocieron, los planes de futuro que tenían y cómo todo terminó una terrible madrugada. Elliot lloró con ella y expulsó fuera todo el dolor que llevaba arrastrando desde hacía medio año. Sarah comprendió en ese momento el lastre que cargaba sobre sus hombros y a base de caricias y tiernos besos trató de aligerarle un poco aquel pesado fardo. Al rozar el amanecer, se marchó a su cabaña pues necesitaba estar solo un momento, así que abandonó el lugar donde había desnudado su alma por completo a aquella mujer de la que se estaba enamorando.

16

A la mañana siguiente, sintió unos golpes en la puerta de su habitación y se despertó al escuchar dos voces al otro lado que la alarmaron. Eran la hermana Agnes y Elliot. Corrió a ver qué sucedía y por sus caras no se trataba de nada bueno. Elliot se había marchado de su cabaña al amanecer pues necesitaba estar solo y ella se había quedado profundamente dormida.

—¿Qué ocurre?

—Tienes que prepararte. Ha llegado una mujer moribunda al hospital, al parecer en su pueblo hay una epidemia por beber agua no potable y hay gente realmente enferma. Ha venido como ha podido para avisarnos. Salimos inmediatamente –dijo el médico sin importarle que la hermana estuviese allí con ellos y viese cómo él entraba en su cabaña sin reparos y buscara una bolsa para meter algo de ropa de la doctora. Ella al verle tan alterado se asustó y le paró los pies deteniéndolo *ipso facto*.

—A ver, a ver. Lo primero será atender a esa mujer y después organizar el viaje a ese sitio –dijo Sarah mirando al médico y a la religiosa. Pero algo no cuadraba, porque la hermana Agnes la miraba con cara de enfado.

—La muchacha ya está atendida en el centro, por eso no hay que preocuparse, pero el problema es la seguridad, Sarah. El lugar al que tenéis que ir no es nada seguro debido a la guerrilla y aquí el doctorcito valiente —dijo la hermana mirando muy enfadada a Elliot, que puso los ojos en blanco por un momento provocando una risita en Sarah— dice que no le importa y que él te protegerá. Pero déjame decirte que esa gente no se anda con chiquitas y si es su zona no consentirán que la piséis, esté muriendo gente o no. Es peligroso, mi niña. Esperad a que podamos contactar con la policía para que al menos vayáis más seguros.

—¿Y eso cuánto tarda? —preguntó Elliot impaciente mirando a la religiosa que deseaba con todas sus fuerzas que Sarah la apoyara y decidiese esperar antes de acudir a una muerte casi segura.

—No lo sé, doctor, pero mejor eso que nada —dijo la religiosa.

Sarah lo tenía claro y aunque su decisión le costara un enfrentamiento con la hermana, debía hacer lo que su corazón y su conciencia le dictaban. Siempre había actuado así, no iba a cambiar en aquel momento.

—Hermana, tenga por seguro que no vamos a correr ningún peligro adrede. Hablaremos con el padre que recientemente visitó una de las aldeas vecinas. Todo irá bien, ya verá. —La doctora cogió de las manos a la religiosa pero aquella ni se inmutó. Se soltó de malas maneras y salió de la habitación dando un portazo. Aquello impactó en el corazón de Sarah, pues tenía en gran estima a la hermana, casi era una madre para ella y le dolió ver la desaprobación en sus ojos. Mientras tanto, Elliot la miraba con una sonrisa de autosuficiencia como si se hubiese salido con la suya, en plan pavo real.

—No estés tan contento que aún no he dicho que sí al cien por cien. Primero iré a ver cómo se encuentra la mujer, luego hablaremos con el padre e intentaremos encontrar a alguien que nos escolte, pero si no pudiera ser, iremos de todas formas encomendándonos a todos los santos.

—Yo jamás permitiría que te pasase nada, ¿acaso lo dudas? —le dijo muy serio acercándose a ella activando su sistema sanguíneo que circulaba a la velocidad de la luz. La estrechó entre sus brazos, ella apoyó su cabeza en el pecho de él y Elliot la estrechó con intensidad.

—Claro que lo sé, pero no quiero que te ocurra nada y si es tan peligroso como dice la hermana quizá deberíamos esperar. Después de todo, la doctora titular de la misión soy yo y no tienes por qué ir a ponerte en riesgo. —El médico la soltó repentinamente dejándola confusa.

—¡Joder, Sarah! ¿Me lo dices en serio? ¡Increíble! —Elliot comenzó a moverse nervioso por la habitación revolviéndose el pelo. Aquel era un gesto muy típico de él cuando se encontraba en ese estado y necesitaba expresarse, pues ya empezaba a comprenderle bastante bien y sabía que hablar era algo que le costaba muchísimo. Le dio el tiempo que necesitaba, se sentó en la cama y en silencio esperó a que volviese a comunicarse con ella. Por fin se dio la vuelta y mirándola a los ojos con los brazos extendidos a lo largo de su cuerpo y apretando los puños intentando contenerse, no dejó lugar a dudas—: ¿A estas alturas de la película crees que voy a dejar que vayas sola? ¿De verdad piensas que me importa lo más mínimo lo que pueda ocurrirme a mí? ¡Por Dios, Sarah! ¿Después de todo lo que te conté anoche no lo has entendido? Cuando la hermana ha comentado que había que acudir al poblado lo único en que pensaba era en la manera de convencerte para que te quedes y no corras peligro alguno porque no podría soportarlo, querría alejarte de todo el peligro y el dolor, protegerte incluso de mí mismo.

Sarah no daba crédito a las últimas palabras de Elliot, ¿protegerla de sí mismo? Ella no deseaba que la cuidase de aquella manera, sólo quería estar junto a él, compartir cada momento del día a su lado, fuera bueno o malo. Pero ella era una profesional y debía prestar su ayuda a esa pobre gente que estaba enfermando. Sabía perfectamente que era peligroso, pero no podía dejar de hacer su trabajo porque le diera miedo. Se levantó suavemente y se acercó a él, que mantenía la cabeza gacha y respiraba agitado. Agarró sus hombros dulcemente y con la mano levantó su barbilla:

—Mi amor, porque eso es lo que eres ¿sabes? Amor mío, de mi corazón, de mi alma, de mi sangre y de mi vida. No hay nadie en este mundo al que ame más, pero no puedo hacer caso omiso a lo que sucede en ese poblado. Sé que lo entiendes porque eres médico como yo, sólo que ahora mismo el amor te ciega pues tienes tanto miedo de perderme que no razonas. Sé que no tiene nada que ver conmigo y mucho con lo que le sucedió a Sandra. Pero te pido que me dejes actuar como debemos hacerlo. Sé que tu mente comprende lo que te digo y actuaría así, pero ahora mismo tu corazón pugna por tener el control. Elliot, no hay nadie comparable a ti en mi vida, te quiero amor mío y sé que tú me quieres. Sé lo que le pasa a tu corazón cuando me acerco a ti y lo que le sucede a tu piel porque es lo mismo que me sucede a mí. Pero debes confiar en mí y en mi capacidad. Ahora no podemos hacer más, pero mañana a primera hora organizaremos la salida hacia la aldea infectada para encargarnos de los enfermos.

17

Sarah se despertó temprano feliz junto a Elliot, pero debían afrontar la realidad y salir a encargarse del asunto de la epidemia. Se removió en los brazos del hombre que amaba, sonrió al verlo con los ojos cerrados y una sonrisa dibujada en su cara. Se había quedado dormido. Con agilidad se liberó de su abrazo y se metió en la ducha donde se frotó con el jabón sonriendo al recordar las palabras que él le había dedicado la noche anterior. Cuando pensaba en el hombre que dormía plácidamente en su cama, su corazón bombeaba con fuerza. Todavía no podía creerse que ese hombre al que ella amaba con todo su ser le hubiera demostrado su amor de todas las formas posibles. Pero, de pronto, un atisbo de duda cruzó su mente, pues no dejaba de estar en el seminario. No quería pensar en eso en aquel momento así que se dio prisa en terminar de ducharse y tras vestirse salió al exterior donde se encontró con Elliot sentado en la cama con la sábana tapándole de cintura para abajo.

—No me has esperado para ducharnos juntos –le dijo frotándose un ojo aún con aspecto somnoliento. Sarah se acercó a él mirándole con auténtica devoción, pero, al mismo tiempo, con recelo, mientras el doctor se estiraba y bostezaba.

—Debemos acudir al hospital y comenzar a organizar todo cuanto antes. Dúchate y ponte algo decente. Te veo allí. –Apenas se había dado la vuelta cuando ya tenía el pecho de Elliot tras su espalda, abrazándola e impidiendo que se alejara de él.

—¿Ya no hay palabras bonitas? –le preguntó el médico apretándola más contra sí.

—Tenemos trabajo que hacer.

—¿Qué te pasa? Te noto seria. Se te ve en la cara que, como dicen, es el espejo del alma. Ahora eres tú la que algo calla. –Tras un largo suspiro se dio la vuelta y, de frente a él, fingió la mejor de sus sonrisas, aunque sus miedos le estaban ganando la batalla.

—No me pasa nada. Anda, dúchate y ve al hospital, que seguro que vamos a tener faena –le guiñó un ojo para hacerle ver que todo estaba bien, pero Elliot no era tonto y sabía que algo le preocupaba, de hecho, se imaginaba lo que era. Sarah se separó de él, pero el médico no se soltó de su mano mientras ella se giraba hacia la puerta.

—Sarah, ya te he dicho de varias formas lo que siento. Espero que me creas y que no pienses que estoy jugando contigo. Estoy aquí y no me voy a ir.

—Por ahora... –musitó ella soltándose del todo de su afectuoso contacto. Aquel no era el momento adecuado para hablar de nada, lo importante eran los enfermos.

—Sarah... –la llamó desde la distancia, pero ella estaba mucho más lejos que aquellos cinco pasos. Su mente estaba en el seminario, en cumplir su deber, en los obstáculos que tenían que enfrentar, en engañar a la hermana Agnes, a la que consideraba una segunda madre, en el padre Max, que tanta confianza había depositado en ella...

—Déjalo, Elliot. Te veo allí. –Y sin más se marchó.

*

La actividad no cesaba en el hospital. Desde el momento en que había entrado se había dado cuenta de que las cosas habían empeorado en el caso de la mujer enferma del poblado.

Tras comprobar su estado, acudió rauda a hablar con el padre Maximilian, que en ese momento estaba en la capilla consolando a una mujer que no dejaba de llorar. Sarah no quería interrumpirles en ese momento tan privado e íntimo y se quedó al fondo, sin apenas hacer ruido. El padre, que la vio le dijo algo a la mujer, esta asintió con la cabeza y limpiándose las lágrimas de las mejillas salió de la capilla. El padre acudió a su encuentro con la sonrisa que le caracterizaba y tras darle un suave apretón de manos, le dijo:

—Mi querida Sarah, la hermana Agnes me ha dicho que me buscabas. ¿En qué puedo ayudarte? —le preguntó el amable hombre, y aunque ella deseaba cuanto antes averiguar de qué forma se organizaría la expedición para marcharse al poblado contagiado, estar en aquella capilla le hacía sentirse incómoda tras lo sucedido con Elliot.

—¿Podríamos hablar en otra parte?

—Claro, hija, pasemos a la vicaría —le contestó el padre señalando a un lado del altar, donde se encontraba la vicaría. Ella deseaba salir de aquel lugar rápidamente, pero en vez de eso se adentraban más en la capilla. Acompañó al padre a la salita donde se sentía aún más incómoda si cabe, pero intentó centrarse y solucionar el tema de la expedición.

—La hermana Agnes me ha contado lo sucedido con esa mujer que ha llegado de un poblado vecino. Ya se encuentra ingresada y seguramente se recuperará, aunque quizá lleve más tiempo, pero el caso es que debemos acudir a ayudar a la gente que vive allí. Sé que existe el problema de la guerrilla, pero no me importa padre. Usted ha estado en expediciones similares y puede decirnos cómo debemos actuar, pero que le quede claro que no pienso abandonar a esa pobre gente a su suerte.

Al terminar de hablar estaba temblando, pues no sabía si se había pasado. Después de todo, el padre siempre se había portado de una manera excelente con ella, la había cuidado y había confiado en su criterio desde el día que llegó a la misión. Sarah no se había cortado y le había dicho al sacerdote todo lo que pensaba. Por suerte vio que el padre la sonreía y eso la calmó un poco.

—Admiro tu pasión por tu trabajo y tu entrega sacrificada sin esperar nada a cambio, pero, Sarah, viajar a Doula es peligroso. Cuando yo fui a Yanoundé no fui solo precisamente porque la guerrilla está en todas partes y debemos andarnos con cuidado. Obandé lo respetan porque es donde se encuentra el hospital y saben lo importante que es que la gente que vive en estas tierras tenga servicio médico. Pero preocuparse porque la gente esté bien atendida médicamente es una de sus prioridades. Aun así, tengo miedo de que os suceda algo a ti o al doctor Savannah. Desgraciadamente, veo que no tengo mucho que hacer, pues estás decidida a irte, pero no lo haréis sin la protección correspondiente.

Sarah asintió con la cabeza y sintió un gran júbilo al contar con el beneplácito del padre en aquella misión altamente peligrosa pero que, sin duda, llevarían a cabo. Acordó con el sacerdote preparar todo lo necesario para la expedición y buscar desde ese mismo momento a la persona o personas que les escoltarían en el viaje. Aliviada por salir de aquel lugar, caminó en dirección al comedor para hablar con la hermana Agnes pues, por la hora que era, estaría ya preparando las comidas. Al asomarse a la puerta, la vio enfundada en su delantal con las manos ocupadas llevando un caldero grande a una de las mesas para empezar a repartir la comida al personal sanitario del hospital, que en ese momento se disponía a almorzar. Esperó a que terminara de darles la comida para acercarse a hablar con ella.

—Hermana, ¿tiene un momento?

—Ahora no puede ser, hija, tengo que acudir al hospital a llevar la comida a los pacientes junto a las hermanas y Mahmood. ¿Vamos? –preguntó la religiosa mirando a las personas que la debían acompañar al centro, ignorando deliberadamente la petición de Sarah. A juzgar por sus palabras y su actitud, estaba enfadada y mucho.

Desde un primer momento, había intentado convencerla para que no acudiese a aquel poblado, ya que podría resultar peligroso. La trataba como a una hija. Era la primera vez que se comportaba así con ella, pero sabía de sobra que era porque se preocupaba por lo que pudiese sucederle así que no podía echárselo en cara, después de todo se preocupaba más por ella que su propia familia. Y hablando de su familia, en aquel momento se acordó de que tenía un correo de su hermano pendiente de leer. Ya que no iba a sacar nada en claro con la hermana en ese momento, fue a su cabaña a ver qué sucedía por Estados Unidos.

*

Al entrar en su habitación encendió el ventilador del techo para que refrescara un poco el ambiente el tiempo que estuviese allí. Se descalzó y pronto estuvo situada frente al ordenador preparada para ver el correo de su hermano que no había podido ver el día anterior. ¿Se preocuparía por ella? ¿Quizá sería algo relacionado con sus padres? Le parecía bastante extraño que su hermano le escribiera pues simplemente mantenían el contacto básico, un mensaje cada pocos meses, felicitaciones en los cumpleaños y poco más. Al abrirlo se impresionó pues apenas eran dos líneas.

Papá ha sufrido un ictus cerebral. Está en el hospital ingresado y parece grave. Lo mejor sería que regresaras a casa.

Conmocionada y perpleja, lo leyó varias veces para asegurarse bien de lo que decía el mensaje y un dolor se adueñó de su pecho, no solamente porque su padre se encontrase en aquel estado sino porque no habían removido cielo y tierra para contactar con ella, apenas un mísero correo electrónico. Se lanzó a coger su teléfono móvil y con dedos temblorosos marcó el número de su madre, pero esta no le contestó. Llamó a su hermano y tampoco le respondió, llamó a casa de sus padres y el servicio le dijo que se encontraban en el hospital donde ella trabajaba, así que rápidamente llamó preguntando por Kenneth. Por suerte tardaron poco en comunicarle con él.

—¿Sarah?
—¿Kenneth? ¡Oh, por Dios, menos mal que consigo comunicarme contigo! Dime cómo está mi padre y, por favor, no

lo disfraces —le imploró Sarah agarrando con ambas manos su teléfono.

—Sarah, tu familia me dijo que ya te lo habían dicho, pero veo que no es así. —El médico dudó en contarle el estado real de su padre, pues su familia debería haberlo hecho, pero al mismo tiempo era uno de los médicos de su padre y era su obligación comunicar las noticias a la familia, ella era su hija así que debía contárselo.

—Kenneth te lo ruego, dime la verdad. —Volvió a pedirle una angustiada Sarah, que sentía cómo el corazón se le iba a salir del pecho de un momento a otro debido a no saber lo que estaba sucediendo a miles de kilómetros de distancia.

—Sarah, tu familia es la que debería ponerte al día, pero entiendo lo nerviosa que estás así que te lo voy a contar. Tu padre ha sufrido un ictus hemorrágico. Como sabes, este se produce por la rotura de una arteria y la extravasación de la sangre en el encéfalo. En el caso de tu padre, el coágulo se alojaba en el cerebro. Los ictus de esta región del encéfalo pueden ser especialmente devastadores, ya que esta área controla todas las funciones involuntarias, como la respiración, el latido cardiaco, la presión arterial, etc. También controla los movimientos oculares, el habla, el oído y la deglución. Además, las órdenes que dan los hemisferios cerebrales viajan a través del tronco hacia las extremidades, de manera que un ictus de tronco también puede causar parálisis en una o ambas partes del cuerpo.

Kenneth le hablaba de la forma profesional que utilizaba con todos sus pacientes y familiares sin darse cuenta de que ella por sí sola sabía qué tipo de ictus era el que había sufrido su padre y las terribles consecuencias que podía suponer, aunque no podía terminar de creérselo. ¿Cómo había sucedido aquello y por qué no se habían molestado en decírselo? Sarah se encontraba tan furiosa y triste al mismo tiempo que no sabía qué emoción predominaba sobre la otra. No comprendía nada, de sobra sabía que las hemorragias cerebrales se relacionan fundamentalmente con la hipertensión arterial, que es el principal factor de riesgo, pero no el único. También se debía considerar el riesgo asociado al consumo de alcohol y su padre no es que fuera un borracho, pero bebía a diario, si no era en una comida de trabajo era en casa o en alguna cena con amigos. Además, padecía de hipertensión arterial y claramente estaba relacionado.

—¿Sigues ahí, Sarah? –preguntó nuevamente Kenneth.

—Sí. ¿Cuándo llegó al hospital?

—Hará un par de días. Tu hermano me dijo que ya se había encargado de comunicártelo, porque tu madre sinceramente está destrozada y apenas se sostiene en pie. Tú misma sabes lo grave que es y cuáles son las consecuencias. –Y tanto que lo sabía pero es que seguía en shock y no era capaz de tomar ninguna decisión. Agradeció toda la información a Kenneth y colgó, derrumbándose en el suelo de su habitación donde lloró durante un buen rato. Cuando consiguió recomponerse se lavó la cara y salió en busca de Elliot y la hermana Agnes con una decisión clara en su mente.

18

Entró en el comedor donde se encontraba la hermana Agnes con unas cuantas hermanas recogiendo las mesas tras el almuerzo. Cuando esta la miró, Sarah ya no vio rastro alguno del enfado de la religiosa pues al ver sus ojos hinchados y su nariz colorada, lo que encontró fue sorpresa y compasión. Se acercaron la una a la otra y se fundieron en un abrazo en el que Sarah volvió a llorar desconsolada. Tras sentarse en unas sillas cercanas y tranquilizarse le contó a la hermana lo sucedido con su padre.

—Entiendo que no puedo abandonar mi trabajo aquí, hermana, pero necesito volver a casa —consiguió decirle entre sollozos la doctora, que no era capaz de controlarse. La religiosa comprendía perfectamente su dilema y no le dejó dudar ni un momento.

—Por supuesto que sí, hija, ahora tu familia te necesita y allí es donde debes estar. El doctor Savannah aún se encuentra entre nosotros, pero no te preocupes que hablaré con el padre Max para que busquemos otro médico más. Quizá nos cueste, pero al final Dios proveerá. No te preocupes por nada, querida niña —le dijo la hermana mientras la reconfortaba pasándole la mano por la espalda con suaves caricias. Elliot. Ahora que por fin empezaban a ser felices, a entenderse y a disfrutar juntos llegaba el momento de separarse, y no como ella siempre pensó porque él volviera al seminario, sino porque ella debía abandonar la misión. Sin fuerzas y sin ver a Elliot por el comedor, sintió que no podía buscarle en aquel momento por lo que se volvió a su habitación. Quería intentar hablar con Nicole, pero le saltaba todo el rato el contestador, por lo que optó por enviarle un mensaje de texto mucho más fiable que un wasap, pues ella no era muy amiga de las nuevas tecnologías y cada dos por tres se le estropeaba.

> Nic, me acabo de enterar de que mi padre ha sufrido un ictus cerebral y está ingresado en el hospital de Boston. Salgo para allá en el primer vuelo que encuentre. Volveré a escribirte en cuanto sepa la hora de mi llegada. ¿Podrías ir a recogerme al aeropuerto? Por favor no me llames, estoy bien dentro de lo que cabe. Te quiero mucho, Sarah.

Tras navegar por internet un rato consiguió un vuelo para el día siguiente a primera hora de la tarde. Como era habitual, tenía varias llamadas perdidas de Joseph así que seguramente tendría también varios correos electrónicos. Sentía un fuerte dolor de cabeza, y ya no le quedaban fuerzas para afrontar nada más, así que se tumbó en la cama con la ropa puesta y deseó que la noche pasara deprisa. No le había dado tiempo a dormirse cuando llamaron a su puerta. Sin ganas de hablar con nadie quiso ignorar la llamada, pero cuando oyó la voz de Elliot al otro lado, no tuvo más remedio que abrirle. Ojerosa, con los ojos hinchados por el llanto y la mirada triste lo recibió y al verlo inevitablemente se echó en sus brazos. Él la acunó para infundirle todo el consuelo que pudiera, pero era inútil. La llevó hasta la cama donde continuó abrazado a ella, acariciándole el cabello y dándole tiernos besos en la cabeza mientras la mecía. Cuando por fin pudo hablar, lo hizo entre sollozos.

—Es mi padre, Elliot. Dios mío, aún no me lo creo. Y mi hermano no se ha molestado en llamarme para contármelo, un mísero email con un par de frases solamente.

—¡Chsss! Cálmate, cariño. Entiendo que estés enfadada con tu hermano, pero ahora lo importante es tu padre. La hermana Agnes me ha dicho que te marchas.

Al oír aquellas palabras de labios de Elliot sintió cómo un nudo se instalaba en su garganta. Tenían que separarse y no sabía qué iba a ocurrir entre ellos, pues no habían llegado a mantener aquella conversación en la que hablarían de qué eran o hacia dónde iban, aunque se amaran con locura. Sarah asintió con la cabeza sin mirarle a la cara, pues le dolía demasiado marcharse y dejarlo allí.

—Mírame, Sarah —la cogió del mentón alzando su cabeza para que se encontraran sus miradas—. Sé lo que estás pensando, que ahora debes estar en Boston con tu padre y tu familia mientras yo sigo aquí trabajando y que tienes miedo a que desaparezca, pero eso no va a ocurrir, ¿me oyes? Voy a estar esperando a que vuelvas.

Escuchar aquello provocó que llorara más desesperadamente, pues sabía que la amaba con toda su alma, pero tenía una obligación. No quería que le hiciera promesas que no pudiese cumplir, así que se lanzó a su boca para acallar las palabras que pudiese decirle. Se besaron con ansia recordando todo lo que habían vivido hasta aquel instante en el que tenían que separarse y sabiendo que quizá aquel fuera el «adiós definitivo» que ninguno de los dos deseaba.

Sarah se aproximó a él, pegando su cuerpo al suyo sin dejar un solo hueco libre entre ambos. El médico gimió al sentirla tan cerca y tras las palabras de la doctora estaba comenzando a excitarse tanto que sólo pensaba en tumbarla sobre la cama y olvidarse allí del mundo y de lo que pasara después de esa última noche. Sarah rodeó su cintura con los brazos un instante, antes de besarle profundamente. Gimieron dentro de la boca del otro, adentrándose, luchando, buscando un desahogo, porque sabían que quizá fuera la última vez que estaban así. La empujó finalmente hacia la cama pero no se tumbaron, permanecieron besándose en el borde. Elliot despegó los labios de los suyos obteniendo un quejido de ella pues no quería que ese contacto terminase nunca. Con un sutil empujón animó a la mujer que amaba a que se colocase bocarriba en la cama aunque en aquel momento pasaban por su mente imágenes muy vívidas de todo lo que deseaba hacerle. Sarah obedeció y se tumbó a lo largo de la cama, anhelante y deseosa de tener a su hombre encima de ella colmándola de caricias y besos, quería grabar a fuego en sus recuerdos, cada sensación, cada beso, cada momento. Él adivinó lo que estaba pensando a juzgar por el brillo en sus ojos, por lo que se agachó y puso su robusto cuerpo encima del de ella que lo abrazó y lo recibió feliz en su boca, devorándose con la ropa puesta, deleitándose en el placer de besarse apasionadamente.

Elliot rompió el beso buscando el aire desesperado, se sentó sobre ella y comenzó a desvestirse lentamente. Primero la camisa y con más lentitud el pantalón y la ropa interior, quedándose completamente desnudo ante ella. Sarah, animada por la visión del hombre que tenía delante, se quitó la ropa a trompicones con la lujuria reflejada en los ojos de él. En un momento, ella también estaba desnuda y su pecho subía y bajaba debido a la excitación. Elliot, de rodillas, extendió su brazo para que Sarah se acercara a él. La subió encima de sí y antes de besarla la envolvió entre sus brazos diciéndole las palabras de amor más deseadas por Sarah desde que viera los ojos de aquel magnífico hombre.

—Cariño mío, no sé cómo expresarte lo mucho que te amo y que te necesito. Espero que mis actos sí lo hagan —le dijo él antes de profundizar en su boca con un deseo lujurioso y un hambre de días. Sarah gimió en su boca emocionada por lo que acababa de escuchar.

Brazos y caricias se colaban por cada recodo de su cuerpo, Elliot se separó apenas un momento de ella para prestar atención a sus pechos. Los besó, los acarició suavemente de forma que consiguió excitar aún más a la doctora que se derretía entre los brazos de su amante. Sin ser casi consciente de ello, Sarah se encontró tumbada de nuevo en la cama mientras Elliot dejaba un reguero de besos por todo su cuerpo, incluidas sus partes más íntimas. Algo cohibida, porque nunca nadie la había besado así en esa parte de su anatomía, no estaba muy segura de si deseaba que le dedicase sus atenciones a aquel lugar, pero decidió dejarse llevar. Entonces, empezó a sentir un cosquilleo que ascendía desde su vientre sabiendo que era la etapa final hasta que alcanzó el clímax. Tras el éxtasis, desmadejada sobre la cama, apenas podía moverse pero no hizo falta porque el médico se encargó de continuar demostrándole lo mucho que la necesitaba.

—Aún no hemos acabado… –le dijo susurrándole al oído mientras volvía a obsequiarla con sus besos por todo su cuerpo. Estos la volvían tan completamente loca que perdía la noción de todo e incluso de donde estaba, pero un movimiento brusco la hizo abrir los ojos e intentar ver qué había ocurrido. De pronto se encontró bocabajo, Elliot estaba encima de ella besando su espalda con suavidad, provocando que la joven doctora flotase en una nube. Al instante, el joven de ojos castaños se adentró en su interior moviéndose frenéticamente, como desatado. Ella nunca antes había probado aquella postura, ya que Joseph, que era un antiguo, decía que eso sólo lo hacían las mujerzuelas. Sin embargo, a ella siempre le había parecido muy sensual y en ese momento se sentía profundamente amada y deseada. Enseguida a Sarah comenzaron a temblarle las piernas y se miraron a los ojos, conscientes de que era su última noche, creando una conexión especial entre los dos, mientras él la embestía, que en breve los llevó a ambos a la cumbre.

—No puedo más, Sarah… –susurró con un hilo de voz al tiempo que se derramaba en su interior un instante después de que ella se hubiese abandonado al placer. Permanecieron así un rato hasta que recobraron el aliento. Antes de salir de ella volvió a hablarle–. Quiero que ahora sepas lo mucho que te amo, que te necesito y que no te quepa duda de mi deseo de amarte y protegerte siempre, cariño.

Se amaron lentamente, toda la noche, como si quisieran recordar esos momentos por siempre.

Al día siguiente, Sarah se levantó temprano dejando a Elliot dormido en la cama de su habitación. Guardó lo esencial en una bolsa de viaje y tras escribirle una carta, la dejó junto a él con una de las rosas que él mismo le había regalado, el dibujo que hizo de él y su mp4 (aquel que se había llevado pero que apenas había podido utilizar debido a tanto trabajo). Lo miró por última vez con lágrimas en los ojos y se llevó la mano a la boca evitando que los gemidos lo despertaran. Le dio un tierno beso y se marchó rota por el llanto.

La hermana Agnes la vio llegar al hospital para despedirse de ella, de los auxiliares y de Mahmood. Al verla llegar llorando pensó que su padre habría empeorado, pero enseguida Sarah le dijo que no había cambios hasta el momento que ella supiese.

—Sarah, sé el motivo de esas lágrimas y, en parte, son por Elliot. No digas nada, querida. Sé que os habéis enamorado y que habéis tenido algo, un día os vi besaros, mi niña. No te preocupes que no voy a decir nada, no quiero perjudicar al médico ni causarte más dolor del que ya tienes, pero desde el principio eso ha sido una locura. No te he dicho nada antes, porque no quería verte sufrir, pero tú sabes que eso no tiene futuro. El obispo vendrá en cualquier momento y se lo llevará, así que ahora cuando vuelvas a tu anterior vida, comienza de cero. Te lo mereces, ya es hora de que seas feliz.

Sarah se abrazó a aquella mujer tan sabia que siempre la había apoyado en todo y le había dado consejos tan buenos. Se despidió de ella hecha un mar de lágrimas, subió al coche y se alejó de aquel lugar en el que se había sentido en casa por primera vez.

*

Elliot alargó el brazo tocando el lado de la cama donde se suponía que estaba descansando Sarah, pero sólo encontró vacío. Abrió los ojos y vio que ya no estaba, en su lugar se encontró un mp4 junto al retrato que hizo de él y un papel que parecía una carta junto a una de las rosas del ramo que le regaló en su cumpleaños. Olió la rosa recordando aquella noche en la que se habían dicho con cada caricia y cada beso cuánto se amaban. Una vez que pudo enfocar bien la vista, tras desperezarse, leyó la carta.

Elliot,

Antes de empezar a leer esta carta pon la pista tres del mp4 y escúchala atento, porque no sé si podré expresarme bien por medio de estas letras, pero cada palabra de esta canción es lo que siento.

El doctor hizo lo que Sarah le pedía y comenzó a sonar la canción *Please remember* de LeAnn Rimes.

Ahora presta atención, mi amor. Ambos sabemos que esto es un adiós, pero no quiero más lágrimas ni más sufrimiento. Quiero que recuerdes lo que hemos vivido durante este tiempo con una sonrisa en tu rostro, ese bello rostro con esos ojos que me enamoraron la primera vez que te vi al recogerte en el aeropuerto. No me arrepiento de nada de lo que me has hecho sentir, porque por primera vez me he sentido apoyada y amada por ser yo, Sarah, la doctora que se desvive por la gente que lo necesita, y tú me has necesitado para volver a ser tú, Elliot. A partir de ahora, quiero que me hagas un gran favor, sé feliz, amor mío. Te mereces toda la felicidad del mundo y si el camino de Dios es tu vocación, ve a por ello, no mires atrás. De nada sirve que pensemos en cómo habría sido nuestra vida juntos, porque ambos sabemos que eso nunca sucederá. Tú volverás a tu seminario y yo a mi vida de Boston. Me has dado tanto amor, me llevo tanto dentro de mí que jamás te olvidaré. Ahora haz caso de todo lo que te digo. Vive, Elliot, plenamente, siendo consciente de todo lo que la vida aún puede ofrecerte. Gracias por amarme tanto.

Sarah

La canción, que seguía sonando en el reproductor, decía algo parecido a la carta, que ella siempre pensaría en él y que, a pesar de tomar caminos separados, nunca olvidaría los recuerdos que crearon juntos. Elliot sintió cómo la bilis le subía por la garganta y la impotencia se apoderó de él. Se vistió rápidamente con la única intención de ir tras ella y decirle lo mucho que la amaba y la necesitaba. No le importaba que estuviera delante quien fuera, únicamente quería hacerla entrar en razón y decirle que sólo con ella podía ser feliz. Salió corriendo de la cabaña en su busca, pero era demasiado tarde. Vio el coche de

Mahmood a lo lejos marchándose con el amor de su vida en su interior. Intentó alcanzarlo, pero al cabo de unos minutos, vio que era inútil. Sarah se había marchado de su vida para siempre.

19

Fueron muchas horas de vuelo, aunque Sarah había conseguido encontrar uno directo, sin escalas. Pero, a pesar de ello, estaba muy cansada. No era tanto un agotamiento físico como mental. En el avión había continuado llorando, pues despedirse de la gente del hospital, la hermana Agnes y Mahmood no había sido nada comparado con el momento en el que había tenido que dejar a Elliot durmiendo en su habitación. Ya no había vuelta atrás, tenía que centrarse en su familia, en la recuperación de su padre y volvería a enfocarse en su antigua vida, pero con algunos cambios, pues estaba segura de lo que no quería. Al acercarse con su bolsa de viaje a la puerta de llegadas, su ánimo no podía estar más por los suelos, pero de repente vio a su querida amiga Nicole esperándola. La buscaba con ansia entre todos los pasajeros hasta que sus miradas se cruzaron. Nic le sonrió y se acercó a ella con premura, pues sabía cómo se sentía su amiga, no era necesario que se lo dijera. Con tan sólo ver su cara lo supo. Sarah soltó la bolsa que se había traído de África, la tiró en el suelo y acudió a su abrazo. Se fundieron durante varios minutos en los que Nic no hacía más que darle palabras de ánimo intentando calmar el llanto descontrolado de su amiga.

En el camino a su casa, Sarah llamó al hospital y habló con Kenneth, que le informó del estado de su padre. Aún no estaba preparada para hablar con su familia, pero saber que su padre estaba mejor la tranquilizó un poco, pues al menos no había empeorado. Nicole se quedó con ella, le preparó un baño y algo para comer, aunque llevaba días sin apetito. Cuando fue al baño para ver cómo estaba llamó varias veces a la puerta, pero no obtuvo respuesta. Asustada por lo que se le hubiese ocurrido hacer, pues la había visto realmente devastada, abrió la puerta de golpe pero su amiga no estaba allí. La buscó por todas las habitaciones, pero no daba con ella. Al aproximarse a puerta de entrada, pasó por el salón y la vio en la terraza. Aliviada, suspiró y se dirigió hacia fuera para hablar con ella, pero el susto no abandonaba su cuerpo, especialmente, al ver que estaba sentada sobre el bordillo con las piernas por fuera. Al salir se percató de que tenía la mirada perdida en el horizonte y los brazos caídos sobre las piernas, como si no tuviese fuerzas para continuar. Nic se acercó despacio como quien se acerca a un suicida y le habló suavemente:

—Sarah, ¿te has bañado? —pero no le respondía—. ¿Y has comido lo que te he preparado? Cariño, tienes que comer algo.

—¿Has soñado alguna vez que tenías una vida maravillosa y que de pronto despiertas y tienes que volver a la realidad?

Nicole se estaba asustando mucho al ver así a su amiga, hablando de cosas tan trascendentales. Estaba en el borde de la cornisa y temía que al hacer cualquier movimiento se cayera.

—Sarah, cielo, ven aquí y hablamos tranquilamente sentadas.

Pero ella no la escuchaba, simplemente seguía como una estatua, en aquella posición, diciendo cosas realmente extrañas.

—Tengo la sensación de que he estado dormida durante todos estos meses, viviendo un sueño, y de repente me han despertado sin avisar y he vuelto aquí, a la vida que tanto odio, estancada, atrapada, infeliz.

No lloraba, pues ya no le quedaban lágrimas que derramar, dejar Obandé había sido más duro de lo que pensaba y no solamente por Elliot, sino por todo lo que había conseguido estando allí, era como una cortina de humo. Nicole se acercó más a ella y volvió a insistir para que se bajara de allí. Al tocarla en el hombro, Sarah reaccionó y la miró con los ojos teñidos de una profunda tristeza. Con cuidado se bajó de allí y apoyada en su amiga entraron al salón y se sentaron en el sofá. Nic intentó que comiese algo, pero no había manera, sólo quería dormir, así que se fue a su cama para intentar descansar un rato. Horas más tarde, salió de su cuarto y sorprendentemente se encontró con Nicole en el salón.

—Creía que te habías marchado.

—¿Cómo quieres que te deje en este estado? Me dices que tu vida es un asco y que sientes que has vivido un sueño, ¡y todo al borde de la cornisa, Sarah! ¡Casi me da un infarto al verte ahí, joder! –le gritó Nicole bastante enfadada.

—Tranquila que no pienso hacer nada raro. Necesito tiempo, Nic, precisamente lo que no tengo. Debo ir al hospital a reencontrarme con mi familia y ver a mi padre, pero te juro que no tengo fuerzas para dar un paso más. –Nicole caminó hacia ella y dándole un abrazo continuó hablándole.

—Cielo, no pasa nada. Yo estoy aquí para darte la fuerza que necesitas. Si quieres estar tirada en la cama, pues nos tumbamos; si quieres arreglarte e ir al hospital ahora mismo, vamos. Lo que necesites sólo tienes que decirlo, soy tu genio de la lámpara –le dijo Nicole, intentando sacarle una sonrisa, aunque en vano. Sarah se sentía reconfortada en los brazos de su amiga y entonces tomó una decisión. Llamó de nuevo a Kenneth, que le volvió a informar del estado de salud de su padre. Quedaron en que la llamaría si su padre empeoraba. Todavía necesitaba tiempo así que con la ayuda de Nic se dio un baño y comió un poco de pan y embutido, más obligada por Nicole que por ella misma, que sólo quería dormir y no despertarse durante horas. Era el único momento en el que su mente descansaba, pues ni siquiera tenía fuerzas para soñar.

Se fue a su cama, se tumbó vestida y continuó llorando un buen rato, mientras Nicole recogía la cocina, el baño y llamaba a su novio. Ella no era la típica chica que corriera a buscar consuelo en su novio a la primera de cambio, porque era fuerte e independiente, pero en aquellos momentos había visto tan mal a su amiga que necesitaba hablar con él aunque estuviese trabajando.

—¿Qué pasa, pequeña? ¿Estás bien? –le preguntó el chico atendiendo su llamada en cuanto pudo.

—Sí, pero estoy muy preocupada por Sarah. Tendrías que verla, no tiene consuelo. Ya no sé qué hacer. Esta mañana la he visto sentada en la cornisa con las piernas hacia el exterior y me he asustado mucho al pensar que se podía tirar. Te juro que nunca he pasado tanto miedo.

—Nic, tranquila. Sarah necesita tiempo. Por lo que me has contado, ha pasado por mucho en África y, al volver a Boston, tiene que enfrentarse de nuevo con la tensa situación familiar y el ictus de su padre, así que es lógico que esté en shock. ¿Dónde está ahora?

—En la habitación, descansando.

—Ve con ella, pequeña.

—Pero ¿y si quiere estar sola?

—Nic, va a estar sola mucho tiempo. Ve con ella y empieza a ayudarla a reconstruirse poco a poco. Esta noche nos vemos y me ocupo de ti, que sé que también sufres al verla así. –Era increíble cómo la conocía aquel hombre. Nunca nadie se había preocupado tanto por ella, ni la había tratado con tanta ternura cuando lo necesitaba. Nicole estaba completamente enamorada de ese hombre que la conocía como la palma de su mano. Se despidieron cariñosamente antes de que volviera al cuarto de Sarah. Fue a llamar a la puerta pero en el último momento decidió que era mejor abrir sin llamar. Al entrar, suspiró, pues se encontró a su amiga del alma en la penumbra de la habitación encogida y llorando aún vestida. Sin hablar, se dirigió hacia ella y la abrazó desde atrás mostrándole todo el apoyo que necesitaba en ese momento. Sarah, cuando sintió que Nicole la abrazaba, agarró fuertemente sus manos y lloró más descontroladamente, mientras Nic le mesaba el cabello dándole el consuelo que necesitaba.

*

Al día siguiente, Sarah se dio una ducha larga con la que quiso borrar todas las amarguras que la acompañaban. Desayunó un poco de zumo, pues seguía sin hambre y se marchó al hospital con Nicole, que solamente la había dejado sola para ir a su casa, ducharse y cambiarse de ropa. Llegaron al centro hospitalario rápidamente, pues era primera hora de la mañana y aún no había mucho tráfico. Se dirigieron directamente a la recepción donde preguntó por Kenneth. En apenas dos minutos el médico llegó.

—Sarah, pequeña —le dijo el atractivo doctor, que seguía siendo tan sexi como recordaba. La abrazó durante un rato y la acompañó a una de las salas de descanso para hablar con ella a solas.

—Cuéntame cómo sigue mi padre antes de ir a su habitación, por favor –le rogó ella, cogiéndole de las manos en señal de súplica.

—Tranquila, ya ha pasado lo peor, pero no te voy a engañar. Su recuperación va a ser lenta, Sarah. Tu padre necesita fisioterapia para recuperar la musculatura y un logopeda para el habla. En cuanto al resto de funciones, va a requerir de un terapeuta ocupacional. Conoces la gravedad de estos casos y sabes que es posible que no llegue a recuperarse del todo. En el peor de los casos, no se valdrá por sí mismo nunca más, pero tienes que ser fuerte, ¿de acuerdo?

Sarah asintió con la cabeza y tras tomar aire unos minutos, salió de la sala de descanso junto a Kenneth camino a la habitación de su padre, donde se reencontraría con su familia de una vez por todas.

20

Oculta tras el médico entró en la habitación antes de dar un largo suspiro. Al entrar, vio a su madre en un sillón sentada junto a la cama donde yacía su padre. Fue un gran *shock* para Sarah, pues nunca antes lo había visto en ese estado. Estaba demacrado, parecía más delgado y estaba muy quieto. Su padre siempre estaba tan activo que verlo así fue difícil de asimilar.

—Buenos días, señor Collins y señora –dijo Kenneth al llegar a la cama atrayendo la mirada de la madre de Sarah, que pronto se desvió hacia su hija con sorpresa. No sabía cómo reaccionar, si ir hacia su madre o acercarse a su padre... Kenneth se echó a un lado para dejar que ese momento traumático sucediera sin él estar en el medio. Finalmente, se armó de valor y dando un paso adelante se acercó a su madre que se levantó del sillón con lentitud.

—Hola, mamá.

Su madre se echó a llorar mientras se lanzó a sus brazos y le decía que por fin estaba en casa. Ambas lloraron un rato abrazadas al lado de la cama del padre de Sarah, que estaba dormido. Tras soltarse del abrazo de su madre, acarició la pierna de su padre por encima de la manta y con el gesto compungido salió del cuarto con ella detrás mientras Kenneth examinaba a su padre y controlaba que todo estuviese en orden.

—Hija, aún no me puedo creer que estés realmente aquí. Robert no me dijo nada de que regresabas. ¡Cuánta falta me has hecho, cariño! —dijo su madre volviendo a abrazarla—. Ahora todo va a ir bien.

Sarah no sabía qué contestar a su madre, porque aún no sabía qué iba a hacer con su vida. Por lo pronto estaba allí para estar con su familia, eso era lo único que importaba. Kenneth salió al minuto interrumpiendo la tierna escena. Ambas lo miraron y se dirigieron a unas sillas que había cerca en una salita. Así hablarían más tranquilamente.

—Señora Collins, como ya le he dicho, el estado de su esposo es estable, pero aún hay cosas que me preocupan y por eso quiero hacerle algunas pruebas.

—Pero usted me dijo que estaba fuera de peligro, por eso está en planta ¿no? —preguntó la madre muy asustada y cogida de la mano de su hija.

—Mamá, que esté en la habitación no quiere decir que ya esté todo bien. Es señal de que no es tan grave como para necesitar los cuidados de la UCI, pero como dice Kenneth en estos casos hay que actuar con cautela y si él quiere hacerle algunas pruebas a papá es porque lo ve realmente necesario. No te preocupes, no podría estar en mejores manos.

Kenneth sonrió ante el comentario de su colega y tras explicarle brevemente en qué consistían las pruebas las dejó solas. La madre de Sarah volvió a la carga en cuanto tuvieron intimidad.

—Cariño ¿has hablado ya con el señor Ferguson? Porque ahora que has vuelto debe devolverte tu puesto, ya que fuiste a aquel trabajo horrible en África por él.

Sarah puso los ojos en blanco, pero se aguantó la contestación, pues acababa de llegar y no deseaba empezar de esa forma. Su madre, que vio su reacción, posó la mano en la que ambas tenían entrelazadas y le pidió que la acompañara de nuevo a la habitación de su padre, porque no quería dejarle solo mucho tiempo. Volvieron al interior del cuarto y estuvieron charlando sobre cómo había ocurrido todo y lo preocupada que estaba por el ayuntamiento. Afortunadamente, había gente ocupándose de eso, pero a su madre le inquietaba lo que pasaría con el cargo de su padre al salir del hospital. Ni siquiera en aquel momento era consciente de que su padre no podría volver a trabajar más, pero prefirió no comentar nada y seguirle la corriente. Ya habría tiempo de organizarse. Su padre despertó al rato y fue un trance complicado para Sarah porque no podía comunicarse bien, no se le entendía y verlo así la derrumbó. Salió de la habitación con la excusa de ir a hablar por teléfono, pero lo que hizo fue encerrarse en un baño a llorar para expulsar toda la congoja, el miedo, la incertidumbre y, sobre todo, pensar en cómo iban a cambiar sus vidas a partir de aquel momento.

*

No habían pasado más que unas horas cuando Joseph apareció por el hospital. Sarah no comprendía qué hacía exactamente allí, pero parecía que seguía siendo un miembro más de la familia. Lo detestaba, no quería tenerlo cerca, pero debía aguantar porque había ayudado mucho a su madre desde que su padre había sufrido el ictus.

—Sarah, no sabía que habías vuelto, mi amor. —Vio la cara de sorpresa de su marido y cómo se le acercaba a la vez que le decía aquellas palabras tan vacías de significado para ella, pues no era Elliot quien las pronunciaba. Había pensado tanto en él desde que lo dejó que a veces simplemente deseaba que todo aquello fuera un mal sueño del que se despertaría con el médico a su lado.

—Hola, Joseph —le tendió la mano y Sarah le paró, pues se disponía a darle un abrazo. Este aceptó la mano a regañadientes y siguió hablando con ella en el pasillo donde se encontraban, como si nada hubiese cambiado, y es que realmente la que había cambiado era ella. Todo lo demás seguía igual: el hospital, su apartamento, Nicole, su familia.

—¿Cuándo has llegado? Estarás agotada, ¿has podido descansar? ¿Has comido algo? —Sarah cerró fuertemente los ojos deseando que se marchara de allí, la estaba agobiando con tantas preguntas, pero no parecía enterarse de que se sentía muy incómoda en su presencia.

—Joseph, basta. Mejor será que vuelva a la habitación. —Su aún marido la quiso agarrar del brazo, pero ella se soltó instintivamente girándose con brusquedad. La mirada que le echó hizo que entendiera, al menos de momento, que no le apetecía nada estar con él y la dejó irse.

En el interior del cuarto estaba su hermano Robert, al que aún no había visto. Le agradeció que le informara del estado de su padre sin quejarse, pues ni era el momento ni ella tenía fuerzas. Intentó convencer a su madre de que comiera en casa y descansara un poco pero fue inútil, tan sólo pudo llevarla a la cafetería y ocuparse personalmente de que se alimentara, aunque ella misma apenas probó bocado. Seguía tan fatigada por el viaje que su cuerpo aún no estaba recuperado del todo. De vuelta a la habitación de su padre se encontró con el señor Ferguson, su jefe, y su madre la presionó para que fuera a hablar con él un rato. Fueron al despacho de su jefe y allí hablaron bastante de la enfermedad de su padre hasta que lógicamente salió el tema de Obandé.

—Bueno, Sarah ¿y cómo va todo por el hospital de África? —Recordar aquel lugar le provocó un estremecimiento. Parecía que había pasado una vida entera desde que había vuelto de allí.

—Bien, señor Ferguson, poco a poco se van consiguiendo mejoras y entre toda la gente que hay van saliendo adelante.

—Me consta que trabaja otro doctor contigo ¿es cierto? —Sarah tragó saliva al recordar a Elliot. El primer día que lo vio y sintió un flechazo atravesar su piel para acertar de lleno en su corazón, su sonrisa, sus hermosos ojos castaños, sus besos y sus caricias en la cabaña, el amanecer que vieron juntos por primera vez... Las lágrimas se acumulaban en sus ojos y estaban a punto de salir, así que se mordió la lengua casi hasta el punto de hacerse sangre y contestó.

—Así es, durante estos meses hemos contado con la ayuda de otro cirujano, muy profesional y comprometido con la orden.

—Perfecto. Entiendo que ahora querrás volver a tu puesto de trabajo aquí una vez tu padre se estabilice y ya esté en casa. Yo, por mi parte, me comprometí con el hospital y no puedo dejar aquello abandonado. Ya he comenzado con los trámites para viajar a Obandé y encargarme del trabajo que debía haber llevado a cabo desde un principio. Por suerte, ya me he recuperado y me apetece muchísimo la experiencia que por lo que me has ido contando, es única.

Y fue entonces cuando cualquier atisbo de esperanza que le quedara a Sarah de volver a aquel lugar junto a Elliot se esfumó del todo. Ella ya no tenía nada que hacer allí, su vida volvía a ser aquella que dejó en Boston buscando un nuevo comienzo. El señor Ferguson le dijo entonces que Kenneth dirigiría el hospital en su ausencia y que ya se lo había comunicado, pero ella apenas había tenido tiempo de hablar con su compañero. Salió de la oficina de su jefe devastada, aunque había recuperado su trabajo y se alegraba por Kenneth. Pero el dolor de no volver a esa tierra que la había devuelto a la vida la desgarraba por dentro.

Pasaron unas semanas y su padre se iba estabilizando poco a poco. En unos días volvería a casa, tendrían que comenzar con la rehabilitación y toda la familia debería adaptarse. Joseph no dejaba de llamarla, de ir a buscarla a su apartamento para llevarla al hospital y preocuparse todo el rato por cómo se encontraba. Sarah, al principio, luchó por imponer su voluntad, pero era inútil, porque entre todos se empeñaban en que él la cuidara y estuviera a su lado a cada momento, cuando a quien realmente necesitaba estaba a miles de kilómetros. Aquella noche Nicole iba a cenar a su casa y Kenneth se había apuntado a última hora. Sarah le dijo que no había problema porque así podían celebrar lo de su ascenso y, que ella supiera, a Nic no le importaría. Ella llegó a las nueve y él a las nueve y media, se sentaron en la mesa bajita del centro que Sarah había preparado y entre cojines en el suelo cenaron tranquilamente.

—Perdona que no te haya felicitado antes por lo del cargo de director, Kenneth, pero no sé ni por dónde me ando, son tantas cosas que a veces me superan.

—No te preocupes, lo que quiero es que te cuides y te ocupes de ti. Llevas aquí ya varias semanas y tu aspecto sigue siendo tan terrible como cuando llegaste. Si sigues así caerás enferma.

—Gracias por la sinceridad, pero ¿qué quieres que haga?

—Pues lo que te está diciendo, Sarah. Tu padre está bien atendido en el hospital. En pocos días estará en casa donde tendrá gente pendiente de él, pero tú tienes que volver a tu puesto de trabajo y con esta facha, amiga, más parece que fueran a ingresarte. Además, me dijiste que tuviste anemia en África, ¿qué más quieres?

—¿Anemia? No tenía ni idea, Sarah. Mañana mismo te harás unos análisis para que veamos cómo va eso. ¿Has estado en tratamiento? —preguntó tras el comentario que soltó la bocazas de Nicole. Al fin y al cabo, Kenneth era médico y no iba a dejarlo correr.

—Sí, pero con las prisas me dejé allí las pastillas.

—No pasa nada, en cuanto veamos la analítica decidiremos qué hacer —respondió a la vez que se levantaba para recoger los platos. Nic le ayudó llevando las sobras a la cocina. Sarah se quedó allí sentada por un momento, tenía tanas cosas en la cabeza. Había pasado demasiado en poco tiempo, y ya no podía más. Finalmente se levantó para ayudarles y según llegaba a la cocina escuchó unas risas que provenían de aquel lugar. Al llegar a la puerta se quedó pasmada por lo que vio: Nic se estaba besando con Kenneth en su cocina. Quiso huir de allí pero era demasiado tarde, al separarse su compañero y su amiga la vieron y se giraron hacia ella, que seguía petrificada ante tal escena. Se suponía que su amiga estaba enamoradísima de aquel hombre del que siempre le hablaba, «el único», lo llamaba su querida amiga, ya que había sido la única persona que había llegado hasta su corazón. ¡Lo amaba! ¿Y ahora se daba el lote con Kenneth en su cocina? Ella no entendía nada, pero tampoco era quien para juzgarla, aunque hablaría con ella más tarde.

El médico salió sin mirarla dejando a las amigas solas. Nicole miraba a Sarah intentando averiguar cuál era su reacción, pero esta no reaccionaba. Tras unos segundos allí quieta, dejó lo que traía del salón en la encimera y empezó a recoger mientras Nicole la observaba.

—Sarah, te lo puedo explicar.

—Mira, Nic —le contestó, soltando el trapo encima de los platos mirándola muy seria—: A mí, sinceramente, poco me importa con quien te líes, pero ¿no se supone que estás enamora hasta el tuétano de ese hombre del que siempre me hablas? ¡No te comprendo! El amor exige compromiso y responsabilidad, y tú, que tienes la suerte de tenerlo, ¿lo hechas a perder por un polvo con Kenneth? —le gritó señalándola con el dedo. Nicole comenzó a reírse sin parar, lo que puso aún más furiosa a su amiga, que intentaba hacerla entrar en razón. Cuando por fin pudo parar de reír, la cogió de la mano y la llevó de vuelta al salón donde las esperaba Kenneth sentado en el sofá ojeando una revista. Al verlas llegar dejó la revista, mirándolas entre asustado y asombrado. Nicole se sentó a su lado, dejando a Sarah en la parte más larga de la cheslong mirándola sin comprender nada, pues Nic seguía riéndose.

—Sarah, cariño, perdona que me ría pero es que es demasiado gracioso —continuaba riéndose tapándose la boca con una mano. Entonces echó el brazo por encima a Kenneth y siguió hablando—: No te enfades ¿vale? Te presento «al único». —Su compañero de hospital entrelazó sus dedos con los de Nicole sonriendo y su mirada brilló de una forma especial, la misma que ella había visto en los ojos de Elliot cuando la miraba. Sin duda, Kenneth era el hombre que su amiga amaba, pero no entendía por qué se lo habían ocultado.

—¿Pero cómo? ¿Y por qué no me habéis dicho nada? ¡Si lleváis meses juntos!

—Lo sé, cariño, pero cuando te fuiste acabábamos de empezar y no sabíamos si esto iba a alguna parte. Con el tiempo hemos visto adónde nos llevaba y aquí estamos —dijo Nicole, sin dejar de mirar a Kenneth. No había ninguna duda del gran amor que su amiga sentía por el médico.

—No te mosquees con ella, Sarah, tú sabes cuál ha sido mi fama siempre, pero créeme que desde el instante en que mis ojos se fijaron en Nicole, fue como si el resto del mundo hubiera dejado de existir. Ella lo es todo para mí, es toda mi vida, no necesito nada más, sólo a ella.

—Anda y bésame —respondió una embelesada Nicole mientras a Sarah se le llenaban los ojos de lágrimas al verlos tan enamorados. Sobre todo, se alegraba por su querida amiga, que siempre había estado sola y por fin había encontrado a alguien para quien era todo su mundo. En cuanto dejaron de besarse, Nicole se levantó y fue a abrazar a la que consideraba una hermana y ambas lloraron de alegría por su felicidad, de tristeza porque Sarah había perdido a Elliot y de emoción por sentir de nuevo aquel sentimiento maravilloso llamado amor.

21

Mientras tanto, en Obandé...

Sarah se había ido, había tenido que dejar la misión y su marcha era definitiva. Entendía que su padre estaba enfermo y que era en Boston donde debía estar, pero no por eso su corazón latía igual que cuando estaba con ella. Intentaba sobreponerse a su marcha centrándose en el trabajo en el hospital pero era inútil. Cada noche leía la carta que le había dejado antes de partir, seguía sin comprender por qué aquel final si se amaban. ¿Por qué había decidido ella por los dos? Su mente aún estaba confusa en ocasiones y se debatía entre su inmenso amor por ella y su compromiso con la Iglesia, pero Sarah no le había permitido decidirse, simplemente lo había sentenciado con sus palabras. Le daría unos días para que se ocupara de su padre y de su familia, pero él también tenía algo que decir y cuando todo estuviese más en calma, la buscaría y hablarían.

Estaba rellenando unos informes en la salita del hospital cuando la hermana Agnes entró.

—¿Puedo sentarme?

—Por supuesto, hermana —contestó el médico, que desde la marcha de su compañera estaba ojeroso y cansado.

—¿Me permite que le hable con sinceridad, doctor?

—Claro que sí.

—Desde que Sarah se marchó no es usted el mismo y lo comprendo, pero debe reponerse. Si sigue así va a caer enfermo y nosotros le necesitamos en perfecta forma –le dijo la monja dejándole sorprendido. ¿Acaso su dulce Sarah le había dicho algo sobre ellos?

—Realmente no sé de qué habla, hermana, estoy cansado porque todo el trabajo que supone la misión resulta duro para un solo médico, pero seguro que en unos días habrá pasado. –Quiso excusarse sin mirar de frente a la hermana, pues se sentía incapaz de mentir mientras la miraba directamente a los ojos.

—Doctor, míreme. Lo sé. Llevo sabiendo lo de ustedes dos desde hace mucho tiempo, pero tranquilo que no soy nadie para criticarles –respondió la religiosa tocándole el brazo para que no se sintiera amenazado.

—Hermana, pensará lo peor de mí…

—Por supuesto que no. ¿Quién soy yo para juzgar? Lo que quería decirle es que aquello ya pasó, Sarah se marchó para seguir con su vida y no va a volver. Ya nos han confirmado desde el hospital de Boston que viene otro médico en su lugar para ocuparse del hospital hasta que finalice el proyecto con ellos. Entiendo que habéis vivido algo muy hermoso, pero es hora de pasar página y seguir adelante.

—Pero ¿cómo? No entiendo…

—El día que la doctora nos dejó, le conté que sabía lo que había sucedido entre ustedes, pues un día les vi besarse. Desde entonces estuve más pendiente de sus conversaciones, sus miradas… No había que ser muy listo para darse cuenta pero, seamos francos, usted está en el seminario y va a ordenarse sacerdote. Ella hizo bien al terminar con aquello. Si de veras no hay un amor que lo sustente, es mejor olvidarse de los efímeros momentos vividos.

—¿Un amor que lo sustente, hermana? Discúlpeme, pero no puede estar más equivocada –contestó Elliot levantándose enfadado. Se giró y se alejó unos pasos por la estancia hasta que volvió a la carga–: Habla como si afirmara que lo único que hubo entre nosotros fueran momentos de pasión, y no fue así.

—¿Ah, no? —preguntó la hermana sonriendo, pues había conseguido lo que quería, que declarara abiertamente lo que albergaba su corazón.

—Claro que no. Lo que hubo entre Sarah y yo no es nada pasajero ni banal. Es amor en estado puro. Con ella he vuelto a ser el hombre que fui, ella ha ido quitando capa a capa hasta llegar a mi corazón: es el amor de mi vida. Antes había amado pero no con esta intensidad que te marca el alma, con esta necesidad de protegerla y cuidarla. Hace unos meses, pasé por un duro trance, no encontraba el bálsamo que sanara mis heridas y un amigo me ayudó ofreciéndome la salida de dedicar mi vida a Dios. Pensaba que esa era la sanación que mi corazón y mi alma atormentada necesitaban, pero estaba equivocado. Sarah ha sido quien me ha curado con su amor, con su paciencia y con su entrega. Yo seguiría siendo la misma persona vacía, apenas una sombra, si no hubiese sido por ella, así que no se atreva a decirme que lo nuestro ha sido algo insignificante comparable a cualquier aventura de una noche porque no es nada de eso —respondió Elliot, mirando a la religiosa con gesto retador. Él amaba a Sarah con tanta intensidad que le costaba levantarse cada día, le dolía al respirar y los recuerdos junto a ella le quemaban por dentro.

Ni siquiera a ella le consentía que hablara así de lo que había vivido con Sarah, era demasiado inmenso como para frivolizar sobre ello. La echaba tanto de menos que le resultaba muy difícil seguir en aquel lugar sin ella. Cada mañana veía amanecer en el sitio exacto donde lo habían visto juntos y cada noche escuchaba las canciones del mp4 que le dejó, pues de esa manera se sentía un poco más cerca de ella. Elliot había continuado organizando las reuniones de las mujeres del pueblo, pues todo lo que Sarah había comenzado debía seguir su curso. Pero que cada día los enfermos e incluso la gente de la misión le preguntaran por ella y se la recordaran no le ayudaba en absoluto.

La hermana que le había empujado para conseguir aquella confesión estaba satisfecha. Deseaba averiguar qué era lo que verdaderamente sentía por la doctora que era tan especial para ella. Elliot, tras su abrupta confesión, se había quedado cabizbajo. La religiosa fue hacia él y poniéndole una mano en el hombro le habló:

—Querido, te agradezco que te hayas atrevido a confesar lo que hay en tu corazón. Sarah es como una hija para mí y no desearía por nada del mundo su sufrimiento, pero si de veras lo tienes tan claro, búscala. Vuelve con ella y vivid esa vida que ambos os merecéis.

Elliot se quedó pasmado al ver cómo la hermana le daba el beneplácito a su relación con ella, a pesar de estar en el seminario. Pero aquella mujer menuda y de aspecto bondadoso era excepcional y valoraba el amor por encima del resto de las cosas. En ese momento se sentía liberado, hablar con alguien más aparte de Sarah de su historia le hizo sentir que podía con todo. Abandonaría el seminario y volvería a Boston en busca de la mujer que había cambiado su vida y la había llenado de luz de nuevo. Estaba pletórico al salir del hospital aquella tarde, volvió a su habitación para llamar a su amigo William y contarle su firme decisión. Este le apoyó como siempre había hecho y se brindó a ser el padrino de su boda. Tras una animada charla en la que Elliot volvió a reír como antaño, volvió al centro hospitalario para continuar con su trabajo.

Era casi de noche cuando alguien llamó al hospital preguntando por el que estuviera al mando. Una de las monjas pasó la llamada a Elliot, que contestó inmediatamente, muy intrigado.

—¿Dígame?

—¿Es usted responsable del hospital? –preguntó la voz al otro lado del teléfono con tono cortante.

—Podría decirse, sí, soy el doctor Savannah, ¿en qué puedo ayudarle?

—Soy Joseph Button, el esposo de la doctora que recientemente ha abandonado la misión. –«¿El marido de Sarah? ¿Pero qué hacía llamando allí?», se dijo Elliot. Algo irritado, intentó sonar amable.

—¿Y qué se le ofrece?

—Me gustaría que empacasen todas las cosas de mi mujer y las enviaran a Boston cuanto antes. Al marcharse tan atropelladamente no pudo hacerlo y le gustaría tener sus cosas aquí.

—Comprendo, pero ¿por qué no ha llamado ella misma?

—Como comprenderá, en estos momentos, para lo último que tiene tiempo mi esposa es para hacer este tipo de llamadas, su familia la necesita. Además, me ha pedido que lo haga yo. –Aquello sí que no le cabía en la cabeza al médico. Sarah siempre hablaba de Joseph como de un lastre del que llevaba tiempo queriendo desprenderse. Así se lo había confirmado ella misma.

—Es cierto. Pero me sorprende que sea precisamente usted quien llame ya que, por lo que ella dijo, están en trámites de separación –retó el médico al marido para averiguar qué demonios estaba sucediendo. Tras una risita desagradable, Joseph le respondió.

—Mire, no sé quién será usted y tampoco sé por qué debería darle explicaciones, pero lo voy a hacer igualmente. Sarah es mi mujer y ahora que ha vuelto hemos hablado largo y tendido y vamos a darnos una nueva oportunidad. Por eso me ha pedido que me encargue de las cosas que dejó en Obandé. Si es tan amable, le agradecería que se ocupen de todo y lo manden a la dirección que le voy a dar. –Elliot se quedó helado al escuchar lo que le dijo Joseph. ¿Qué había pasado? ¿Dónde había quedado el amor que ella misma decía sentir por él? Aturdido, miraba el papel en que había apuntado la dirección, pero necesitaba una explicación. ¡Al menos la merecía, iba a dejar todo por ella!

—Me gustaría hablar con ella, por favor. Dígale que Elliot necesita hablar con ella urgentemente. –Joseph detectó posesión en el tono del médico y pensó que quizá Sarah había tenido algo con él. Se dio cuenta de que desde su llegada estaba muy triste y no hablaba nada de Obandé. «Ya le sonsacaré algo a Nicole y averiguaré de qué se trata. Todo a su tiempo», se dijo.

—Ya le he dicho que en estos momentos no puede, pero se lo diré, descuide. Gracias por su tiempo, Elliot.

22

Pasaban los días y a Elliot le resultaba imposible ponerse en contacto con Sarah. El único número que tenía era el del hospital y nunca la encontraba disponible. Poco a poco, el miedo fue creciendo en su interior. ¿Y si Joseph tenía razón y había vuelto con él? No, no, aquello no podía ser. Sarah le había demostrado con actos y palabras cuánto lo amaba y lo necesitaba, no podía haber borrado de un plumazo todo aquello. La hermana Agnes tampoco tenía ningún teléfono de la doctora así que estaba atado de pies y manos, tan sólo le quedaba esperar pues por más que insistía era imposible. Por suerte, el trabajo allí le evadía un poco de la dura realidad.

Aquel mismo día había llegado el doctor Ferguson del hospital de Boston. Elliot habló con él y este le contó que Sarah estaba con su familia que la necesitaba muchísimo en aquellos duros momentos. También le confirmó que Joseph no se despegaba de ella, así que quizá fuera cierto lo que le había dicho por teléfono. Esa misma tarde recibió un correo electrónico de Sarah, Elliot no podía creer que al fin se hubiera puesto en contacto con él, estaba a punto de dar saltos de alegría pero esa felicidad duró poco al leer lo que decía.

Elliot,

Sé que has estado intentando comunicarte conmigo, pero déjalo ya. Ahora todo ha cambiado, ya no soy la mujer que conociste, esa Sarah se quedó allí. Al final he comprendido que no puedo hacer nada más que aceptar que mi destino es estar al lado de Joseph. Él siempre ha estado al pie del cañón y pertenece al mundo al que he vuelto. Mi familia me necesita y no puedo volver a aquello de nuevo. Vivimos algo precioso pero no dejó de ser un sueño. Voy a comenzar una nueva vida aquí, junto a ellos. Te pido que no me busques ni intentes hablar conmigo más. Así es mejor.

Sarah

Todo había terminado. Sarah había zanjado su historia de la manera más fría posible, no se había molestado siquiera en responder sus llamadas y hablar con él directamente. Con aquel mísero mensaje acababa con lo más preciado que tenía. Él se había agarrado a su recuerdo en su ausencia, pero ella había cogido su corazón y lo había pisoteado sin importarle lo que habían sentido el uno por el otro. Ya no quedaba más que decir ni que hacer. En ese momento, la decisión estaba clara, volvería de inmediato al seminario para ordenarse sacerdote.

Joseph sonrió regocijándose en las palabras que acababa de escribir haciéndose pasar por Sarah. Había escuchado una conversación entre Nicole y Kenneth unos días atrás en el hospital cuando fue a visitar a su exsuegro y, en ese momento, trazó su plan. Al parecer, su mujercita se había enamorado de un médico que trabajaba con ella y pensaba dejarlo todo por él. Joseph no podía consentirlo, así que rebuscó entre sus papeles el usuario y contraseña del correo de Sarah que ella misma le había facilitado años atrás cuando tuvo un problema con un virus informático que se resolvió al cabo de unos días. Con aquel mensaje destruiría las esperanzas que le quedasen al pobre doctor de recuperar a su mujer.

*

La hermana Agnes charlaba con Elliot sobre temas del hospital, aunque la inquietud del doctor no pasaba desapercibida para la monja.

—Lo siento, hermana, no puedo evitar estar intranquilo.

—Entiendo que esa intranquilidad no sólo se debe a este tema, algo me dice que una joven doctora tiene mucho que ver —dijo la religiosa sonriendo al recordar a su apreciada Sarah.

—Sí, hermana, no se lo voy a negar. Llevo días intentando hablar con ella pero nada. No tengo ningún teléfono más que el del hospital y después de lo que me dijo su marido y del correo que me envió creo que debo rendirme. Desde hace tiempo sé lo que Sarah significa para mí, pero me negué a aceptarlo. La sombra de Sandra y la culpa se cernían sobre mí y quería apartarla de mis pensamientos. —Elliot sonrió forzadamente con aire triste—: ¡Como si eso hubiera sido posible! Desde el momento en que la conocí sentí lo que era volver a vivir y me arrepiento de no haber hecho nada por retenerla. Tenía que haber gritado mi amor a los cuatro vientos, sin importarme dónde estamos ni preocuparme de la orden, pero fui un cobarde. Hermana, estaba tan confundido, me sentía tan culpable que no me dejaba disfrutar lo que teníamos. Porque no era simple deseo ni nada pasajero, era amor, del verdadero, del que marca a fuego tu alma y no puedes hacer nada, no quieres hacer nada, sólo estar junto a la persona amada. Debería haberle dicho más veces que la amaba, que ella se convirtió en lo primero en mi vida, que no quiero nada más en este mundo que pasar mi vida junto a ella. Estar a su lado, consolarla ahora que estará sufriendo por su padre, abrazarla, verla sonreír, amarla, hacerla tan feliz como ella me hace a mí.

La mujer, que se encontraba junto a él en la entrada del hospital, iba a contestarle cuando vieron llegar un par de coches. Aún no habían podido acudir a la aldea infectada por la epidemia y en esos coches podía llegar la ayuda necesaria para realizar la expedición.

23

Una semana más tarde, el padre de Sarah ya estaba en casa recibiendo todos los cuidados necesarios para rehabilitarse. Sarah acudía cada día al hogar de sus progenitores, aunque seguía tan agotada que apenas podía estar media hora con ellos. Su madre aún estaba adaptándose a la situación, pues al fin y al cabo era la que estaba todo el día con su padre y no resultaba fácil tras haber llevado una vida de lujos. Le costaría hacerse al nuevo estilo de vida, pero seguro que lo conseguiría. Sarah, por otra parte había vuelto a su trabajo en el hospital y estaba encantada porque su mente se mantenía distraída. Seguía echando de menos a Elliot, a la hermana Agnes, al padre Maximilian, a la gente de África… pero intentaba no torturarse pensando en ellos. Lo peor era que Joseph no dejaba de acosarla y perseguirla, y eso la estaba dejando al límite de sus fuerzas.

Se encontraba en casa descansando antes de ir al hospital, cuando sonó el timbre de su casa. Al abrir no se sorprendió lo más mínimo, un mensajero le llevaba un ramo de flores como cada día. Tenía la casa que parecía una floristería, pero eran tan bonitas que le daba pena tirarlas. Tras firmar el albarán del muchacho, las puso en agua en la mesa grande del salón para que les diera de lleno la luz que entraba por el ventanal. El timbre volvió a sonar, pero esta vez no se trataba de ningún mensajero, sino de Joseph.

—Hola, mi amor.
—Joseph, ¿qué haces aquí?
—¿Te han gustado las flores?
—Basta, Joseph, no sé cuántas veces necesitas que te lo diga. No – voy – a – volver - contigo. ¡Nunca! –le dijo, recalcando cada palabra con detenimiento.

—Aún estás muy afectada por lo de tu padre y tu traumática experiencia en ese hospital africano de mala muerte, pero con el tiempo verás que yo soy lo mejor para ti –le dijo entrando y cerrando la puerta tras de sí sin siquiera pedir permiso. Ya no sabía cómo decírselo, fue al salón y se quedó mirando por el ventanal que daba a la terraza mientras Joseph se ponía cómodo en su sofá.

—Tú no me amas, Joseph…
—Sarah, no empieces, por favor…
—Déjame seguir –le dijo sin apartar su vista del enorme ventanal que dejaba entrar toda la luz del día–. Hay una tribu en África donde es costumbre condenar a muerte a alguien que ha matado a otra persona de la tribu. Se reúnen los clanes y deciden qué hacer con él. Lo interesante es que realmente no le matan, ni siquiera le tocan un pelo, solamente le hacen una marca con tinta en el hombro. El condenado es alojado en un lugar alejado del resto de la tribu. Si quiere comer o beber lo hace sin problema; nadie le dirige la palabra, no hablan con él, está muerto. Dos meses después, esa persona muere sin que nadie le haya tocado. En su cultura, el condenado está convencido de que se va a morir y, por supuesto, muere. Eso es lo que me ocurrió a mí, Joseph, estaba muerta en esta vida, tan convencida de que no había nada más que durante mucho tiempo creí que no podría vivir de nuevo pero lo hice. Me liberé, de ti, de mi familia… Y volví a vivir en Obandé donde encontré otra familia. –«Otro amor» quiso decir Sarah, pero no quería mencionar a Elliot–. Ya no deseo volver a aquello, no quiero volver a morir. Es difícil tener cerca lo que uno quiere y saber que nunca lo conseguirá.

Tuve cerca esa vida pero saber que no voy a volver a vivirla, hace que esté muerta de nuevo.

Joseph se levantó y se acercó hasta donde estaba Sarah, se situó detrás de ella y sin tocarla dio su respuesta.

—Sarah, yo no quiero que te sientas así. Entiendo que no te gustaba tu vida aquí, pero ¿no podemos arreglarlo y volver a recuperar nuestro amor? —Ella se giró y teniéndole de frente, volvió a hablar.

—Podríamos, si de veras hubiese amor entre nosotros, pero no lo hay. Tú estás tan aferrado al recuerdo de lo que éramos cuando nos enamoramos que no ves lo que sucede realmente y estás perdiendo la oportunidad de volver a amar a alguien. Joseph, te mereces esa posibilidad que llevas tanto tiempo negándote. Tienes mucho que ofrecer a una mujer que comprenda y entienda tu mundo, pero esa no soy yo. No te agarres más a una idea errónea y permítete volver a amar, de verdad.

Estuvieron hablando un buen rato sobre su matrimonio, sobre cómo había sufrido ella en él. También recordaron los buenos momentos, pero sabían que aquello era el final. Aunque le había costado, Joseph finalmente comprendió de una vez por todas que no podía seguir asfixiando a Sarah y que ambos se merecían algo mejor. Le prometió firmar los papeles del divorcio y dejarla libre para seguir su camino. Cuando se despidió de él y cerró la puerta, se dejó caer en el suelo llorando. Al fin había conseguido hacerle entender que lo suyo había muerto hacía mucho y que necesitaban seguir adelante y soltar aquel lastre. Sería libre de nuevo, en Boston, y su vida sería la que ella quisiera que fuese a partir de entonces.

*

Un par de días después, al acercarse a ver a su padre que iba haciendo progresos muy lentamente, vio a su madre tan agotada que decidió hablar con ella.

—Mamá, si necesitas más ayuda con papá podemos contratar a alguien más aparte de Emily y Josh. —Estos eran los encargados

de la terapia de su padre y eran fabulosos, pero quería asegurarse de que su padre tuviese lo mejor.
—No, cariño, ellos son fantásticos.
—Sé que es duro mamá, pero nadie dijo que fuera a ser sencillo.
—Lo sé, es sólo que tengo que acostumbrarme a esta nueva vida y no es fácil. Tu padre era el que siempre tomaba las decisiones, se encargaba de todo, cariño, y yo apenas sé cómo hacer para pagar las facturas. –Su madre siempre se había ocupado de organizar fiestas, ser la anfitriona ideal y ocuparse de que fuera todo bien en su familia. Sarah la compadecía y quería que saliera adelante, aunque sería complicado.
—No te preocupes, yo estoy aquí, y Robert también –le dijo agarrando su mano con fuerza en señal de apoyo.
—Pero Joseph ya no. –Sarah le soltó la mano y se empezó a pasear por la habitación.
—¿Has hablado con él?
—Vino a despedirse hace un par de días. Al parecer se marcha a Washington a hacer carrera. Me contó que habíais hablado y que habéis puesto punto final a vuestro matrimonio.
—Así es, mamá, y espero que lo entiendas, porque no hay vuelta atrás.
—Si es lo que te hace feliz, hija, adelante. –Sarah se acercó a donde estaba su madre, se inclinó frente a ella abrazándose a sus rodillas y esta le acarició el pelo como cuando era pequeña. Por fin había entendido que Joseph nunca la haría feliz y que ella necesitaba comenzar una nueva vida.

Sarah por fin podía empezar a vivir esa vida que tanto anhelaba. A los pocos días le llegaron los papeles del divorcio firmados por Joseph y lo celebró con Nic y Kenneth, que no la dejaban ni a sol ni a sombra. Su madre se iba haciendo poco a poco a la situación, se acercaba la fecha de la boda de Robert que, por cierto, apenas había mencionado a su novia a sus padres hasta que decidieron casarse, porque no quería que intervinieran en su relación como le había pasado a Sarah. Su padre hablaba de nuevo, aunque apenas le entendían y aún necesitaba ayuda para andar. Pero que aún estuviera con ellos constituía un motivo de esperanza. Sarah no se creía que, incluso en ese estado, su padre tratara de valerse por sí mismo. Eso provocaba las regañinas constantes de Emily y Josh, su madre y la propia Sarah cuando, por ejemplo, intentaba andar solo.

*

El tiempo pasaba inexorablemente y a Sarah se le encogía el corazón cada vez que recordaba a Elliot, de quien no había vuelto a saber nada. Sabía que era lo mejor para los dos, aunque la herida abierta de su pecho le dolía profundamente. A pesar de la carta que le había dejado antes de partir, él no había intentado ponerse en contacto. Pero, ¿eso era lo que pretendía, no? En parte estaba decepcionada porque pensaba que él haría lo imposible por comunicarse con ella, pero sabía que era lo correcto. Seguramente, él ya habría vuelto al seminario y en breve se ordenaría sacerdote. No le preguntó a su jefe nada sobre la misión cuando él llegó allí y la telefoneó para decirle que todo estaba bien y que las hermanas y el padre le mandaban saludos. Debía mirar al frente y seguir con su vida.

La boda de su hermano Robert con Cynthia, hija de un senador, se acercaba y ella ayudaba todo lo que podía a su madre en los preparativos junto a la flamante novia que era una chica dulce y cariñosa. Trataba al padre de Robert como si fuera un niño, a pesar de no ser de su familia, con una dulzura y una generosidad que hacían imposible no encariñarse con ella. Aunque también tenía su carácter, pues Sarah había presenciado alguna pelea con su hermano y no era de las que se callaban y acataban todo lo que le decían, era una mujer guerrera que se hacía oír igual que ella. Se alegraba mucho por su hermano, había encontrado la horma de su zapato y se les veía tan enamorados que de vez en cuando sentía un nudo en el pecho al recordar lo que había perdido.

La mañana de la boda, la casa de los Collins era un hervidero de gente, los fotógrafos, los peluqueros, los maquilladores... Semanas antes, Sarah había ido a elegir su vestido acompañada de su padre. Desde el ictus habían encontrado la forma de acercarse y este, consciente de todo lo pasado, también se estaba esforzando por tener la relación que siempre debieron tener. Thomas Collins acompañó a su hija a mirar vestidos y hasta se divirtió. Sarah finalmente se había decidido por el que le había gustado más a él. De modo que, cuando llegó el momento, Sarah bajó la escalera enfundada en su vestido palabra de honor, color rosa palo de tul y seda, completado con un delgado fajín alrededor de su cintura. Se había puesto la pulsera de diamantes a juego con los pendientes que sus padres le regalaron para su boda con Joseph y que sólo lucía en contadas ocasiones. La peluquera le había recogido el pelo en un moño bajo y estaba maquillada en tonos claros, a juego con el vestido. Al verla bajar, su padre no pudo evitar emocionarse, no tanto por lo preciosa que iba su hija sino por el arrepentimiento que sentía tras haber intentado manipularla durante tantos años. Ella se acercó a él y le dio un tierno beso en la mejilla, le agarró del brazo y caminaron hacia la salida. Allí, una limusina les esperaba para llevarles a la carpa del Hotel Luxury donde se celebraba la ceremonia y el posterior banquete en el interior.

La celebración fue preciosa y estuvo amenizada por una orquesta de *blues* y *country*, que era la favorita de los novios. Sarah se emocionó en varias ocasiones. Nicole la abrazaba constantemente para que supiera que estaba ahí para apoyarla. Kenneth no había podido asistir a la ceremonia porque tenía guardia en el hospital, pero esperaba llegar a tiempo a la celebración y disfrutar un rato con ellas. A su hermano y a Cynthia les hicieron miles de fotografías que aparecerían al día siguiente en todos los medios, así como en las revistas y periódicos de la ciudad. A Sarah le dolía la mandíbula de tanto sonreír y se escapó un momento antes de empezar a degustar el delicioso y elegante menú que los recién casados habían elegido. Salió a la puerta del hotel, donde se encontró con Kenneth, que estaba más atractivo que nunca con el esmoquin. No le cabía ninguna duda de por qué Nic se había enamorado de él, estaba espectacular. Tras darle un casto beso en la mejilla, Kenneth le preguntó por su novia y Sarah le dijo que estaban aún en el jardín haciéndose fotos, pero que ella se había escapado porque necesitaba un respiro.

—¿Seguro que estás bien? —insistió Kenneth, con el que había estrechado su relación desde que había sabido que era el novio de su amiga a la que adoraba.

—Sí, no te preocupes. Se me estaban agarrotando los músculos de la cara de sonreír y me estaba agobiando un poco con tanta gente, incluso he sentido un pequeño mareo, pero no es nada preocupante. Ve dentro, enseguida estoy con vosotros.

—De acuerdo, pero si en cinco minutos no entras vendremos a por ti.

—Prometido, doctor —contestó subiendo la mano derecha a modo de juramento. El joven médico se giró para marcharse cuando de repente se giró y le entregó un sobre.

—Por cierto, aquí están tus resultados. El laboratorio ha sido un caos estas semanas con tanto trabajo y llevaban ahí varios días. Perdona que no me diera cuenta antes.

—No te preocupes, en cuanto veas que no tengo nada te quedarás tranquilo, igual que Nic —le dijo abriendo el sobre en su presencia, pero entonces vio algo que no esperaba.

«Embarazada», leyó Sarah para sí misma varias veces. Al ver el resultado, se quedó de piedra. Era incapaz de responder a Kenneth, que se estaba asustando tanto por su palidez que terminó por quitarle las hojas del informe para ver qué ocurría. Sarah oyó a lo lejos la voz de su compañero, pero no conseguía escuchar lo que le estaba diciendo. De pronto ya no era capaz de escuchar nada, desapareció todo, abstraída del mundo, mientras se agachaba para sentarse en el bordillo más próximo e intentaba respirar profundamente para recuperar el aire que le faltaba.

24

En apenas un minuto, Nicole la llamaba desesperada.
—¡Cielo santo, estás aquí! —le dijo agachándose junto a ella dejando a su novio de pie en el umbral observándolas—. Cariño, ¿estás bien? Sarah, mírame. —Cogió su cara obligándola a mirarla, ¿estaba en *shock*?
—Nic, embarazada, estoy embarazada. —Era lo único que pasaba por su mente.
—Ya, cariño, lo sé, me lo ha dicho Kenneth. Tranquila, Sarah.
—Dios mío, yo... embarazada... un hijo de Elliot. —En su mente sólo lo veía a él, todos los momentos juntos y, al final, siempre acababan apareciendo esos enormes ojos castaños que la habían hipnotizado desde el principio. Nicole la abrazó sin saber muy bien si darle la enhorabuena o asegurarle que estaba allí para lo que ella decidiese. Tras un par de minutos, recuperó el habla—. Necesito estar un momento a solas.

Nicole y Kenneth dudaron al verla tan afectada, pero ella insistió tanto que se marcharon de vuelta al banquete que ya había comenzado. Ahora entendía a qué se debía el cansancio que sentía a pesar del descanso y de que, poco a poco, se estaba adaptando de nuevo al ritmo de Boston. Estaba embarazada de Elliot, del hombre que más había amado nunca y del que jamás volvería a saber nada. En aquel momento, no quería ni podía pensar en eso, se levantó y volvió al interior tras pasar por el baño para intentar recuperarse un poco. Se acercó a la mesa familiar y puso la mejor de las sonrisas, aunque por dentro estaba muerta de miedo.

Tras el banquete, llegó el momento del baile de los novios. Su hermano bailó la primera pieza musical con su flamante esposa a la vez que ella hizo lo propio con su padre, que se movía como podía desde su silla de ruedas. También bailó con su hermano y con Kenneth, que no dejaba de mirarla, esperando que les contara cómo se sentía. Sarah sabía que querían hablar sobre el reciente descubrimiento pero aún no estaba preparada, quería concentrarse en la boda de Robert, que era lo importante en ese momento. La emocionó ver bailar a sus padres, pues percibió cómo aún permanecía el cariño de tantos años a pesar de no estar enamorados como el primer día. Habían vivido juntos tantas cosas que obviamente quedaba un poso muy importante. Se alejó un poco de la pista de baile, pero sin dejar de prestar atención a la orquesta que tocaba para los cientos de invitados que allí se congregaban. En un momento dado, la cantante entonó *There you'll be* de Faith Hill y ella prestó especial atención al escuchar el comienzo de la canción. La letra expresaba a la perfección lo que Elliot y ella habían sentido y hasta lo que hubieran deseado en el futuro. Hablaba sobre un amor ya pasado que nunca olvidaría porque seguiría viendo su rostro y que la había enseñado a amar y a soñar, aunque esos sueños nunca llegaran a cumplirse. Y acertaba hasta cuando decía que siempre conservaría una parte de él. Y, entonces, Sarah se llevó una mano al abdomen y lloró al escuchar «durante toda mi vida tendré una parte tuya conmigo y dondequiera que yo esté, estarás allí por mí» porque eso era exactamente lo que acababa de ocurrir. Ella tendría una parte de Elliot junto a ella que la acompañaría recordándole por siempre aquellos breves momentos que compartieron. Notó una presencia a su lado que agarró su mano libre con firmeza, aportándole la fuerza que en ese momento necesitaba.

—¿Quieres que nos vayamos? –le preguntó Nicole mirando a la cantante al igual que su amiga. Sarah negó con la cabeza, pues las palabras se le habían quedado atascadas en la garganta. Allí permanecieron hasta que la orquesta cambió de tercio e interpretó algo más animado. Sarah se limpió las lágrimas y volvió junto a su familia. Encontró a Robert sentado solo en la mesa nupcial, pues su nueva esposa estaba en ese momento hablando con sus amigas y sus padres estaban en el jardín tomando un poco el aire. Se sentó a su lado y aprovechó para hablar un poco con él.

—Está saliendo todo perfecto, Robert, es una boda preciosa.

—Gracias, Sarah, yo no sé cómo agradecerte la forma en que te has portado con nosotros, con Cynthia, con lo de papá...

—¿Acaso pensabas que no iba a venir cuando mi familia más me necesita? ¡Por Dios, Rob, no soy tan mala persona! –le increpó al escuchar su comentario.

—Perdona, no me he explicado bien. Lo que quiero decir es que tú siempre te has quejado precisamente de esta vida, de este lujo y de esta sociedad que tanto detestas, además del hecho de que tu familia te ha ahogado durante toda tu vida obligándote a vivir así. Y como conseguiste alejarte de todo esto, dudaba que quisieras volver aunque papá estuviera tan enfermo. Por eso te mandé ese correo electrónico tan escueto, me sentía en la obligación de avisarte pero tampoco quería forzarte a regresar.

Ahora comprendía por qué su hermano apenas le había escrito más que esas dos tristes líneas avisándola del estado de su padre. Su familia pensaba que los odiaba por su modo de actuar pero no era eso, simplemente no compartía ese estilo de vida y ella habría sido feliz allí en Boston si ellos hubiesen comprendido lo que ella deseaba desde un principio.

—Robert, han sido muchos años viviendo de una forma que no me correspondía. Era infeliz, pero aguantaba por el bien de la familia. He roto con aquello y ya no quiero volver a pasar por eso pero ¿cómo no iba a volver con lo que le ha pasado a papá? ¿O cómo pensabas que no iba a estar en tu boda y a ayudar en todo lo que pudiera? Cynthia es una mujer estupenda y se ve lo felices que sois juntos. Sé que os cuesta entenderme pero ya no os pido que lo hagáis, sólo quiero estar aquí con vosotros siendo como soy.

Robert al fin comprendió lo que su hermana gemela le había intentado hacer entender durante tanto tiempo. Todo había cambiado desde el ictus que su padre había sufrido, por lo que su forma de percibir la vida se había trastocado por completo y, aunque no compartieran su estilo de vida, harían lo imposible por ser una familia de verdad en la que la comprensión, el respeto y el amor los acompañara a partir de ese nuevo comienzo.

—Lo siento mucho, hermanita, de verdad —le dijo Robert agarrándole la mano en un gesto cariñoso que hacía años no tenía con ella. Sarah le sonrió y acariciándole la cara le contestó.

—Rob, no quiero que me pidas perdón. Desde ahora comenzaremos de nuevo todos, respetando cómo somos cada uno y lo que necesitamos, ¿te parece? —Su hermano, que hacía años que no escuchaba el diminutivo cariñoso que usaba Sarah para llamarlo, hizo una mueca sonriendo y asintió con la cabeza.

Tras abrazarse y hablar un poco sobre sus padres, sobre Cynthia, sobre la vida en Obandé... La mujer de Robert volvió y mantuvieron una animada charla los tres sobre la boda y cómo Robert la había sacado de quicio con todos los preparativos. Sarah se sintió cómoda en aquella conversación en la que podía ser ella misma sin tener que fingir un papel.

La boda continuó hasta altas horas de la madrugada, momento en el que los novios se despidieron de todos por diez días en los que viajarían a Tailandia de luna de miel. Nicole seguía allí revoloteando alrededor de Sarah, con la que se moría de ganas de hablar, aunque ella no estaba muy por la labor. Tras despedirse de sus padres y dejarles en el coche que los llevaría de regreso a casa, se marchó con Kenneth y Nicole al automóvil de su amiga que la dejaría en su apartamento en unos minutos. En el trayecto, comentaron lo bonita que había sido la ceremonia y lo bien que había salido todo. Sarah no paraba de sacar conversaciones superficiales para evitar que saliera el tema importante, su embarazo, así que no callaba. Al llegar a su destino, se despidió de sus amigos, pero Nic no la dejó irse tan rápido.

—Bueno, Sarah, ¿y cuándo vamos a hablar de que estás embarazada de un cura? –chilló Nicole antes de que abriese la puerta.

—No es cura, Nic, y ahora no es el momento –contestó ella sin mirarla.

—¿Y cuándo va a serlo? ¡Joder, Sara, que te has quedado preñada! Esto parece El *pájaro espino*.

—Nicole, por favor, deja a Sarah –respondió Kenneth desde atrás intentando aplacar la situación.

—¿Que la deje? ¡Pero estamos todos locos! Joder, que no reacciona desde que le has dado los resultados, parece una estatua. Lo único que quiero es que reaccione de una puñetera vez.

—¡Vale, Nic! Ahora solamente quiero subir a mi casa, quitarme la ropa y dormir. Mañana hablamos. –Fue la única respuesta que Sarah le dio a una mosqueada Nicole antes de salir del coche dando un sonoro portazo. Como le había dicho, Sarah se desmaquilló y se puso el pijama antes de meterse en la cama. Tuvo un inquietante sueño en el que Elliot la llamaba, estaba en peligro y la necesitaba, pero ella no podía llegar hasta él, se encontraba demasiado lejos. Se despertó sobresaltada varias veces debido a las pesadillas, pero a eso del amanecer consiguió dormirse profundamente.

Al día siguiente, estaba preocupada por lo que había soñado y quiso llamar a la hermana Agnes para asegurarse de que todo iba bien. Lo último que supo de Elliot era que iba a desplazarse junto al padre Max y más personal sanitario al poblado del que había venido aquella mujer para erradicar la epidemia causada por beber agua no potable. Pero al marcharse, no había vuelto a saber nada de ellos y de eso hacía ya un par de meses. No se atrevía a llamar por miedo a que él contestara y eso le hacía sentir una cobarde. Finalmente, la incertidumbre pudo con ella y acabó llamando, pero nadie le contestó. Siguió llamando durante todo el día, pero no obtuvo ninguna respuesta, por lo que decidió llamar a su jefe, el doctor Ferguson, que ya llevaba un tiempo allí, pero tampoco consiguió comunicarse con él. Seguramente habría tenido lugar alguna tormenta torrencial de las que anegaban el pueblo y cortaban las comunicaciones, no quería pensar que algo grave hubiese sucedido, pero para quedarse tranquila le escribió un correo electrónico a su jefe.

El resto del día lo pasó recogiendo la casa sin pensar en nada más, a pesar de que aún se sentía inquieta por aquel extraño sueño, pero ella no creía en las premoniciones ni en señales místicas. Al recoger las cosas de la boda vio los resultados que Kenneth le había entregado el día anterior. Ya era hora de pensar en eso. Iba a ser madre. Sarah recordó las veces que había hecho el amor con Elliot y que en algunas ocasiones ni habían tomado precauciones ni ella tomaba anticonceptivos, así que era lo más lógico. Su cabeza daba vueltas tratando de asimilar lo que aquello significaba, ya no se trataba únicamente de sí misma. Ahora un ser diminuto dependía de ella para salir adelante. La gente siempre dice que un bebé es una bendición y era cierto que, si se decidía a tenerlo, el hijo de Elliot sería un pedazo de cielo que permanecería con ella recordándole a su padre al que tanto amaba. Sin embargo, el miedo también habitaba en su corazón, pues ella siempre había soñado con estar con el padre de su hijo cuando aquel momento llegara y ahora no sería así. Tenía la mente embotada por tantas sensaciones y pensamientos que no la dejaban aclararse entre lo que deseaba, lo que debía y lo que necesitaba hacer. Por el momento lo que hizo fue sentarse a trabajar en varios informes del hospital que tenía pendientes. Esa misma noche, ella aún seguía trabajando cuando Nicole apareció en su casa. Se conocían tan bien que no hacía falta que concertaran una cita y por cómo le había hablado el día anterior se sentía mal y quería disculparse con su amiga.

—Siento la forma en la que te hablé anoche.

—No te preocupes, era parte del impacto por la noticia, pero si has venido para que te diga lo feliz que soy por estar embarazada te vas a llevar una desilusión. No sé cómo estoy, Nic, sólo sé que hay vida creciendo dentro de mí, pero no sé qué debo hacer ni qué quiero. —Nicole la miró asombrada pues al decir «qué quiero» pensó que se refería a deshacerse del bebé.

—¿No estarás diciendo que vas a librarte del bebé?

—¡Oh no, por Dios! ¡Jamás haría eso! Me refiero a qué quiero hacer, si tenerlo en Boston o marcharme lejos y comenzar una nueva vida.

—¿Lejos como en Obandé?

—Basta, Nicole, ya te he dicho que no lo sé. ¿Y mi familia? Me acabo de reconciliar con ellos y ahora estoy embarazada sin padre a la vista. ¡Ay, Dios mío, qué voy a hacer! —se lamentó Sarah escondiendo la cabeza entre las manos, con su amiga sentada en la cheslong junto a ella.

—Vale, Sarah, no te preocupes. Mira, esto es lo que vamos a hacer, iremos paso a paso, sin dar grandes zancadas. Lo primero es buscar un tocólogo para que te examine y nos diga que todo va bien. Después, hablarás con tu familia y les darás la gran noticia. Cariño, después de vuestra reconciliación y de lo que le ha pasado a tu padre, estoy convencida de que va a ser una gran alegría.

—¿Tú crees? —le preguntó a la vez que Nicole asentía con la cabeza—. Ya, pero aun así sigo estando sola. Cuando llego a casa no hay nadie, ni lo habrá próximamente. —Se le quebró la voz al terminar la frase. Nicole se acercó a ella y la estrechó entre sus brazos.

—Eso también tiene solución, podemos vivir juntas mientras dure el embarazo y cuando nazca el niño hasta que te adaptes. Voy a compartir todos y cada uno de los momentos de ese embarazo, iré a las visitas contigo viendo como tu bebé crece sano dentro de ti, pondré mi mano en tu tripa para notar las pataditas y veré lo radiante y hermosa que te pondrás cada día que pase.

A Sarah le quemaban los párpados pues las lágrimas luchaban por salir. Su amiga del alma estaba dispuesta a dejar de lado su vida por estar junto a ella en esos momentos, aunque sabía que no podía condenarla a aquello. El bebé era asunto suyo y aunque le agradecía enormemente su ayuda, Nicole tenía una vida junto a Kenneth y debía seguir adelante con ella.

Permanecieron en aquella posición abrazadas un largo rato hasta que Nicole se marchó a casa, pues al día siguiente ambas trabajaban.

En la soledad de su apartamento pensó en Elliot, ¿debería decírselo? Aquello podía cambiar su vida y al parecer su camino estaba bien definido pues a pesar de la carta que le había dejado, no había vuelto a buscarla, ni siquiera se había molestado en llamarla. Pero un hijo era algo demasiado importante como para no contárselo.

El miedo detuvo a Sarah cuando pensó que quizá la maravillosa noticia haría que Elliot volviera con ella, pues ya le había dicho lo importante que era tener descendencia para Sandra y para él, era lo único que les faltaba para completar su felicidad. Elliot había perdido a su hijo al fallecer su esposa y quizá vería en el suyo al bebé malogrado, sin importarle que ella fuera la madre. Eso la aterrorizó, deseaba el amor de Elliot por encima de todo, pero no porque fuera la madre del bebé. Aquella noche apenas durmió soñando que el doctor al que había entregado su corazón volvía a su vida sólo para ocuparse de su hijo y que era lo único que le importaba.

25

Pasaron los días y Sarah aún no había dado la noticia a su familia. Como cada día que podía se acercaba a casa de sus padres a estar con ellos y compartir un ratito en familia. Las cosas habían mejorado mucho, podía mantener una conversación con su madre sobre temas importantes y no se sentía incomprendida. Su padre había hecho avances con el logopeda para hacerse entender, aunque aún tenía algunas dificultades que solamente con mucho trabajo se solucionarían y cada día tenía menos dificultades para moverse sin ayuda, así que estaban bastante contentos. Robert y Cynthia habían vuelto muy felices de su luna de miel y con muchas ganas de ser padres, lo que recordaba a Sarah su propio embarazo. Al día siguiente, tenía cita con su tocóloga y aún no quería desvelar nada hasta asegurarse de que todo marchaba perfectamente. Antes de irse, su madre le preguntó si se encontraba bien, pues desde que había vuelto de África la notaba extraña. Sarah aún no había hablado de lo sucedido con Elliot, necesitaba un poco más de tiempo hasta sentirse preparada.

Nicole la llamaba cada día y se pasaba por su casa cada dos o tres para verla en persona y confirmar que lo que le decía por teléfono era verdad. Todavía no comprendía por qué no quería que vivieran juntas. Nic deseaba estar a su lado y cuidarla como había hecho Sarah cuando ella la había necesitado, pero Sarah sabía que su amiga del alma al fin había encontrado a esa persona que la completaba y la hacía inmensamente feliz y lo que debía hacer era seguir compartiendo su vida con él. Tras la confesión en su casa de su relación con Kenneth, le dijo que casi vivían juntos. Cuando no se quedaba ella en su casa a pasar un par de días lo hacía él y ella no podía permitir que eso se rompiera sólo porque estaba sola y embarazada.

Poco a poco, Sarah se fue haciendo a la idea del embarazo y asimilando que iba a ser madre. Estaba deseando ir a la consulta de la doctora para que le hicieran la primera ecografía y ver al bebé. Por suerte, el día llegó y nerviosa como estaba acudió a la cita médica acompañada por Nic. La doctora era una colega del hospital, así que sabía que sería discreta respecto a su situación. Tras unos primeros minutos de charla en los que la doctora recabó la información necesaria, pasaron a hacerle la ecografía. Nicole no le soltó la mano a Sarah en ningún momento, apoyándola y dándole la fuerza que necesitaba en aquel instante. Enseguida, vieron al pequeño feto en la pantalla e hicieron las medidas correspondientes para asegurarse de que todo estaba correcto. Su compañera de profesión las dejó un minuto a solas viendo la imagen del bebé de Sarah.

—¿Cómo algo tan pequeño puede ser tan bonito? —dijo Nicole con los ojos encharcados por las lágrimas, mientras apretaba la mano de su amiga con fuerza sin apartar la vista de la pantalla.

—¡Dios, lo sé! No sabía si decirlo yo para que no me tachases de cursi, pero es lo más bonito que he visto en la vida, Nic.

Y así de emocionadas se marcharon de la consulta con la foto de su primera ecografía. Nicole estaba tan contenta por su amiga que en cuanto salieron fue a buscar a Kenneth, que estaba haciendo la ronda del día, le enseñó la ecografía y le dijo entre saltos de alegría que iba a ser tía. Sarah se sentía afortunada de tener a aquellos dos en su vida, pero en especial a su amiga Nicole, que como siempre le demostraba que estaba a su lado. Además, estaba más tranquila porque la tocóloga le había dicho que todo iba bien. Tras calmar el júbilo de su amiga Nicole, volvió al trabajo. Esta la tuvo entretenida hasta la hora del almuerzo, aunque apenas había probado bocado, pues últimamente tenía náuseas y no le entraba nada. Un sándwich frío de jamón y queso y una *coca-cola* después, se dirigió a una de las salas para conectarse a internet y ver si su jefe le había respondido al correo electrónico que le había enviado hacía varios días. Estaba desesperada por tener noticias de la misión, aunque al mismo tiempo temía lo que pudiera leer. Efectivamente, su jefe había respondido, así que con dedos temblorosos lo abrió y comenzó a leer ansiosa.

Buenos días, Sarah:

Gracias por tu preocupación, a pesar de llevar poco tiempo me he adaptado muy bien. La hermana Agnes y el resto de la gente de la misión me están ayudando mucho, y ella en particular es como un ángel caído del cielo. Por cierto me manda recuerdos para ti.

Una sonrisa se instaló en su rostro al acordarse de la hermana Agnes, que había sido como una madre para ella durante el tiempo que había permanecido allí.

En cuanto al trabajo en el hospital, como tú misma sabrás, es frenético, hay días que todo está tranquilo pero otros esto es un caos total. Por suerte, el personal sanitario es muy eficiente y salimos adelante. Ahora volvemos a la normalidad pero hemos pasado unos días muy complicados, el padre Max tuvo que trasladarse junto a algunos médicos y otra gente del hospital a un poblado cercano para tratar una epidemia. Hubo varias bajas, ya que aún quedan focos de insurrección de la guerrilla y tuvieron problemas con ellos.

¿Bajas? Era la manera de decir que había habido muertos, pero ¿quiénes? El miedo invadió a Sarah, que se aferraba al ratón del ordenador con tanta fuerza que los dedos se le estaban poniendo blancos. Siguió leyendo el mensaje pero ya no decía nada de las personas que habían fallecido. Estaba aterrada, necesitaba saber si se trataba de Elliot, así que rezó porque Ferguson pudiese contestar al teléfono en aquel mismo momento. Con manos temblorosas marcó el número del hospital y al tercer tono una enfermera que no conocía respondió. Buscaron al doctor y enseguida se puso al otro lado de la línea.

—¡Sarah! Qué alegría escucharte. ¿Cómo estás?

—Eh... bien. Yo... acabo de leer su mensaje y quería saber lo de las bajas que comenta sobre la expedición al poblado —le dijo carraspeando mientras intentaba que le saliera la voz, pero estaba muerta de miedo.

—Ah, sí, fue una auténtica tragedia. No te imaginas qué días hemos pasado. Cuando llegué aquí, acababan de regresar del poblado. Al parecer, la guerrilla no tuvo piedad y mató a varias personas, entre ellos personal sanitario que fue a ayudar a aquella pobre gente.

¿Muertes? No, no, no, no. No podía ser cierto, Elliot no podía estar muerto. Él no.

—Ya. ¿Y... hay algún doctor ahí con usted trabajando?

—No, Elliot, lamentablemente, ya no está con nosotros. Estoy yo solo, Sarah. Perdona, pero te tengo que dejar que me reclaman. Me ha encantado hablar contigo. Cuídate.

Y colgó. No entendía nada, ¿Elliot muerto? No, no, no podía ser. Eso era imposible, si lo había dejado en su cama, dormido, tranquilo, con toda una vida por delante. Sarah recordó, en un instante, tantas cosas vividas junto a él: la primera vez que lo vio en el aeropuerto mientras gritaba su nombre a voces, los apasionados besos que se habían dado dejándose el alma en cada uno de ellos, el amanecer que vieron juntos por primera vez, el instante en el que ella tuvo la certeza de que se había enamorado de él, las discusiones porque el seminario los separaría, las confidencias, los secretos revelados, el amor profundo y verdadero que habían sentido... Pero ahora todo eso no valía de nada, porque Elliot había abandonado esta vida para siempre y la había dejado sola con su hijo. No era capaz de moverse, respiraba porque era un acto automático mientras en su cabeza se mezclaban gritos y lamentos, pero sobre todo una palabra «no, no, no».

Ya no la abrazaría diciéndole cuánto la amaba, ni escucharía su voz provocándole la mejor de las sonrisas. Tampoco vería ningún amanecer junto a él con la esperanza de compartir una vida nueva... El hombre que más había amado había desaparecido de su vida de un solo golpe. Y fue entonces cuando un sollozo lastimero salió de su garganta seguido de otro y de otro más intenso que el anterior, lo que llamó la atención de un par de enfermeras que estaban en el pasillo. Sarah se escurrió de la silla y se abrazó a sí misma llorando y gritando su nombre en un quejido constante mientras la oscuridad se iba apoderando de ella, poco a poco, hasta que solo hubo negrura a su alrededor. Y la nada que atravesaba su alma la apresó en la oscuridad.

*

Sarah abrió los ojos sin recordar qué había sucedido ni dónde estaba pero entonces recordó la conversación con Ferguson. Actualmente, era el único médico que quedaba en la misión tras la expedición al poblado infectado en el que la guerrilla había matado a varias personas. Pero su Elliot no podía haber muerto, no era justo. Ya había aceptado que su destino era servir a Dios pero ¿morir? No podía ser. Tenía que llamar a Obandé, hablar con la hermana Agnes o el padre Max para que le dijeran qué había sucedido exactamente, quizá se trataba de un tremendo error.

—Vaya, me alegra que por fin te despiertes. Nos has asustado mucho pequeña. —Oyó que le decía Kenneth que acababa de entrar en la habitación y se acercaba a ella para examinarla.

—¿Kenneth? ¿Dónde estoy? ¿Qué ha pasado?

—¿Qué es lo último que recuerdas? —le preguntó alumbrando sus pupilas con la linterna para cerciorarse de que todo estuviese bien.

—Pues... estaba en una de las salas leyendo un correo y de pronto todo se volvió oscuro. No sé... No recuerdo más —dijo Sarah aún aturdida.

—Parece ser que te desmayaste, pero ha sido un buen desmayo. Has tardado bastante rato en recuperar la consciencia y ya me estaba asustando. Quédate un poco más tumbada en la cama hasta que te encuentres bien del todo, nosotros te cubrimos —le dijo guiñándole un ojo cómplice.

En cuanto Kenneth se fue, Nicole entró en la habitación. Le faltaba el aire.

—Sa... Sarah, ¿estás... bien? —Consiguió preguntarle al fin. Estaba pegada a la cama y la miraba preocupada, como comprobando que estaba bien.

—Tranquila, Nic, ¿por qué has venido?

—Kenneth me dijo que te habías desmayado y me ha faltado tiempo. Si no hubiese sido por el atasco de todos los puñeteros días habría llegado mucho antes —respondió mientras recobraba el resuello a la vez que se tranquilizaba al verla bien—. Cariño, dime qué ha pasado.

Y entonces recordó el correo que había leído, el tortuoso viaje al poblado que había provocado varios muertos, la noticia de que Ferguson era el único médico que quedaba allí... Un dolor punzante volvió a apoderarse de ella al darse cuenta de que Elliot estaba muerto, aunque no terminaba de creérselo. Su gran amor, que le había dejado el mejor regalo del mundo, no podía haber desaparecido así. Necesitaba comprobarlo e iba a hacerlo inmediatamente. Se levantó de la cama aunque se le nubló la vista un poco. Nicole se dio cuenta y la regañó por levantarse tan rápido y no permanecer tumbada descansando.

—Tú no lo entiendes, tengo que comprobarlo, asegurarme de que es cierto —decía en voz alta sin mirar a ningún lado mientras Nicole la observaba sin entender nada.

—¿De qué estás hablando, Sarah?

—No puede ser, no es cierto, no, no... —seguía diciendo cogiéndose la cabeza con las manos. Nicole la zarandeó y la agarró entonces por los hombros y la obligó a mirarla a la cara.

—Dime ahora mismo de qué demonios estás hablando porque te juro que me estás asustando mucho. —La doctora se retiró las manos de la cara y mirándola con los ojos vidriosos pudo contestarle.

—Elliot ha muerto.

—¿Qué? Pero ¿qué dices, Sarah? A ver, vamos a sentarnos aquí y me lo vas a contar todo desde el principio. —La llevó suavemente hasta la cama en la que ambas se sentaron. Sarah le contó lo del mensaje de su jefe y su clara sospecha de la suerte que había corrido. Nicole la abrazó para consolarla. Sarah, desesperada, no podía contener el llanto al sentir que su gran amor se había ido.

—De acuerdo, no sabemos si es seguro a ciencia cierta así que lo que vamos a hacer es remover cielo y tierra hasta que descubramos qué ha pasado con él, ¿vale? Pero ahora tienes que calmarte y ser muy fuerte, cariño.

Sarah se recompuso un poco tras las palabras de su amiga y se marcharon a casa de la primera para intentar averiguar qué había ocurrido desde que ella se había ido de la misión. Nicole le preparó una manzanilla, pero Sarah estaba tan revuelta que, en cuanto se la tomó, la vomitó. No consiguió convencerla de que tomara nada más. Sarah sólo quería quedarse en el sofá con la manta, llorando mientras recordaba a Elliot.

—De acuerdo. Te permito que llores y patalees un poco, pero esto no va a ser así todo el rato. Lo que tenemos que hacer es llamar a Obandé. Lo sabes, Sarah. Ya sea para bien o para mal, pero no te puedes quedar con la duda. —¿Cómo podía pedirle eso? Estaba tan bloqueada por el dolor de haber perdido a la persona que más había amado en su vida que era incapaz de levantar el teléfono que confirmaría su tragedia.

—No puedo, Nic, yo... simplemente no puedo. Es demasiado...

—Entonces ¿prefieres quedarte así, en ese estado, para siempre? De eso nada, de hecho no vamos a esperar ni cinco minutos. Dime dónde tienes el teléfono del hospital y llamamos. —Por dentro, Sarah se sentía agradecida por tener a una amiga como ella, que la ayudaba, le daba la mano cuando por sí sola no podía seguir y la cuidaba como si fuera su propia hermana. Cuando le dijo dónde estaba el teléfono, Nicole fue a por él y volvió a los pocos minutos con el papel donde estaba apuntado. Se volvió a sentar junto a ella en el amplio sofá y con el teléfono inalámbrico en la mano la miró llena de seguridad y comprensión—. Debes hacerlo tú, a mí no me conocen. Cariño, te pido que en este momento seas más fuerte que nunca, yo estoy aquí.

Sin saber muy bien por qué, las palabras y la mirada de Nic fueron suficientes para que Sarah encontrase la fuerza necesaria e hiciera esa temible llamada. Tras marcar con dedos temblorosos, escuchó el horrible sonido del tono de llamada que se le hizo eterno hasta que una voz femenina al otro lado de la línea respondió.

26

—¿Hermana? —preguntó una temblorosa Sarah con un hilo de voz.

—Sí, soy la hermana Agnes ¿quién es? —Le dio un vuelco el corazón al volver a escuchar la voz de aquella mujer que había significado tanto para ella.

—Hermana, soy yo, Sarah.

—¡Oh, hija mía! ¿De verdad eres tú? ¡No sabes cuánto me alegro de escuchar tu dulce voz de nuevo! —Estaba a punto de derrumbarse otra vez, pero Nic le apretó la mano con fuerza y asintió con la cabeza animándola a seguir hablando.

—Gra… gracias hermana. Eh… mi jefe, Ferguson, me ha dicho que es el único doctor trabajando allí, ¿es eso cierto?

—Lamentablemente, lo es, mi niña. —Aquello fue un jarro de agua fría, sus peores sospechas se hacían realidad. A Sarah se le escurrió el teléfono pero su amiga lo cogió al instante poniéndose ella.

—¿Hola?

—¿Sarah?

—No, soy una amiga de Sarah. Escuche, como ella le ha dicho, quisiéramos saber qué ha pasado con Elliot. —Nic no cambiaba el gesto, estaba muy seria. Seguramente, la hermana le estaba diciendo cómo había muerto y el caos que reinaba en el pueblo. Sarah no pudo aguantar más y se tapó la cara con ambas manos llorando de nuevo–. Sí... entiendo... claro... ¿Puede decirle eso mismo a ella? Genial, se la paso.

Nic le quitó las manos de la cara y le dio el teléfono. ¿Cómo era su amiga tan cruel? Ella no quería que le contase los detalles, con saber que ya no volvería a estar con él nunca más era suficiente. Aquel dolor no se iría nunca.

—Sarah, ponte, por favor. —De mala gana se puso el auricular de nuevo en la oreja y tras inspirar hondo volvió a la conversación.

—Sarah, ¿estás bien? ¿Estás llorando? —Con la mano libre se tapaba la cara intentando calmar su agitada respiración y aguantar los sollozos.

—¿Cómo... cómo fue?

—¿Cómo fue qué? Mi niña no te estoy entendiendo nada. Tu amiga me ha preguntado por Elliot y yo le he dicho que ya no está aquí –¡Qué manera más fría de decírselo! Al menos esperaba algo más de consuelo por parte de la religiosa.

—¿Y... dón... dónde lo tienen? —Quiso saber dónde lo tenían porque ella lo vería una última vez, y lo vería tal cual lo dejó, tranquilo, con los ojos cerrados y con esa paz en su rostro. Las lágrimas le quemaban tanto los párpados que pensaba que no podría soportarlo más tiempo, en la garganta se le estaba haciendo un nudo tan grande que apenas podía hablar.

—¿Que dónde lo tenemos? Sarah, cariño, no comprendo nada de lo que me dices. Como le he dicho a tu amiga, al poco de llegar Ferguson se fue al seminario y aún no nos han mandado a nadie más, así que el pobrecito doctor anda como loco.

—¿Al seminario? ¿Pero entonces él... él no... no ha muerto?

—¿Muerto? ¡Por Dios santo, hija mía, qué blasfemia es esa! Por supuesto que no. ¿Por qué dices eso? —La hermana seguía murmurando cosas, pero Sarah ya no escuchaba nada más porque lo más importante era que Elliot estaba vivo. ¡Vivo! Un enorme alivio se instaló en el pecho de Sarah que no pudo evitar que un gemido se escapara de su garganta, de sosiego, porque volvía a sentir que la vida merecía la pena, que podía vivir de nuevo en el mundo porque Elliot seguía en él. Pero entonces una duda la asaltó, ¿por qué había dejado la misión?

—¿Cuándo se ha marchado al seminario? Pensé que aún le quedaban unos meses por allí. –¿Qué más daba si ella lo había dejado? Era supuestamente lo que ella quería, lo había dejado sin darle opción a buscarla, cosa que él no había hecho y le dolía profundamente. Quizá ella lo había amado más que él a ella.

—Se marchó hace unas semanas. Desde que tú te fuiste no volvió a ser el mismo pero estaba decidido a buscarte. Hablamos sobre vuestra historia y déjame decirte que no había visto a un hombre tan enamorado y destrozado al mismo tiempo. Hija, lo destruiste al marcharte y la llamada de tu marido ya fue el remate para su devastado corazón. –¿Joseph? ¿Qué tenía que ver su exmarido en toda esa historia?

—¿Joseph, hermana? No entiendo qué puede tener que ver él en todo esto –preguntaba ansiosa Sarah por desentrañar aquel misterio.

—Cariño, si fuiste tú misma la que le pediste que nos llamara para que recogiéramos tus cosas y te las enviáramos.

—¿Cómo? ¿De qué está hablando, hermana? –Se puso de pie, nerviosa, imaginándose que había hecho alguna de las suyas antes de marcharse a Washington.

—Pues de lo que tú decidiste, el doctor no se podía creer que hubieses vuelto con él, y créeme yo tampoco, después de todas las veces que me dijiste que no sentías absolutamente nada por él. Fue imposible ponerse en contacto contigo y cuando le mandaste aquel e-mail diciéndole que habías vuelto con Joseph porque era lo mejor ya que lo vuestro había sido tan sólo un sueño…

Sarah no comprendía nada de lo que le estaba diciendo la hermana, ¿cómo podía ser tan rastrero? ¡Había hablado por ella e incluso se había atrevido a mandarle un mensaje en su nombre! Así que no es que hubiese muerto es que se había marchado al seminario pensando que ella no lo quería y ahora se iba a ordenar sacerdote sin vuelta atrás. Como pudo continuó la conversación explicándole que todo había sido una treta de su ex marido del que ya se había divorciado. Consiguió la dirección del seminario donde estaba Elliot, solamente esperaba que aún no fuera demasiado tarde.

*

Sentada en el sillón junto a su amiga no sabía qué hacer, seguía sollozando en sus brazos, pues había sido un día demasiado intenso al pensar que Elliot había fallecido y aún le duraba el dolor que había sentido al pensar que ya no volvería a verlo nunca más.

—Tranquila, cariño, ya sabes que está bien, así que no llores más que vas a caer enferma y tienes que cuidar al bichito –le dijo para intentar sacarle una sonrisa, cosa que funcionó. Sarah se tocó la tripa y pensó que allí estaba el fruto del gran amor que habían vivido en África. Jamás pensó que tener un hijo la hiciese tan feliz. Cuando pensaba en tener un hijo con Joseph no le apetecía nada ser madre, pero siendo Elliot el padre la cosa cambiaba. Se imaginaba al bebé en brazos de aquel hombre fuerte y de ojos vivos, que le daría todo el amor que tenía en su corazón, lo cuidaría y protegería ante todo como deseó hacer con ella. Estaba pletórica al saber que su gran amor seguía vivo aunque estuviese lejos de ella. No sabía si atreverse del todo pero por su cabeza ya le rondaba una idea.

—Nic, ¿crees que debo buscar a Elliot?

—¿Lo dudas? Cariño ¿entonces por qué llamaste a la misión y escribiste ese mensaje? Yo creía que era porque ibas a decirle lo del niño.

—Sí, no... no sé, Nicole, estoy confusa. Yo le dejé porque creía que hacía lo correcto. Aunque eso me matara, era lo más fácil porque no le hacía elegir. Le vi agobiado durante meses por tener que decidir entre el seminario y yo. Al marcharme lo hice sin saber cuánto tiempo iba a tener que estar aquí, pero al hablar con la hermana Agnes y decirme cuánto ha sufrido también, veo innecesaria tanta amargura sobre todo por una mentira podrida de Joseph, con el que ya ajustaré cuentas.

—Y no te olvides del bichito. Sarah, va a ser padre, él te quiere y tú a él ¿dónde está el problema? –La doctora se levantó alejándose unos pasos para girarse frente a ella y confesar lo que le reconcomía por dentro.

—El problema está en que no sé si ya es sacerdote, Nic. No sé cómo plantarme delante de él y decirle que lo que le contó Joseph era una gran mentira y para rematar ¡cómo le digo que estoy embarazada!

—A ver, Sarah, deja de comerte la cabeza con todas esas preguntas. Haz las maletas, vamos a esa dirección y hablas con él. Aunque se haya ordenado sacerdote, se merece saber que va a tener un hijo. –Nicole fue hasta ella y sujetándola por los hombros le dijo la verdad como siempre hacía. Desde luego que a sincera no le ganaba nadie pero tenía razón. Ya era hora de luchar por sus sueños, de hacer lo que su corazón le pedía, y desde hacía meses era estar con Elliot. Se había enamorado sin buscarlo, simplemente escapaba de una vida infeliz, donde se ahogaba en un ambiente hostil para ella. Liberarse de la presión continua de una familia donde la imagen era todo y un marido que no la quería pero estaba acostumbrado a tenerla a su lado. Atada a una vida que no le correspondía donde la soledad la invadía continuamente. Necesitaba romper con aquellas cadenas y cuando encontró el valor suficiente, lo hizo. Si pudo hacer aquello, sin duda podría buscar a Elliot y enfrentarse a lo que fuera.

27

Al día siguiente, ya más descansada, fue a hablar con Kenneth para explicarle todo el asunto y su necesidad de marcharse con urgencia en busca de Elliot. Este ya había hablado con Nicole la noche anterior y sabía lo que había ido a decirle. La apoyó y la animó como nunca lo había hecho, no reconocía al hombre que tenía delante sentado en su sillón de jefe en ausencia de Ferguson. Cómo había cambiado desde que ella se marchó de Boston. Dejó a un mujeriego y picaflor y a su vuelta se había encontrado con un hombre atento y detallista, «desde luego que el amor hace estragos en la gente», fue su pensamiento al despedirse de su compañero.

Ahora quedaba lo peor, enfrentarse a su familia y avisarles de su nueva marcha. Sarah dudaba de cómo se iban a tomar todo el asunto del embarazo y que estuviera enamorada de un sacerdote o, al menos, de uno que estaba a punto de serlo. Pero, en los últimos tiempos, su relación había mejorado bastante así que quizá no fuera tan mal. Recogió sus cosas en el hospital y llamó a su madre para quedar con toda la familia aquella misma tarde. Después, compró un billete a San

Francisco. Ahí era donde la hermana Agnes le había dicho, durante su conversación telefónica, que podría encontrarle. A continuación, reservó habitación en un hotel e hizo una maleta que subió al coche antes de dirigirse a casa de sus padres.

Llamó a Nicole antes de llegar a la mansión familiar. Por suerte, hablar con ella la tranquilizaba bastante, era la única persona que la conocía bien y la comprendía perfectamente. Cuando estaban juntas con una simple mirada ya sabían qué sentían una y otra. El día que decidió terminar su relación con Joseph fue un auténtico infierno para ella, pero Nic no se había apartado de su lado en ningún momento. Mientras comían la pobre doctora no dejaba de llorar. No podía evitarlo pues habían sido muchos años de sufrimiento y contención. Nic, que estaba a su lado, le apretaba la mano haciéndole saber que estaba ahí y que lo estaría siempre que la necesitara. En aquel instante, Sarah supo que su querida Nic estaría para siempre en su vida, para lo bueno y para lo malo.

Aparcó el coche, cogió el bolso y entró con sus llaves al domicilio familiar. En la puerta vio que estaba el coche de Robert, así que ya estaban todos esperándola. Al entrar en el salón vio a su padre trabajando con la logopeda en la mesa del salón y su madre estaba leyendo un libro, pero no veía a su hermano y a Cynthia por ningún lado. Su madre levantó la mirada y sonrió al ver a su hija.

—Hola, cariño —saludó la señora Collins al ver a Sarah, que se había acercado a besar a su padre mientras observaba sus progresos.

—Hola, mamá.

Acarició los hombros de su padre y le dejó continuar la tarea con la logopeda. Después, fue hacia su madre que había dejado el libro y la besó de igual manera.

—Oye, mamá, he visto el coche de Rob fuera, ¿dónde están?

—En el baño, parece que Cynthia no se encuentra bien y está con ella. —¡Ay, que iban a dar la misma noticia que ella! Su madre le guiñó un ojo con complicidad diciéndole con la mirada precisamente lo que ella estaba pensando. Apenas pudo reaccionar cuando Cynthia entró en el salón seguida de Robert, y por la cara que traía no le quedaba ninguna duda de que estaba embarazada, eso, o que algo le había sentado francamente mal. Venía limpiándose la boca con una toallita y estaba pálida mientras se sujetaba el estómago.

—Ya estamos aquí.

Robert saludó a Sarah y a sus padres, mientras Cynthia se sentaba un momento dándose aire con un papel que encontró en la mesa del centro del salón. La logopeda se retiró una vez que dejó sentado al señor Collins en el sofá. Ya estaba toda la familia al completo. Se acercaba el momento, pero lo primero era preguntar cómo se encontraba su cuñada.

—¿Estás bien, Cynthia? Tienes mala cara —preguntó Sarah acercándose a ella.

—Sí, perdonadme.

—No te preocupes, cariño, no pasa nada —se adelantó a Sarah su madre sonriéndole con mirada tranquilizadora, mientras Rob se sentaba junto a ella y le masajeaba la espalda.

—Íbamos a esperar más, pero dada la entrada triunfal que hemos hecho, os lo vamos a contar —dijo su hermano entre risas. «Dios, no», pensaba Sarah al escuchar las palabras de Robert.

—Además, creo que es bastante evidente. Tu hermana lo ha sabido desde que he entrado a juzgar por su mirada. Efectivamente, estoy embarazada.

El salón explotó con los aplausos de la madre de Sarah, las palmadas en la pierna del señor Collins, que se expresaba como podía, las risas de los futuros padres y la sorpresa de Sarah, que no sabía qué responder.

—¿No te alegras, hermana? —le preguntó Robert situándose junto a ella, que continuaba sentada en el sofá. De pronto, meneó la cabeza negando y se levantó de un salto abrazando a su hermano.

—¡Claro que me alegro! Es una maravillosa noticia, Rob.

Se abrazaron felices por volver a compartir un momento como ese. Hacía años que no se sentían como una verdadera familia y al verlos en aquella escena nadie habría dudado que lo eran. El padre de Sarah estaba contento por la noticia, se le notaba en la cara. Robert y Cynthia se aproximaron a él para hablarle sobre ello, mientras que la señora de la casa se sentaba junto a su marido y tras agarrarle una mano se la llevó a la mejilla en un gesto cariñoso. Sarah observó desde lejos a su familia, era perfecta. Años, sufrimientos, discusiones… Todo quedaba en el pasado, habían perdonado y olvidado, tan sólo quedaba mirar al futuro con optimismo y una gran sonrisa como la que se le había dibujado a ella en la cara. Conversaron un buen rato sobre el embarazo de Cynthia, los planes de futuro, el estado de salud de su padre, el trabajo en el ayuntamiento, la carrera de Robert… Hasta que Sarah respiró profundamente y se lanzó a la piscina.

—Yo tengo que contaros unas cuantas cosas —comenzó a decir atrayendo la atención de todos los allí presentes. Y respiró de nuevo—: Veréis, esta misma noche cojo un vuelo a San Francisco.

La miraron sorprendidos, pues de marcharse, se esperaban que fuera a África donde había trabajado los últimos meses. No comprendían nada así que Sarah fue fuerte y no les hizo esperar.

—Voy allí porque tengo que hablar con una persona. Su nombre es Elliot Savannah, es cirujano como yo y le conocí en la misión.

—¡Vaya! No imaginábamos nada así, Sarah. ¿Pero qué hace él en San Francisco? —Quiso saber su madre. Ahora venía la hora de la verdad.

—Porque está en el seminario que hay en la ciudad preparándose para ser sacerdote. —Las caras de estupefacción eran dignas de ser grabadas. Su madre se llevó una mano a la boca, Rob la miraba frunciendo el ceño, su padre negaba con la cabeza, Cynthia fue la única que no mostró reacción alguna pues era muy discreta y no iba a ser la primera en opinar.

—¿Cómo que en el seminario, Sarah? ¿Cuando un hombre está en el seminario no se supone que ya tiene unos votos que respetar? En fin, llamadme loco ¡pero no veo muy bien que mi hermanita tenga una aventura con un cura! —explotó el primero su hermano mientras sus padres seguían mirándola sin dar crédito.

—Sé lo que parece, pero la historia es un poco más larga, veréis…

—Pero ¿Y por qué vas a buscarle, hija? —preguntó su madre interrumpiéndola.

—Pues aparte del hecho de que estoy completamente enamorada de él y que lo quiero como nunca he querido a nadie, voy a tener un hijo suyo.

La sala se llenó de un silencio tenso que se podía cortar con un cuchillo. Robert se levantó y salió al jardín un momento para calmarse seguido de Cynthia. Su padre y su madre juntaron las manos en señal de rezo como si estuvieran pidiendo perdón a Dios en su nombre. Transcurrieron unos minutos en silencio, hasta que Robert volvió a entrar con su mujer de la mano. Sarah fue a su encuentro intentando hablarle con la mirada, pero su hermano levantó una mano deteniéndose al instante.

—Cynthia tiene razón, no somos nadie para criticarte. No sé cómo ni por qué te has enamorado de ese hombre, pero si vas a ir en su busca es porque estás convencida de que lo vuestro tiene futuro. Por mi parte, tienes todo mi apoyo y me tienes para todo lo que necesites. —Las palabras de su hermano la dejaron anonadada y tras la tensión acumulada y los nervios por todo lo que estaba pasando con Elliot, se derrumbó en los brazos de su hermano donde lloró abrazada a él.

—Sarah, cariño, ¿tú estás segura? —Necesitaba saber su madre, acercándose a ellos. Robert la soltó y antes de abrazarse a su madre se confesó con ella.

—Mamá, te aseguro que no he amado a nadie como a él. Desde que lo vi la primera vez me quedé prendida de sus ojos castaños y, poco a poco, me fue conquistando, pero no te creas que ha sido todo bonito y sencillo, precisamente porque está estudiando en un seminario es todo más complicado. Lo único seguro es que no podemos negar lo que sentimos. Yo le dejé al venir a casa pensando que al elegir por él le ayudaba, pero tras hablar con la gente de Obandé me he dado cuenta de mi error y quiero subsanarlo antes de que sea demasiado tarde. De hecho, no sé si ya lo es. —Esto último lo dijo con un hilo de voz, pues no estaba nada convencida que no fuera ya sacerdote. Se fundió en un tierno abrazo con su madre que le acariciaba el pelo a la vez que le susurraba tranquilizadoras palabras de ánimo. Cuando se recuperó un poco se acercó a su padre no sin antes rozar la mano de Cynthia que afirmaba con la cabeza y le sonrió.

—Siempre has tomado tus propias decisiones y ya no quiero ponerte más obstáculos, así que si te hace feliz, a… ade… adelante –le dijo este. Al verse rodeada de su familia, con el apoyo incondicional de todos, las lágrimas salían a borbotones pero en esta ocasión eran de felicidad porque al fin se sentía en casa.

28

Un par de horas después y tras confesarse a su familia, Sarah se dirigió en su coche al aeropuerto donde cogería un avión nocturno con dirección a San Francisco. Estaba tan nerviosa que el estómago no le retenía nada y vomitaba igual que le pasaba a Cynthia. En la puerta de aquel inmenso lugar, la esperaba su amiga Nic con una maleta.

—Estás hecha un asco —le dijo nada más verla. Quizá ser tan sincera a veces escocía un poco, pero ella era así, ¿qué podía hacer?

—Gracias, Nic, eres única dando ánimos —riéndose la asió del brazo y tiró de ella por todo el aeropuerto hasta llegar al mostrador donde iban a facturar o eso era lo que Nicole pensaba.

—¿Tienes tú mi billete?

—No.

—¿Cómo que no? ¡Tú ibas a comprarlo!

—Y así lo hice, el mío —le respondió enseñándoselo, mientras avanzaban en la cola.

—¡Ah muy bien! Y ahora tengo que comprarme yo el mío, ¿y si hay *overbooking* qué hago? —le gritaba Nicole aún sin entender la intención de Sarah.

—No te lo he comprado porque quiero ir sola, Nic. Compréndeme, tengo que hacerlo sin ti. Te agradezco muchísimo tu apoyo, pero es algo que necesito hacer yo, debo ser fuerte sin ti. Dime que lo entiendes y que no te enfadas, por favor —le pidió agarrándole la mano fuertemente. Su amiga negó con la cabeza y al exhalar un profundo suspiro se manifestó.

—Aunque me cueste aceptarlo, lo entiendo. Pero en cuanto pongas un pie en San Francisco me llamas y cuando veas a tu Elliot igual, bueno, cuando hayas hablado con él. Y si pasa cualquier cosa, lo que sea, a la hora que sea, me llamas ¿vale? —«Dios cómo quiero a esta mujer», pensó Sarah antes de abrazarla con todas sus fuerzas antes de facturar. Estuvo con ella hasta que embarcó, entonces se despidieron con tantos abrazos, besos y palabras de ánimo que parecían realmente hermanas. Tras pasar el arco, Sarah se giró y volvió a lanzarle besos y decirle adiós con la mano. Esperaba volver acompañada de Elliot, aunque en el fondo un miedo le atenazaba el corazón, ¿y si ya era sacerdote? ¿Y si no podía perdonarle por haberle abandonado? Pronto obtendría respuesta a todas sus preguntas.

*

El vuelo fue largo y angustioso, Sarah necesitaba llegar cuanto antes a la ciudad y buscar el lugar exacto donde se encontraba Elliot, para al día siguiente ir en su desesperada busca. Nada la detendría, ni siquiera el médico de ojos castaños. Haría y diría todo lo necesario para salir de allí con él.

Nada más aterrizar llamó a Nic y a su madre para que supieran que había llegado bien, cogió un taxi que la llevó al hotel y tras ducharse y ponerse cómoda comenzó a navegar por internet desde su teléfono móvil para ubicar el sitio. Comió un sándwich sin apenas tener hambre y bebió un té que le asentara un poco el estómago pues no la dejaba descansar, incluso en el avión había vomitado. Una vez localizó el seminario, apagó la luz con la esperanza de dormirse y descansar un poco, pero no hizo más que dar vueltas. Estaba intranquila, nerviosa y asustada ante lo que se encontraría una vez amaneciese.

Con los primeros rayos de sol se levantó, se duchó, eligió un vestido de lino blanco de tirantes que le llegaba por la rodilla y se dejó el pelo suelto. Después, desayunó un zumo de naranja y unas galletas. Eran las ocho de la mañana y ya había vomitado un par de veces, parecía que iba a ser de esas embarazadas que lo hacen durante todo el primer trimestre y por muy feliz que le hiciese tener un hijo, aquello era muy desagradable. Tras calmarse un poco pidió un taxi que la llevó al seminario. El lugar le sorprendió, pues era gigantesco, una gran valla rodeaba el recinto y había varios jardines a la entrada. El edificio de piedra se elevaba majestuoso, tenía un par de torres a ambos extremos y varias ventanas en hileras que evidenciaban las habitaciones o salas del interior. Sarah se acercó a la valla donde había mucha gente a la espera de que abrieran, allí iba a suceder algo pero ¿qué? Se temía que fuera la ordenación sacerdotal de los presbíteros de aquel lugar y un nudo se instaló en su pecho. Como pudo, se acerco a una pareja de ancianos.

—Disculpen ¿qué es lo que están esperando?

—La ordenación, joven, por supuesto.

Lo que ella temía, sólo esperaba que Elliot no estuviera ahí o, si ya era sacerdote, no encontrárselo, pues sería demasiado difícil marcharse de aquel lugar dejándolo allí.

—Nuestro hijo Samuel va a cumplir hoy con el rito. —Ella asintió sonriendo como pudo y vio que abrían la verja y las familias empezaron a entrar. Se coló en el interior detrás de aquella amable parejita y, al entrar en la sala, vio a varios hombres de pie en el altar vestidos con túnicas blancas. En los primeros bancos también había hombres vestidos así. Las familias se sentaron detrás de aquellos hombres con sonrisas brillando en sus caras, mientras Sarah se escondió tras una columna para averiguar dónde se encontraba Elliot. Pero, lamentablemente, desde esa distancia era imposible saberlo. Tuvo que agarrarse a la columna un momento pues un mareo repentino le nubló la vista. Sintió náuseas y salió corriendo para buscar un baño mientras se tapaba la boca y se tocaba el abdomen con la otra. Al salir, un hombre con alzacuellos la vio y no fue necesario que le preguntara nada, le dijo dónde estaba el baño pues sólo había que verla para saber qué le ocurría.

Tras vomitar el desayuno y hasta la bilis, se refrescó la cara y la nuca y se sentó porque estaba empezando a sentir otro mareo. Los párpados le quemaban de retener tantas lágrimas así que se dijo que no podía contenerlas más y lloró sin descanso un buen rato. Tal vez ya era demasiado tarde, quizá ya no había nada que hacer... Acurrucada en un rincón del baño sollozaba sin descanso, hasta que alguien llamó a la puerta, pero ella lo ignoró hasta que vio un par de zapatos negros a su lado. Levantó la vista y vio al mismo hombre que le había indicado dónde estaba el baño, mirándola preocupado. Se agachó a su lado y le ofreció un pañuelo para limpiar su rostro empapado en llanto. Sarah le dio las gracias y tras aceptar la mano del hombre se irguió.

—¿Se encuentra usted bien, señorita? —¿Bien? No se encontraba bien desde el preciso momento en que abandonó a Elliot en su cama. Tras suspirar, carraspeó para que le saliera la voz lo más limpia posible.

—Sí, gracias.

—¿Segura? Si quiere puedo llamar a alguien, ¿ha venido usted a la ordenación sacerdotal? —Al oír aquello, sus ojos se abrieron como platos y salió corriendo hacia el lugar donde se estaba celebrando el rito. Cuando llegó, vio a varios hombres tumbados en el suelo del altar y pensó que sería parte del acto.

Seguía siendo imposible distinguir a Elliot y menos en esa postura. Se sentó en el último banco mientras observaba la escena y se sonaba la nariz con el pañuelo. El hombre del baño se sentó a su lado. No se podía creer que en ese preciso momento el amor de su vida se estuviese ordenando sacerdote, si es que no lo había hecho ya.

—Entiendo que sí tiene a alguien importante aquí —comentó el hombre con alzacuellos sin dejar de mirar al altar.

Sarah asintió con la cabeza sin llegar a comprenderse a sí misma. ¿Qué le impedía levantarse y decir su nombre? Si no paraba aquello, jamás se iría con Elliot de allí. No vivirían felices junto a su bebé, ni conocerían a sus familias. No tendrían una casa con jardín y valla blanca. No trabajarían en el mismo hospital codo con codo como en la misión, ni volverían a ver a la gente de Obandé. Y no se despertaría a su lado, ni podría volver a mirarle dormir, y tampoco dejaría su olor en su piel cuando hicieran el amor...

El rito continuaba y los hombres que estaban en el suelo se alzaron para volver a sus lugares en el altar. En ese momento, Sarah buscó una cara conocida entre aquellos rostros pero no vio ninguna ¿quizá había mirado demasiado rápido? Eso sólo podía significar dos cosas: había llegado tarde y ya se había ordenado en otro momento o aún no lo había hecho y tenía una oportunidad. Y, entonces, de un saltó se levantó y comenzó a andar hacia los seminaristas. El obispo llamó a uno de ellos que se parecía mucho a Elliot. Continuó avanzando mientras a Sarah no dejaba de palpitarle el corazón al galope. Cuando el obispo impuso las manos sobre el diácono, un grito ahogado se escapó de su garganta y echó el brazo derecho hacia delante para tratar de detenerlo.

—¡Nooo!

Se originó un gran revuelo ante semejante grito, los seminaristas la miraban sin entender nada, incluso el diácono que se encontraba frente al obispo se giró indignado y entonces Sarah volvió a gritar un no rotundo cayendo al suelo de rodillas.

29

—¿Sarah?
Una voz a su espalda la llamaba, pronto reconoció el sonido de aquella voz y aún con el rostro cubierto de lágrimas se dio la vuelta y fue entonces cuando lo vio. No podía decir su nombre, no le salían las palabras, habían muerto en su garganta. Con su mente lo llamaba a gritos, quería levantarse, correr hacia él y lanzarse a sus brazos donde descansaría eternamente, pero estaba inmóvil. Él se acercó hasta ella, vestido con una camisa blanca y un pantalón de vestir marrón que hacía juego con sus ojos, esos increíbles ojos que la habían conquistado desde el momento que cruzaron sus miradas. Se agachó, se miraron unos segundos sin decir nada hasta que él alargó su mano rozando su mejilla y provocando un estremecimiento por todo su cuerpo que quiso contener cerrando los ojos con fuerza. Sarah sintió cómo la cogía en brazos, y entonces ella descansó su cabeza en el pecho de él tocándolo con una mano como queriendo saber si era realmente él, mientras con el otro brazo rodeaba su cuello.

Salieron por el pasillo central ante la atónita mirada de los presentes. Llegaron al jardín, donde Elliot la depositó dulcemente en uno de los bancos que estaba rodeado de inmensos árboles y arbustos plagados de flores. Ella seguía sollozando sin poder hablar cuando vio que se sentaba junto a ella y le acariciaba lentamente la mano que descansaba sobre su regazo. Miles de sensaciones se adueñaron de su cuerpo, su corazón latía desenfrenado, sentía un cosquilleo en el estómago y tenía el pulso acelerado... y todo por un simple roce de la mano de Elliot. Tras dar una larga inspiración se atrevió a mirarle, pero él estaba concentrado, acariciando su mano. Cuando sintió cómo ella clavaba en él su mirada, él dirigió la suya hacia la pelirroja. Permanecieron mirándose sin hablar, observándose minuciosamente el uno al otro como si no se hubiesen visto en años, sintiendo que el gran amor que habían sentido seguía ahí, en el lugar donde lo habían dejado. Elliot, sin embargo, rompió la conexión y se levantó caminando unos pasos al frente mientras que ella lo veía alejarse de ella.

—¿Por qué has venido, Sarah?

—Yo... no sé ni por dónde empezar... —Comprendía la sorpresa de él, pues lo último que él sabía de ella era que estaba feliz junto a Joseph y que no quería saber nada más de su relación. Pero debía intentarlo, poco a poco fluirían las palabras—: Tal vez lo primero sea saber si ya eres sacerdote —preguntó temblando de emoción y nerviosismo ante la respuesta.

—¿De veras te importa? —Oyó que decía, aún dándole la espalda. Estaba enfadado, así que no iba a ser tan fácil como pensaba.

—Claro que me importa. Si no, no lo habría preguntado.

—¿Qué haces aquí?

—Venir a por ti —contestó Sarah muy segura de sus sentimientos y su principal objetivo: Elliot. Notó cómo suspiraba y agachaba la cabeza para darse la vuelta y mirarla.

—Sarah, créeme que no entiendo nada. ¿Ya no quieres jugar a las casitas con tu marido? Porque eso fue lo que me dijiste. ¿Venir a por mí? Me dejaste muy claro en tu último correo que sólo habíamos vivido un sueño. ¿A qué estás jugando? —Era totalmente comprensible. Joseph se las había apañado para que pareciera que la propia Sarah era la que cortaba de raíz con Elliot infligiéndole un gran dolor, pero ella estaba allí para solucionarlo. Al menos, le daría todas las explicaciones que fueran necesarias. Se levantó del banco con intención de acercarse, pero él dio un paso atrás rechazando su cercanía. Entonces, Sarah se detuvo y tomó otra dirección. Anduvo unos pasos, pues necesitaba moverse un poco antes de empezar a explicarle todo, se paró a unos metros de él y comenzó a hablar.

—Sé lo que piensas, que me fui porque no te quería realmente y que en cuanto llegué a mi casa volví a mi vida anterior con Joseph, al que, por cierto, te había dicho que no soportaba. Yo pensaría lo mismo si hubiera visto el correo electrónico que supuestamente te envié tras mantener aquella conversación con mi exmarido pues, efectivamente, nos hemos divorciado. Ya no soy la señora Button, soy simplemente Sarah Collins, la mujer enamorada que abandonó la misión con el corazón hecho pedazos al dejarte libre para que cumplieras con tu compromiso con el seminario pensando que era el camino más fácil. Pero, ahora, con el tiempo, me he dado cuenta de que no era lo más fácil. Si fuera así, tú habrías continuado con tu vida en la misión sin sentirte miserable y yo habría optado por seguir junto a Joseph, sin más.

—¿Cómo que no estás con él? Eso no puede ser, él mismo fue quien me lo dijo y leí el correo que me enviaste. ¿Por qué me engañas? —Esto no iba nada bien, Sarah optó por acercarse a él aunque no quisiera y así lo hizo. Elliot seguía reticente a estar tan cerca, pero no pudo hacer nada cuando tiró de su mano y lo sentó junto a ella en el banco. Aquello iba a ser largo así que lo mejor era sentarse.

—Al volver, lo primero que hice fue ver a mi padre. Ya está bien, pero lógicamente ha quedado afectado, aunque no tanto como podría haber sido. Ahora recibe en casa rehabilitación y va haciendo progresos despacito.

—Me alegro mucho, Sarah, de verdad. —Ella lo miró con aquella sonrisa de tonta enamorada que había vuelto a instalarse en su cara sin apenas darse cuenta.

—En cuanto a Joseph, sí que intentó que volviésemos juntos, pero zanjé todo eso. Ya no lo aguantaba más, era la misma vida de la que había huido y volvía a estar atrapada en ella. Tras mucha insistencia se lo dejé claro, firmamos los papeles y estamos divorciados, pero antes de eso habló contigo por teléfono haciéndote creer que habíamos vuelto. Y en cuanto al correo, hace años le di mi usuario y contraseña para arreglar unos asuntos, y parece que desde entonces lo tenía guardado, por eso pudo escribirte en mi nombre.

Elliot no podía creer lo que le estaba contando, pero en sus ojos había sinceridad. Quizá todo había sido una treta de su exmarido para separarlos definitivamente que, por cierto, había resultado.

—No me puedo creer lo que me estás contando, parece más una película que la vida real.

—Pero es lo que pasó realmente. Además, me he reconciliado con mi familia. Eso ha sido lo mejor de todo, Elliot. He vuelto a conectar con ellos, volvemos a ser una familia como hace años. Hablamos y nos perdonamos mutuamente por todo lo que hemos pasado unos y otros. Mi hermano Robert se ha casado con una chica que se llama Cynthia y que es estupenda, van a ser padres y están... si los vieras, Elliot. Y con mi madre la relación también ha mejorado muchísimo. Cuando les conté que venía aquí, al principio les costó entenderme pero en otro tiempo habría sido causa de ruptura total. Ahora, después del trance que hemos vivido con lo de mi padre, la vida nos ha cambiado a todos y tenemos otra perspectiva, es como si valoráramos lo que de veras importa. No sé si me entiendes.

Claro que la entendía, la vida del médico cambió el día que Sandra murió y volvió a hacerlo cuando descubrió que estaba enamorado de aquella pelirroja que le quitaba el aliento. Sarah tragó saliva y volvió a hacer la pregunta vital:

—Aunque nada de esto tiene verdadera importancia en este momento para mí, si me dices que ya te has ordenado sacerdote me marcharé sin mirar atrás y no volveré a molestarte nunca. Si esa ha sido tu decisión la respetaré aunque me duela terriblemente. —Cerró los ojos un momento y se levantó para respirar, pues otra náusea le subió por el esófago angustiada por lo que pudiese responderle—. Pero si me dices que aún no lo has hecho no me iré de aquí hasta que consiga convencerte de que eres el hombre de mi vida, vendré día tras día a convencerte de que sin ti no puedo vivir porque tú me ayudaste a volver a ser yo y de que siempre has sido tú, que sólo tú me has amado, entregando el corazón y el alma en cada beso, cada caricia y cada sonrisa que me has dedicado...

Elliot eliminó la distancia que los separaba y en apenas dos pasos volvía a estar frente a ella mirándola como la había mirado en Obandé tantas veces. Ella lo miró frunciendo el ceño, pues aún no había terminado de hablar, pero antes de poder hacerlo, él la besó. La besó con desesperación, necesitado de ella, expresando aquel amor sin medida que sentían el uno por el otro y sin ser capaces de contenerlo por más tiempo. Se besaron porque se amaban y porque no había nada ni nadie que pudiera separarlos. Se retiraron apoyando la frente uno en el otro solamente para tomar aire, pero Elliot aprovechó para hablar mientras su respiraciones se acompasaban.

—No vuelvas a dejarme nunca, casi no sobrevivo. —Sarah puso las manos en su pecho queriendo separarlo unos centímetros de ella para poder pensar con claridad, necesitaba saber la verdad pero si seguían besándose de aquella manera no iba a conseguirlo.

—Espera, espera, necesito saberlo Elliot. Dímelo.

—No, pelirroja. No me he ordenado sacerdote. Al llegar de la misión me vieron tan perdido que me han concedido un tiempo de reflexión. Vivo aquí con ellos, mientras sigo con mis estudios, pero no me he ordenado.

—Entonces tú... ¿vas a hacerlo? —La doctora sintió que tras el beso tan intenso que se habían dado se le volvería a romper el corazón.

—Antes de que llegaras estaba planteándomelo. Al fin y al cabo no tenía nada, tú estabas feliz con Joseph en tu vida de alta sociedad, adaptada y comenzando de nuevo, tal y como él me había dicho. ¿Qué me quedaba a mí? Tan sólo recuerdos de lo que compartimos y el corazón destrozado, pero ahora has venido a buscarme y me has dicho justo lo que llevo soñando durante semanas, que me amas, que luchas por mí y que tú lugar está a mi lado.

Sarah sintió el rostro húmedo, estaba llorando sin darse cuenta. Elliot le limpió las lágrimas mientras la abrazaba y la besaba sin descanso. Parecía que nunca se hubieran besado de aquella manera, sintiéndose tan suyos. Al principio, Sarah sólo respondía a sus besos porque estaba demasiado emocionada tras escuchar sus palabras, pero al poco tiempo comenzó a besarlo acariciándole la cara, agarrando su oscuro pelo con pasión, temblando con cada suspiro y cada gemido que se les escapaba, recordando el sabor del otro, respirando por fin porque ya estaban juntos sin que nada lo impidiera. Solamente se separaron cuando oyeron un carraspeo tras ellos: era el hombre que se había sentado en el banco con ella y le había indicado dónde estaba el baño unos momentos antes. Elliot la seguía teniendo abrazada a su cuerpo, sin dejarla casi respirar, y ella estaba tan encantada que lo tenía igual de sujeto.

—Supongo que esta es tu decisión final —murmuró aquel hombre mirándoles muy serio. La doctora no se había parado a pensar en que quizá no fuera tan fácil irse sin más, teniendo en cuenta el compromiso que había adquirido en el seminario. Miró a Elliot para volver a fijar su vista en el otro hombre con la mirada asustada, pero al ver cómo aquellos dos se reían, se tranquilizó, aunque no comprendía nada. Se acercaron mutuamente hasta estar frente a frente.

—Cariño, te presento a mi amigo William.

30

Por un momento, sintió que se iba a caer al suelo redonda. Llevándose una mano al pecho sonrió como ellos y exhaló un suspiro de tranquilidad. Extendió su mano y estrechó la del sacerdote amigo de Elliot.

—Así que tú eres Sarah, es un placer. Espero que te encuentres mejor después del episodio del baño. —Oh, eso. Aún no le había contado nada a Elliot y allí, con su amigo delante, no le parecía lo más adecuado ni era lo que había planeado, pero pronto tendría que hacerlo pues este la miraba preocupado.

—¿Qué te ha pasado en el baño?

—Nada, nada. Luego te lo cuento —susurró en el oído de Elliot provocando un ligero temblor por todo su cuerpo—. Es un placer conocerte, William, Elliot habla maravillas de ti —le dijo al sacerdote que seguía allí con ellos.

—Lo mismo digo. No sabes cuánto me alegra que hayas venido a buscarle. Si no llegas a hacerlo, juro que le hubiese mandado encerrar. Desde que llegó se gasta un humor de perros. Eso cuando no está deprimido y llorando por las esquinas. —Elliot le dio en el brazo con el puño lo que provocó la risa de Sarah—. Vale, vale. Ya os dejo aunque, amigo mío, tendrás que comunicar tu decisión cuanto antes, no os vayan a encontrar aquí de esta manera y sea peor.

Se giraron tras despedir a William y pasearon por aquel precioso jardín hablando de lo que había pasado en Obandé tras su marcha, de cómo ella había llegado a pensar que había muerto y lo mal que lo pasó, de sus vidas en Boston y en el seminario respectivamente... Pero, entonces, Sarah pensó que había llegado el momento de contarle toda la verdad. Le hizo sentarse en otro banco que encontraron junto a una pequeña fuente donde había peces de colores.

—Respecto a lo del baño, verás, es que llevo encontrándome mal desde hace un tiempo.

—¿Estás enferma? —La miraba asustado mientras le tocaba la mejilla con el dorso de la mano. Ella cerró los ojos ante ese tierno contacto, ladeando la cabeza por un momento queriendo perderse en ese instante.

—Nada de eso, aunque tal vez prefieras antes hablar con la gente del seminario. Nosotros podemos seguir con esta conversación más tarde...

—Sarah... ¿Por qué me da la sensación de que tienes miedo? Estoy aquí, cariño, no me voy a ir a ningún sitio, habla conmigo. —Y ante aquella respuesta que derritió su corazón al igual que lo hacían sus ojos cada vez que los posaba en ella, le miró con el amor que fluía por cada vena y poro de su piel y se lo dijo.

—Estoy embarazada.

Elliot la miró por un momento sin mostrar ninguna expresión, lo que hizo a Sarah temer que quizá no le gustara la idea. Entonces, él posó una mano en su abdomen temeroso como si fuera a quemarse por el contacto y aunque aún era demasiado pronto para que se le notase, sonrió como si estuviese tocando una abultada tripa. Ella llevó una mano a su cara retirando un mechón de pelo tras su oreja y acarició su rostro. Por su mirada, sabía lo que estaba sintiendo pero necesitaba escucharlo de sus labios.

—¿Estás contento? —Sin dejar de mirar donde tenía puesta la mano le contestó.

—Contento, no, estoy emocionado. —Pasaba su mano por su abdomen con los ojos vidriosos, ella le acercó hasta su boca y se besaron con dulzura. Elliot la miraba mientras tocaba su tripa. Ahí estaba su hijo, aquel que habían creado con tanto amor y que en unos meses saldría de su vientre para comenzar una nueva vida junto a ellos.

—Por un momento he sentido miedo —dijo Sarah sin apartar la vista de él, que frunciendo el ceño le preguntó el motivo—. Al decírtelo te he visto tan serio que he pensado que tal vez no quisieras tener hijos, después de lo que te pasó con tu mujer…

—No, cariño, el pasado quedó atrás. A partir de hoy vamos a vivir esa nueva vida que lleva meses esperándonos porque ya es hora, ¿no crees? —Ella asintió con la cabeza al mismo tiempo que volvían a fundirse en un beso lento y delicioso. Elliot quería darle seguridad con aquel beso, hacerle saber que eran dos personas que habían renacido tras una vida que les había deparado sufrimientos, angustias y penas. En África, donde se habían conocido y entregado el uno al otro en cuerpo y alma, habían resurgido de las cenizas. Ya no había soledad, ni miedo, ni dudas, ni siquiera dolor.

Estaban juntos por fin y, desde ese momento, enfrentarían al mundo con la mejor de las sonrisas. Cogidos de la mano pasearon por el parque hasta que Elliot metió a Sarah en un taxi de vuelta al hotel. A ella le costó mucho no quedarse junto a él, pero dar la noticia era cosa suya. Tendría que explicar muchas cosas antes de abandonar el seminario y a él le costaba lo mismo separarse de ella, pero era lo correcto en ese momento. Sarah estuvo durante horas dando vueltas por el hotel, no le apetecía hacer turismo ya que conocía de sobra la ciudad debido a los viajes que había hecho con su familia.

Aprovechó el tiempo para hablar con Nic, con la que lloró tras contarle todo lo que había pasado. También llamó a su madre y se pasó otro rato llorando, mientras escuchaba su voz rasgada, presa de la emoción del momento. Nunca pensó que pudiera tener una conversación de aquel tipo con ella pero así fue. Y, por último, habló con su hermano Robert. Sabía que le había dicho que entendía su decisión, pero quería que supiera lo mucho que se amaban Elliot y ella y que era del todo necesario que estuvieran juntos. Le costó una tercera llorera, pero al colgar se sintió aliviada y feliz.

Ya de noche, alguien llamó a la puerta de su habitación del hotel, estaba medio dormida sobre la cama. Al principio pensó que era la televisión, pero cuando golpearon con más insistencia se dio cuenta de que se trataba de su puerta. Con los ojos medio abiertos se levantó y fue a abrir. Al otro lado de la puerta, se encontró con que su sueño se había hecho realidad. Allí estaba Elliot, con la misma ropa que llevaba por la mañana, llevando una maleta y mirándola como si la viese por primera vez mientras sonreía con aquellos ojos profundos que la envolvían en un mar de bienestar y calma.

—Por fin vuelvo a casa –le dijo antes de lanzarse hacia ella y besarla. Entraron adentro arrastrando la maleta que dejó abandonada en cualquier lugar de la habitación, qué importaba eso.

Elliot jadeaba contra su boca, abrazándola como si se le fuera a escapar en cualquier momento. Notaba su lengua buscando la de él, jugando, danzando como si fueran de fuego y se abrasaran debido a la pasión. Se apartaron un momento para mirarse a los ojos mientras se tocaban la cara y se daban miles de besos por el rostro y el cuello. Sarah cerró los ojos al sentir las manos de él descender por su espalda, pero ella no se detuvo e hizo lo propio bajando sus manos hasta llegar a los glúteos de Elliot y se aferró apretándose contra él para sentir toda su excitación contra el abdomen. Él no lo resistió más y la dejó delicadamente sobre la cama como si fuera algo muy frágil que debiera cuidar y proteger con todo su cuerpo.

En los ojos de Elliot vio lo mismo que desprendían los suyos, deseo contenido de tanto tiempo que iba a estallar en cualquier momento. Sarah estaba tendida en la cama, anhelante y deseosa de entregarse de nuevo a él. Elliot se puso de rodillas quitándose la camisa con lentitud, disfrutando al ver cómo ella empezaba a desesperarse. Hizo lo mismo con los pantalones, pero tuvo que detener a Sarah que quiso quitarle la ropa interior. Iban a ir despacio, él quería que aquel momento permaneciese en su cerebro para siempre, como una imagen preciosa que atesorar.

Le deslizó el vestido de tirantes blancos por sus hombros sacándoselo con sumo cuidado. Se deshizo de la ropa interior de ambos. Quedaron desnudos y poseídos por la fiebre del placer. Volvió a tumbar a Sarah en la cama y comenzó a jugar con ella, primero chupando y lamiendo sus pezones hasta que estuvieron duros debido a la excitación, mientras ella se agarraba a la almohada desesperada por el contacto de su lengua con sus pechos. Una vez se hubo saciado de ellos, descendió por su cuerpo dejando un reguero de besos. Ella podía sentir su aliento y cómo rozaba su piel hasta llegar al abdomen donde habitaba su hijo. Entonces besó su vientre con mayor intensidad mientras sentía que el corazón se le iba a salir del pecho. Sarah se dio cuenta del significado de ese beso y le acarició el pelo con un gesto tierno que chocaba con la pasión del momento.

Continuó el descenso hasta llegar a su zona íntima donde se entretuvo torturándola largo rato, lamiendo, chupando, disfrutando de aquel sabor tan familiar que no había olvidado. Sarah levantó las rodillas incapaz de estarse quieta, pero entonces Elliot le sujetó las manos mientras seguía deleitándose con aquel manjar hasta que ella convulsionó de placer con los ojos cerrados. Al abrirlos vio cómo soltaba sus manos y se posicionaba para entrar en su interior mientras la castigaba acariciándola suavemente con su miembro. Elliot se acercó a esos labios que tanto placer le daban y la besó a la vez que la fue penetrando lentamente. Tenía miedo de hacerle daño ahora que estaba embarazada. Medía la fuerza de cada embestida acompasándola con cada beso hasta que los suspiros agónicos de ella pudieron con todo su aguante y la penetró por completo fusionándolos en un solo ser.

Emprendieron un baile de caricias y lentas embestidas combinadas con otras más enérgicas y profundas, así como besos, lametones, mordiscos, gemidos... Sarah pensaba que no era posible sentir tanto placer, pero allí estaba Elliot para demostrarle lo equivocada que estaba. Justo antes del clímax se abrazaron con fuerza sin dejar un solo centímetro entre ambos notando cómo sus cuerpos se licuaban en oleadas de placer al instante. Él cayó sobre ella apoyándose en un brazo para no aplastarla con su peso a la vez que trataban de apaciguar sus respiraciones. Salió de ella y se tumbó a su lado enredado aún en sus brazos que no querían dejarle ir por nada del mundo.

Elliot la miró para comprobar que se encontraba bien y al ver la sonrisa en sus labios, él también sonrió; ella, entonces, giró la cabeza para encontrarse con aquellos ojos castaños que tanto la enamoraban conectando sus miradas y sintiendo que un hilo invisible pero resistente les unía: ese hilo era el inmenso amor que se profesaban el uno al otro.

—Te amo —dijo él intentando acompasar todavía su agitada respiración. Ella sonriéndole le contestó.

—Yo te amé desde la primera vez que te vi. Te amé desde que mi mirada se perdió en tus ojos... —respondió Sarah, sintiendo cómo su amor salía de su cuerpo viajando por el aire hasta llegar a él.

—Cállate y bésame —le dijo él atrayéndola hacia sus labios.

31

Despertarse al lado de Elliot era con lo que Sarah llevaba soñando durante todo el tiempo que habían estado alejados. Al principio le costó reconocer dónde estaba, abrió los ojos frunciéndolos, pues la luz se colaba por la ventana del lateral y le molestaba, pero al mirar al otro lado de la cama todo volvió a su mente: San Francisco, Elliot llevándola en brazos por el pasillo, la conversación en el jardín con la posterior sesión de besos, palabras y caricias, la noche en la habitación tras verlo en el umbral de su puerta decidido a asegurarle que ella era el lugar donde quería permanecer el resto de su vida... Todo había sucedido realmente y no era un sueño. Elliot estaba junto a ella durmiendo tranquilo. Estaba bocabajo con la cabeza ladeada mirando hacia la ventana. La sábana le tapaba a partir de la cintura dejando su fuerte espalda al descubierto, lo que Sarah aprovechó para rozarle con los dedos y provocar que su piel se erizara al instante. Elliot se removió y emitió algún que otro gemido antes de girarse y encontrarse con los ojos de ella que le observaban.

—Buenos días —dijo Sarah riendo abiertamente. Los labios del apuesto médico se curvaron en una sonrisa antes de asentir con la cabeza, pues aún estaba somnoliento y no podía hablar.

Ella se rio y comenzó a darle pequeños besos por toda la espalda haciéndole cosquillas hasta que no aguantó más y se dio la vuelta y la atrapó entre sus brazos, y sentándola en su regazo comenzó a besarla con pasión.

—Vaya si son buenos —murmuró en su boca al dejar de besarla un momento. Ella se quedó allí apoyando su cabeza en la de él, disfrutando del aroma a recién levantado de aquel hombre escultural. Estuvieron así un rato, en silencio, tan sólo disfrutando el uno del otro hasta que Sarah tuvo que hacer la primera parada obligatoria en el baño. Odiaba los vómitos matutinos pero parecía que era lo que tocaba en el primer trimestre. Dios quisiera que a partir del segundo eso no sucediera. Oyó cómo Elliot se acercaba enseguida y comenzó a masajearle la espalda intentando aliviarla un poco. Al acabar se lavó los dientes y de la mano del preocupado médico volvieron a la cama un ratito más.

—Parece que a tu hijo no le gusta que retenga nada en el estómago por las mañanas —comentó Sarah tocándose la barriga con una mano y la frente con la otra, tumbada a lo largo en la cama.

—O hija, no lo olvides. Lo siento, cariño, ¿hay algo que pueda hacer por ti? ¿Pido una manzanilla o un té? —Al oír aquello, ella se llevó la mano de la frente a la boca reprimiendo otra arcada. Cuando se serenó volvió a hablar.

—No me hables de comida en un rato, por favor.

Elliot afirmó con la cabeza muy serio, mientras le acariciaba un muslo cariñosamente. La noche anterior había sido fabulosa, pero no habían hablado de lo que había sucedido en el seminario y ella estaba un poco angustiada. Se incorporó en la cama y, sentada, que era la posición más cómoda para retener algo en su revuelto estómago, empezó con el interrogatorio.

—Elliot, ¿qué pasó ayer cuando te dejé en el seminario? ¿Has podido solucionarlo todo?

—No te preocupes por eso ahora —respondió sin mirarla, muy concentrado en acariciarle sus largas piernas.

—¿Cómo no me va a preocupar? Cariño, ibas a ser sacerdote. Supongo que mucha gracia no les habrá hecho que te vayas sin más ¡Venga, cuéntamelo! —le pidió agarrándole de las manos impidiendo que continuara tocándola pues no podría aguantar mucho más si él seguía distrayéndola y se lanzaría de nuevo a hacer el amor con él.

—Está bien, pelirroja. Pues, efectivamente, gracia no les ha hecho, pero mi caso es un poco especial porque no llevo años como otros compañeros, y William ha intercedido mucho por mí, así que hice mi maleta y me fui. Eso es todo, no hay nada por lo que preocuparse. Esa cabecita tuya ya se está imaginando cosas raras ¿a qué sí? –Esto último se lo dijo dándole con el dedo índice en la frente y no le sobraba razón pues Sarah se temía lo peor. Por suerte no había habido consecuencias, así que le había quitado un peso de encima al escuchar aquello y decidió que lo mejor que podían hacer era celebrarlo, al menos durante un rato.

*

Tras la celebración que duró al menos una hora larga, se ducharon y vistieron para ir a desayunar y comprar los billetes de vuelta a Boston. Pasearon por el soleado San Francisco y tras ingerir una cantidad indecorosa de comida, especialmente Sarah, que tan pronto vomitaba como comía sin parar, acudieron al aeropuerto donde compraron los billetes que les llevarían a Boston. Sarah avisó a Nicole y a su madre de la hora de llegada de su vuelo y Elliot habló por teléfono con sus padres para hacer lo mismo. Estos querían que se quedara con ellos en su casa, pero él les dijo que ya habría tiempo de verse y hablar. Había tanto que contar que no sabía por dónde empezar. Deambularon unas cuantas horas por el recinto mientras esperaban la salida de su vuelo y visitaron varias tiendas de ropa y recuerdos. Elliot se empeñó en comprar uno de esos imanes con dibujitos y el nombre de la ciudad para ponerlo en la nevera como símbolo del comienzo de su nueva vida al igual que cuando se pone una primera piedra al comenzar a construir un edificio. Sarah se rio ante semejante ocurrencia, pero al ver que él la miraba enojado por haberse reído, le dio la razón y se lo llevaron. Unos cuantos arrumacos después consiguió que se le pasara el enfado y tras pasearse por otras tantas tiendas llegó la hora de subirse al avión rumbó a Boston. Cuando aterrizaron, Sarah se sorprendió mucho al encontrarse a Nic con Kenneth en la puerta de llegadas que había ido a recogerlos. Nada más verla, su amiga se quedó tranquila, ya que su rostro reflejaba lo que llevaba tiempo sin ver en ella: una felicidad plena.

De la mano de Elliot, llegó al punto donde estaban esperándolos y Sarah y Nic se abrazaron y murmuraron palabras que solo ellas pudieron escuchar, pero que estaban cargadas de afecto y apoyo. La joven doctora saludó a Kenneth y les presentó a Elliot a ambos.

—Así que tú eres el médico guapo que ha conquistado el corazón de mi querida Sarah —dijo Nicole estrechando la mano del atractivo doctor que la miraba sonriendo deslumbrándola con su encanto.

—Gracias por lo de guapo, sí, me temo que soy yo. —Mientras Kenneth se presentaba a Elliot y conversaba un poco sobre el viaje, Nicole aprovechó para darle su opinión a su amiga.

—No me extraña que se te cayera la baba, hija, se me está cayendo a mí. —Su amiga se rio pero le dio la razón, pues sabía que era afortunada de tener a un hombre como él a su lado. Caminaron hacia el exterior donde tenían aparcado el coche que les llevó al apartamento de Sarah. Antes de cruzar la puerta, al llegar al umbral, Elliot la agarró del brazo haciendo que ella se girase para mirarle confundida.

—Ahora es cuando tengo que entrar contigo en brazos ¿no?

—Eso es cuando te casas.

—Ah ¿y nos vamos a casar? —preguntó a Sarah que lo estaba mirando desde la puerta con cara de pocos amigos.

—Pues no sé, ¿es que tú no quieres? —le preguntó con miedo, pues nada la haría más feliz. Con un brillo maligno en sus ojos, Elliot tiró del brazo por el que la tenía cogida y la alzó en sus brazos cruzando el umbral con ella. Una vez dentro y sin dejar de mirarla le respondió.

—No hay nada en este mundo que desee más que hacerte feliz. —No hizo falta nada más para que Sarah se emocionara y sin bajarse de los brazos de aquel hombre lo besara mientras sollozaba entre beso y beso, ya que con el embarazo estaba más sensible de lo habitual. Él la abrazó más fuerte contra sí queriendo aliviar su llanto que poco a poco se fue calmando. La dejó en el suelo y metió las maletas dejándolas en una esquina del salón. Ella lo llevó por el apartamento enseñándole la casa en la que había vivido desde que dejó el hogar familiar. No habían hablado de dónde vivirían, simplemente, él fue allí con ella dando por hecho que ese sería su hogar, aunque Sarah dudaba si querría volver a su casa. En la cena hablaron de ello entre otras cosas.

—Elliot, ¿dónde está tu casa? Quiero decir ¿dónde vivías con Sandra?

—Vivíamos a las afueras, en una casa que le regalaron sus padres. ¿Por qué?

—Bueno, estaba pensando que quizá tengamos que buscarnos una casa para vivir y yo quiero que estés cómodo. Si no te gusta el apartamento porque es pequeño, podemos buscar otra cosa que también te guste a ti –titubeó Sarah.

—Me gustas tú –le dijo antes de darle un beso rápido en los labios.

—Hablo en serio, Elliot, no hemos hablado de nada y yo no sé…

—Yo también hablo en serio, ¿qué no sabes, cariño? A ver, mira… –le dijo mirándola mientras acariciaba su cara con una mano y con la otra agarraba firmemente su mano– …lo más importante es que estamos juntos, lo demás ya vendrá, despacio, con el tiempo, un paso tras otro ¿vale? –Tenía razón, habían conseguido estar juntos después de muchos meses de lucha, dudas y amor desbordado. Poquito a poco irían conociéndose más a fondo, decidirían dónde vivir, conocerían a sus familias, decorarían la habitación de su hijo… Pero todo era cuestión de tiempo porque ya se sabe que el tiempo pone cada cosa en su lugar.

32

Y así fue como pasaron los días y poco a poco se fueron adaptando a su nueva vida. Elliot mudó sus cosas al apartamento y volvió a ver a los padres de Sandra para darles las llaves y despedirse de ellos. Ese fue un día duro para él, pero quiso hacerlo solo. Únicamente le permitió a Sarah acompañarle y esperarle en el coche hasta que terminara. Cuando salió de la casa que había compartido tanto tiempo con su mujer se vino abajo, especialmente, por recordarla, ver sus cosas y hablar con sus padres, eso fue lo más difícil. La madre de Sandra era la viva imagen de su mujer fallecida y verla fue un gran impacto que le provocó un vuelco el corazón. Elliot les pidió perdón por no haber ido esa noche con ella en el coche. Pero ¿de qué servía lamentarse? «El destino de cada uno está escrito y nada se puede hacer para cambiarlo», le había dicho la madre de Sandra. Lloró con ellos, recordaron momentos divertidos, felices e incluso imaginaron lo que pudo ser y no sería. Les contó todo lo ocurrido tras su muerte, el seminario, la misión, Sarah… Se sentía incómodo y egoísta al hablarles de su amor por Sarah pero quería despedirse siendo completamente sincero. Al contrario de lo que él pensaba, lo entendieron e incluso le animaron a seguir adelante con aquella mujer.

—La vida te ha dado una segunda oportunidad y no podemos enfadarnos contigo sólo porque a nuestra hija no se la dio. Ella querría que continuases con tu vida.

—Mi mujer tiene razón. Nuestra pequeña nos abandonó llevándose al que pudo ser nuestro tesorito —dijo el padre de Sandra quebrándosele la voz—, pero tú no has muerto, te mereces tener una vida plena, y si es con esa mujer, adelante, hijo.

La enorme generosidad y comprensión de aquellos padres que habían perdido a su hija conmocionó a Elliot y no pudo más que abrazarles agradecido y emocionado. Tras despedirse finalmente de ellos se dirigió al coche donde su futuro le esperaba. A Sarah se le encogió el corazón al verlo tan destrozado. Cuando se sentó en el asiento del copiloto se encogió apoyando los codos en las piernas y se cubrió la cara ahogando los sollozos. Sarah le acarició el pelo haciéndole saber que estaba allí, a su lado. Cuando se calmó un poco la miró con los ojos llenos de lágrimas, esos ojos en los que le encantaba sumergirse y que ahora brillaban más por el llanto.

—Necesito ir a un sitio. —Cuando Elliot le dijo el lugar sintió un pellizco en el estómago. Pero al ver la desesperación en su rostro, simplemente asintió con la cabeza y arrancó el coche. Por él iría al fin del mundo.

Cuando llegaron al cementerio central de Boston, estaba más calmado. Mientras conducía, Sarah le agarraba la mano para que sintiera su apoyo. Estaba sufriendo por él al verlo tan abatido pero ese había sido su deseo y debía respetarlo. No sabía si bajarse del vehículo así que esperó a que él lo hiciese primero. Se bajó, rodeó el coche y comenzó a andar entre las lápidas que llenaban el suelo. Ella fue tras él a una distancia prudencial. Sin tardar mucho, llegaron a una lápida grande y blanca donde se podía leer el nombre de Sandra Savannah y la fecha de su nacimiento y su muerte. Había unas flores silvestres frescas encima de la tumba, seguramente de sus padres o de algún amigo que las había depositado allí hacía poco tiempo. Elliot tocó la lápida girándose hacia Sarah.

—¿Te importa? –Queriendo decirle que quería un poco de intimidad en aquel momento. Ella afirmó con la cabeza y le respondió sonriéndole aunque sentía que era forzado.

—Claro, estaré por aquí. –Y se retiró unos pasos de él.

—Sarah –la llamó haciendo que se diera la vuelta apenas un par de pasos después–, gracias.

Ella le sonrió y se alejó un poco más para que él tuviese la intimidad que necesitaba en ese instante. El médico volvió a mirar hacia la lápida que estaba tocando y sonrió con tristeza.

—Hola, cariño. Sé que hace mucho que no paso por aquí pero no creas que me he olvidado de ti. He estado... ocupado. Cuando te fuiste me quedé tan solo, tan vacío que no sabía qué hacer. Si no hubiese sido por William no sé qué habría sido de mí... Sí, como siempre tenías razón y es el mejor amigo que puedo tener. Me quedé sin esperanza aquella noche que te fuiste llevándote a nuestro hijo contigo. Quiero pensar que estás en un lugar mejor cuidando de nuestro pequeño hasta que yo me encuentre con vosotros, si Dios quiere, dentro de muchos años.

A pocos pasos de Sarah se estaba celebrando un funeral y para dejar a aquella gente que despidieran a su ser querido sin extraños cerca, se acercó algo más a Elliot. Desde aquella distancia podían escuchar a la cantante entonar el *Hallelujah* mientras los congregados alrededor del féretro iban dejando cada uno una flor. Podía escuchar cada palabra que pronunciaba Elliot y tuvo que hacer verdaderos esfuerzos y morderse la lengua para no llorar a su espalda.

—No sé cómo seguir porque sé cuál es el final, y es tremendamente doloroso, pero así debe ser. Tú te marchaste aquella noche dejándome sumido en una tristeza absoluta. Pensé que el dolor me mataría y no podría volver a vivir pero mi vida ha seguido sin ti. Cada mañana ha vuelto a amanecer y poco a poco he aprendido a recibir cada día, buscando algo que me mantuviera atado a la vida y no me hiciera irme tras de ti. Lo conseguí, Sandra. Te prometo algo antes de irme, pues espero que comprendas que voy a seguir con mi vida y no podré volver aquí. Pero, antes de eso, te prometo retener tu sonrisa en mi mente por un instante, recordarte feliz cuando llegaba a casa y me recibías con la cena preparada a pesar de que se te hubiese quemado casi todo. Me acordaré de tus besos cálidos y tus abrazos serenos. Te prometo que no te olvidaré, porque nunca se olvida a una persona a la que se ha querido, simplemente se aprende a vivir sin ella, pero ahora todos esos momentos se tienen que ir con este adiós.

A Sarah se le escapó un gemido de la garganta, ya no soportaba más seguir allí de pie. Elliot se dio la vuelta y extendió su mano para que se acercara. Firmemente agarrados de la mano estuvieron delante de la lápida de Sandra unos minutos en silencio. Sólo se oía a la cantante y los sollozos que Sarah trataba de reprimir inútilmente.

—He conocido a alguien que me ha devuelto a la vida, Sandra, y ella se merece que yo esté vivo. Sé que no habrías querido que me quedara solo y deprimido el resto de mis días. Ella me hizo renacer en aquel pueblo perdido de la mano de Dios donde el dolor y la pérdida suceden a diario. Fue la persona que me sacó del estado en el que me encontraba, le debo tanto... Ella ha sabido amarme y darme mi tiempo hasta que fue inevitable reconocer los sentimientos, pero sé que lo entenderás. Siempre te querré, cariño. Cuida de nuestro angelito, sé que los dos velareis por mí siempre como habéis hecho hasta ahora enviándome a Sarah... Ahora tengo que marcharme con ella, comenzar una vida nueva y ser todo lo feliz que ella y el pequeño que está en camino se merecen, al igual que yo. Gracias por permitirme estar junto a ti. Volveremos a vernos ángeles míos, adiós.

Elliot besó la lápida y de la mano de Sarah se marchó de allí con las lágrimas cayendo por su rostro, mientras ella lo abrazaba con la otra mano, sollozando también. Al llegar al coche él se abrazó fuertemente a Sarah, a la que pilló por sorpresa. Ella lo acomodó en su hombro y lo permitió desahogarse todo el tiempo que necesitara. Permanecieron así un largo rato hasta que Elliot se calmó y pudieron subir al coche y volver al apartamento, ahora sí, a comenzar una nueva vida.

33

La semana pasó deprisa mientras Sarah y Elliot se iban adaptando a su nueva rutina diaria. Ella volvió al hospital a trabajar mientras que él volvió a abrir la clínica que cerró cuando falleció Sandra y se marchó de la ciudad. Contrató a un equipo y las ganas de trabajar en su clínica regresaron con más fuerza que nunca, estaba lleno de proyectos que contaba a Sarah cada noche cuando se veían para cenar, si no tenían turnos y podían compartir ese tiempo juntos. Sarah lo veía radiante, como nunca antes, lo que la hacía muy feliz. Un fin de semana fueron a comer a casa de los padres de Elliot, después de que él previamente hablara con ellos y les contara todo lo que había sucedido desde que había dejado la ciudad. Ella estaba muy nerviosa pensando que no la iban a aceptar por no ser Sandra y es que, a veces, sentía que su fantasma los separaba, pero estaba completamente equivocada, y ese día se dio cuenta.

Llegaron poco antes del mediodía al hogar familiar de los Savannah. Era una casa sencilla con un pequeño jardín, un garaje, tres habitaciones, un salón comedor mediano, cocina y dos baños. Nada que ver con la ostentación de la casa de sus padres. Le resultó igualmente muy acogedora y cálida. Las fotos abundaban por todas las estancias, incluso había fotos de Sandra. La madre de Elliot era una mujer que rondaba los cincuenta años, no muy alta, delgada, pero con una expresión en el rostro muy dulce. Su padre era bastante parecido a él, de hecho, Sarah acababa de descubrir de dónde había sacado Elliot sus hermosos ojos castaños. Era un poco más alto que su esposa, llevaba gafas, tenía el pelo canoso y era de complexión más fuerte, aunque era igualmente encantador.

La comida transcurrió en un ambiente relajado y muy tranquilo, charlaron de cuando Elliot era joven, de la vida de Sarah, de cómo se conocieron y se enamoraron e incluso los padres de él contaron cómo se conocieron y cómo a los dos meses ya estaban casados. Aún se les veía tan enamorados que resultaba entrañable. En ningún momento hicieron mención a Sandra ni a la vida de Elliot junto a ella, ya no estaba en sus vidas, aunque a Sarah le preocupaba que Elliot la recordara, sobre todo después de lo que había visto en el cementerio. Al salir de la casa de sus padres, Elliot quiso saber si le ocurría algo, porque la veía muy seria.

—¿Estás bien, Sarah?

—Sí, cariño –le contestó ella distraída de camino al coche, pero él seguía mirándola preocupado pensando que se sentía mal debido al embarazo.

—Sarah, te conozco y sé que algo te sucede. Estábamos riéndonos hace apenas unos minutos y al salir te has puesto seria. ¿Es por el bebé? ¿Te mareas o tienes náuseas tal vez?

—Que no, que estoy bien –le dijo al llegar al coche, mientras esperaba que Elliot abriese el vehículo con el mando.

—¿Qué te parece si damos un paseo antes de volver a casa? Hace un día precioso y así te enseño un poco más el barrio donde crecí. –Ella no pudo más que sonreírle y tras decirle que sí caminaron por las calles repletas de vida, en las que los niños montaban en bici, jugaban a la pelota e incluso había familias haciendo barbacoas. Llegaron a un parque cercano con un enorme lago en el centro rodeado de bancos y árboles frondosos. Daba la sensación de ser un lugar mágico más que un parque en medio de una zona residencial. Elliot caminaba de la mano de ella hablándole de cada lugar por el que pasaban y ella intentaba sonreír, aunque no es que tuviera demasiado éxito. Ya en el parque se sentaron en uno de esos bancos frente al lago donde además de peces, había patos y algún que otro cisne. Al sentarse, Sarah se fijó en la placa que había en el respaldo del banco:

> En recuerdo de Eve y todos los sábados que disfrutamos en este banco, con amor Joe y los chicos.

Sarah tocó la pequeña placa que había en el banco en que se habían sentado imaginando que aquella mujer había vivido una vida plena, rodeada de amor junto a Joe y sus hijos y sintió una punzada de envidia al pensar que quizá ella no pudiese vivir eso con Elliot. Estaba muy conmocionada por lo sucedido en el cementerio y, a pesar de que no tenía dudas del amor que Elliot le profesaba, sentía que era un amor secundario, reemplazable, en cualquier caso.

—¿Estás bien? —le preguntó él al ver cómo tocaba la placa con aquel gesto serio como si estuviera conteniendo una gran emoción en su interior. Ella asintió y se dio la vuelta mirando hacia el lago.

—¿Crees que Eve y Joe fueron felices?

—Supongo que sí, si no la placa no estaría ahí —le dijo abrazándola mientras ella colocaba la cabeza en el hueco de su cuello.

—¿Le gustaba mucho este parque a Sandra? —preguntó ella.

—¿A Sandra? ¿Un parque? —se rio al oír la pregunta—. A ella no le iba la naturaleza, le encantaban el asfalto y la ciudad.

—¿Entonces no viniste nunca aquí con ella? —Quiso saber Sarah desprendiéndose de su abrazo y mirándole a la cara.

—No, nunca he traído a nadie más aquí. Desde jovencito me encantaba venir porque era mi remanso de tranquilidad, mi escondite, mi vía de escape. Aquí me relajaba mientras pintaba en un cuaderno o simplemente miraba al lago con el ruido del agua, las nubes dibujando formas en el cielo y el sonido de los pájaros, y era feliz.

—Suena precioso —contestó Sarah apoyada de nuevo en su cuello.

—¿Por qué pensabas que había traído a Sandra aquí?

—No sé... vi la placa y al estar cerca de la casa de tus padres... creía que era algo vuestro.

—¿Algo nuestro? –le interrogó Elliot mirándola a la cara. Sarah se incorporó y algo avergonzada por haber pensado lo que no era, miró hacia el lago.

—Ya entiendo, crees que su recuerdo sigue entre nosotros ¿verdad?

—Escuché lo que dijiste en el cementerio –le contestó mirándole de nuevo.

—Por eso me sorprende aún más, tú estabas allí. Viste lo que pasó, pero me temo que no lo comprendiste. –Ella lo miró sin entender nada con el miedo reflejado en sus ojos—. Sarah, me despedí de ella para siempre. Ahora comprendo. Al estar en casa de mis padres y ver que tienen fotos de ella te has sentido insegura y crees que no eres lo bastante importante para mí, y que tú eres tan solo una sustituta, ¿verdad?

Oírle decir aquello fue como si le clavaran un cuchillo en el corazón. Se levantó apretando los ojos con fuerza para no echarse a llorar. Caminó unos pasos hacia el lago que estaba realmente hermoso en ese instante con la puesta de sol. Las lágrimas se agolpaban en sus ojos deseando salir a toda costa, pero ella no quería llorar. Entonces, notó cómo Elliot se acercaba a ella, pero no la tocó:

—Sarah, le dije adiós para siempre. No podré olvidarla nunca ni dejaré de quererla, pero a quien amo con toda mi alma es a ti, a quien necesito a mi lado más que respirar es a ti, la que me devolvió a la vida fuiste tú y también con la que quiero pasar el resto de mis días.

Aquello fue demasiado y su llanto se descontroló, él terminó de dar el último paso que le alejaba de ella y la abrazó. Sarah se dejó abrazar, al poco se dio la vuelta y la tuvo apoyada sobre su pecho mientras la estrechaba fuertemente entre sus brazos.

—¿Cuándo te vas a dar cuenta de que eres tú y nadie más? –le dijo él subiendo su barbilla para conectar con su mirada segundos antes de besarla. Ella se dejó hacer, hasta que se encontró lo suficientemente fuerte como para besarlo con la misma pasión y devoción que él. Al separarse, ella le respondió.

—Pero no quiero que dejes de visitarla por mí, ahora te comprendo. Ella fue tu pasado y como tal siempre formará parte de tu vida, siempre la querrás. Yo soy tu presente y tu futuro y al igual que yo te amo, sé que tú también me amas. Son dos amores distintos, no tienes por qué renunciar a ninguno de ellos.

Elliot sintió que amaba más a aquella mujer en ese momento cuando entendió por fin que a Sandra la quiso con todo su corazón, que fue su amor de juventud y que con ella descubrió muchas cosas, pero con Sarah volvió a renacer del dolor, del sufrimiento, de la angustia... Ella le había dado un nuevo sentido a su vida y había sido el faro que le había guiado en aquel túnel oscuro en el que se había convertido su vida. Volvió a ser el hombre que era gracias a ella, gracias a que su amor fue un bálsamo que poco a poco sanó todas sus heridas.

34

Elliot seguía muy implicado con su clínica, mientras Sarah seguía al cien por cien en el hospital. Ya estaba en el segundo trimestre del embarazo y, por suerte, los vómitos habían cesado, aunque aún no se libraba de algún que otro mareo y tenía unas ansias de comer que parecía que estuviera famélica. Sus padres y su hermano aún no conocían a Elliot, Sarah temía que no lo recibieran bien y cuando ya no pudo retrasar más el momento fueron a visitarles un día a su casa. Era un hogar bastante diferente a la casa de sus futuros suegros, pues era una mansión con tres plantas. Tenía tres habitaciones y un par de baños en cada planta, un jardín enorme con varias fuentes y un par de piscinas, incluso una era climatizada y había un gimnasio. Ella llevaba toda la mañana inquieta. Aunque quería disimular delante de Elliot, él la conocía muy bien ya y sabía que algo rondaba su mente. Pero, en lugar de hablarlo con ella, le sonreía, la abrazaba, le decía cosas bonitas mientras acariciaba su tripa o simplemente la besaba dejándola sin aliento. Al llegar a la puerta, una profunda inspiración se escapó de sus labios. Elliot apretó su mano con fuerza y tras mirarla asintiendo con la cabeza llamaron al timbre.

Al entrar al interior, Elliot se quedó impresionado por lo magnífico de aquel lugar. No era sólo por su tamaño, sino por los suelos de mármol, los jarrones de porcelana china, las alfombras persas... Todo de primera calidad. El mayordomo les indicó que los señores les esperaban en el salón. Sarah empezó a caminar, pero al tirar de Elliot vio que no se movía. Entonces se giró y lo vio muy serio.

—¿Pasa algo, cariño?

—Dios mío, no he sido consciente hasta ahora –le dijo a Sarah sin mover ni una pestaña.

—¿De qué? –preguntó ella extrañada.

—Eres rica.

Ambos se rieron ante tal tontería. Elliot sabía lo nerviosa que estaba y lo único que quería era hacerla sonreír y que se relajara antes de ver a sus padres. Cuando entraron en el salón, Robert y Cynthia aún no habían llegado, así que esperaron un poco antes de comenzar la comida. Sarah se sentía orgullosa de sus padres, habían cambiado tanto en tan poco tiempo que si se lo hubiesen contado le hubiera parecido imposible. Elliot fue, como siempre, encantador. Se preocupó por el estado de salud de su padre, con el que charló sobre política y deportes sin ningún problema y con Anne, su madre, hizo lo mismo. Se preocupó por saber cómo llevaba la enfermedad de su marido y cuando descubrió que la literatura era una de sus pasiones, habló con ella sobre escritores y libros. Parecía que se conocieran de toda la vida. Sarah vio feliz cómo sus padres aceptaban a Elliot y de pronto todo el estrés que llevaba acarreando toda la mañana, se esfumó. Rob y Cynthia llegaron casi a la hora de comer, al parecer no llevaba muy bien el embarazo entre mareos y vómitos. Al entrar a la casa se vio en su rostro que efectivamente no se encontraba muy bien.

—¡Oh, Cynthia! Menuda cara traes, cariño –le dijo Anne al verla llegar. Ella intentó sonreír pero las náuseas la seguían incordiando. Salió un rato al jardín a respirar aire mientras se saludaban.

La comida transcurrió entre risas, anécdotas de cuando Rob y Sarah eran pequeños, el tiempo que Sarah y Elliot habían pasado en África y lo que habían vivido allí... A Sarah le chocó la pregunta de su madre en un momento dado de la comida.

—¿Y cómo surgió el amor entre vosotros? Porque lo vuestro no ha sido una relación al uso, sobre todo, al estar preparándote para ser sacerdote, ¿no?

—Bueno, ya os lo expliqué mamá... –Sarah no quería discutir sobre aquello, se sentía insegura. Tal vez no estaban convencidos y no quisieran a Elliot allí. No iba a tolerar que le hicieran ningún feo, pero estaba bloqueada. Afortunadamente, él contestó en su lugar.

—Sarah es una mujer increíble, como ya sabrán, además de ser una doctora excelente. Es una mujer entregada con la gente, generosa y valiente. ¿Cómo no iba a enamorarme? –Ella lo miró con la felicidad brillando en sus ojos, posó su mano en la de él que estaba sobre la mesa y tras encontrarse con sus ojos, se besaron dulcemente. Todos los allí presentes comprendieron lo mucho que se amaban al ver la forma en que se miraban y ese beso. No hubo más dudas, desde ese momento, solamente hablaron de su relación, del embarazo y de los planes que tenían. Cynthia y Sarah hablaron de las «maravillas» de estar embarazada y comenzaron a pasarse consejos, mientras Robert charlaba animadamente con su futuro cuñado sobre fútbol americano, un deporte que apasionaba a ambos.

Dos horas más tarde, salían de allí relajados y felices. En especial, Sarah, que había estado como un flan antes de llegar al hogar familiar. Elliot la abrazó al salir, mientras le daba dulces besos en la cabeza provocando un continuo cosquilleo en el estómago. Ella se abrazó a la cintura de Elliot aún más enamorada, dichosa y afortunada por compartir su vida con aquel hombre tan perfecto para su corazón.

*

Ya habían pasado un par de meses desde que Sarah había ido a San Francisco a buscar a Elliot. Sus vidas habían cambiado mucho desde entonces. Ahora tenían frecuentes reuniones con sus familias, ambos continuaban trabajando en sus respectivos lugares de trabajo. Sarah intentaba que Elliot trabajase con ella en el hospital, pero le traía recuerdos demasiado horribles, ya que su esposa había fallecido en aquel lugar. Incluso le costaba ir a buscarla para volver juntos a casa. Nicole y Kenneth vivían cerca del apartamento de Sarah y quedaban casi a diario, igual que Robert y Cynthia, que también les visitaban mucho. En esos encuentros aprovechaban para hablar de cómo iban sus embarazos, las ideas para decorar la habitación de los bebés, las citas médicas...

Su cuñada estaba ya de seis meses, mientras que ella acababa de cumplir los cinco y ya tenía el vientre bastante abultado, era ahora cuando se le empezaba a notar. El momento perfecto del día para Sarah era por la noche, cuando se metía en la cama con Elliot y él la abrazaba por detrás acariciando su incipiente tripita. Para Elliot era por la mañana cuando ella se levantaba despeinada, con el pijama arrugado, medio dormida y lo primero que hacía era ir a mirar en el espejo cómo crecía su tripa. Se quedaba mirándola embobado, viendo la ilusión en su cara.

No es que Sarah estuviera excesivamente preocupada por casarse, pero creía que ya iba siendo hora de pensarlo. Tal vez él no quisiera hacerlo de nuevo, aunque si fuera por ella ya se habrían casado. De hecho le hacía mucha ilusión. Esperaría. Estaba segura de que en algún momento, él se lo pediría aunque sólo fuera por el inminente nacimiento del bebé. Inmersa como estaba en sus pensamientos, se sobresaltó al escuchar abrirse la puerta de la casa.

—¿Elliot? ¿Qué haces aquí?

—Hola, preciosa –le dijo él al verla sentada en el sofá. Tras un tierno beso en los labios, dejó la carpeta que traía en la mesa grande del salón y se sentó junto a ella–. ¿Todo bien por ahí? –preguntó tocándole el abdomen.

—Sí, pero te he hecho antes una pregunta. ¿Ha pasado algo?

—Nada, ¿por qué tiene que pasar algo? –contestaba mientras seguía mirando el lugar donde descansaba su futuro hijo o hija con su mano encima.

—Ayer me dijiste que hasta por la noche no llegabas.

—Ya, pero se han quedado los chicos. Quería estar en casa contigo un rato —le dijo después de darle un besito a la tripa. Sonriendo se acomodó con él en el sofá y vieron la televisión un rato hasta que él volvió a hablar.

—La verdad es que sí estoy pensando algo, no puedo engañarte. —Sarah se giró y lo miró interrogativa—: No me gusta verte trabajar tantas horas en el hospital y aunque sé que hoy, por ejemplo, has librado por la tarde y has venido a descansar, nada me asegura que te portarás como Dios manda el resto del embarazo.

Ella le puso los ojos en blanco antes de rebatirle su argumento. Por supuesto que iba a trabajar, dijera lo que dijese, aunque sí estaba de acuerdo en tomárselo con más calma según avanzase su estado de gestación.

—A ver, cariño, voy a seguir trabajando. Eso te lo digo desde ya para que lo sepas, aunque voy a bajar el ritmo, lógicamente, porque según vaya avanzando no podré estar igual de ágil, pero no pienso dejarlo, que conste. —Elliot negó con la cabeza riéndose y provocando aún más el enfado de ella. Pero, cuando fue a hablar, le puso un dedo en los labios impidiendo que dijera una sola palabra.

—En ningún momento te he dicho que lo dejes, mi amor. Pero no me refiero a eso ahora, aunque ya lo hablaremos, por cierto. Lo que estoy pensando es que nos merecemos estar solos en un lugar alejado, pasar unos días de descanso y relax ¿no te parece?

—¿Lo dices en serio? ¡Me encantaría, Elliot! —respondió Sarah lanzándose en sus brazos subiéndose a horcajadas encima de él—. ¿Y qué tienes pensado?

—Pues lo que tengo pensado si mis cálculos no son erróneos —dijo mirando el reloj de la muñeca— es que es la hora de hacer las maletas y marcharnos a ese destino que nos está esperando. —Se levantó con ella en brazos, la llevó al dormitorio y la dejó sobre la cama mientras fue a buscar las maletas y comenzó a meter su ropa—. Yo que tú me daba prisa, porque el avión sale en dos horas y media. Ropa de verano, hasta que no lleguemos al aeropuerto no sabrás más. —Le guiñó un ojo tras darle un besito en la nariz y continuó guardando su ropa como si tal cosa.

Sarah por fin reaccionó y empezó a hacer su maleta a la vez que corría como loca al cuarto de baño a por sus cremas, maquillajes, perfumes... En media hora ya estaban de camino a aquel misterioso viaje que les llevaría a disfrutar el uno del otro, por primera vez, sin esconderse ni sentirse culpables por estar haciendo lo que más deseaban: amarse sin tapujos.

35

☙❧

Sarah paseaba su maleta nerviosa de la mano de su gran amor por el aeropuerto radiante de felicidad pero sin saber todavía a dónde se marchaban. Una vez alcanzaron la fila del mostrador para facturar, vio su destino de vacaciones y casi le da un síncope en aquel momento.

—¿Ahí pone Hawái? –preguntó Sarah, señalando con el dedo hacia la pantalla donde se podía leer el lugar al que se dirigían.

—Sí, ¿te gusta? Pensé en un sitio con un clima cálido, lo más alejado posible de aquí y donde haya auténtico relax para nosotros y el bichito –contestó Elliot posando su mano sobre la tripa de Sarah un instante.

—¿Has llamado bichito a nuestro hijo? –Sarah lo miró fijamente tocándose el abdomen, jamás imaginaría escuchar semejante apodo en los labios de Elliot, aunque fuese cariñoso, ¡bastante era que Nic lo llamara así! Elliot le hizo un par de carantoñas y el enfado quedó en nada.

Tras embarcar, volaron durante tres horas hasta llegar a Dallas. Allí, hicieron una escala de cuarenta minutos antes de volver a embarcar para pasar otras cuantas horas más en el aire. Después de trece horas de camino ya no sabían ni dónde estaban, llevaban un *jet lag* impresionante pero aun así no se borraba la sonrisa de sus caras.

Cuando al fin llegaron, en el hotel les recibieron un par de mujeres con la falda hawaiana y los collares típicos de flores, que pusieron a cada uno con un beso.

—Se llama *lei* de flores. Es costumbre aquí y se considera descortés quitárselo una vez que lo aceptas —le susurró al oído Elliot. Ella, impactada, le miró sorprendida—. Es que he hecho mis deberes. Puedes preguntarme todo lo que quieras de esta isla que me lo sé todo, he estudiado varias guías de viaje a conciencia.

Sarah soltó una sonora carcajada por su comentario, lo que él no entendió bien, pues a él le gustaba documentarse sobre los lugares que visitaba. Se registraron y subieron a su habitación, donde durmieron durante varias horas para recuperarse del cambio horario. Al mediodía, fueron a la playa. Sarah llevaba un biquini azul claro y una camisa blanca encima con unas chanclas del mismo tono del biquini y el canasto con las cremas, el agua, las revistas… Mientras que Elliot llevaba un bañador negro, unas chanclas también negras y una camisa abrochada por un par de botones que le hacía parecer el hombre más sexi de la tierra. Al verlo así vestido, se mordió el labio sin darse cuenta a la vez que se estremecía, escapándosele un pequeño gemido que disimuló con un carraspeo.

Salieron del hotel y caminaron apenas unos pasos para llegar a la playa. Sarah nunca antes había visto tal paraíso. A pesar de haber viajado mucho con su familia, Hawái nunca había estado entre sus destinos. Ante ellos tenían una verdadera playa paradisiaca con arena blanca y aguas cristalinas. Caminaron hasta quedarse en un par de tumbonas frente al mar, tumbados y relajados dándose la mano. Así estuvieron largo rato escuchando el ruido de las olas, a los niños corretear y jugar con sus padres, sentir cómo el sol les acariciaba la piel tan solo cubierta por sus trajes de baño… Pero, Elliot rompió aquella calma.

—¿Estás relajada amor?
—Mucho, ¿y tú?

—También, si quieres te voy contando cosas de la isla mientras sigues relajada y preciosa en esa tumbona. —Ella le sonrió y él comenzó a contarle todo tipo de curiosidades—. La palabra *aloha* significa varias cosas entre las que se encuentran 'hola', 'adiós' y 'amor', pero también es 'compasión', 'amabilidad' y 'simpatía'. Tienen varias leyendas como la historia de Demi-God Maui que sacó a la isla del fondo del mar. La lluvia y el arcoíris se consideran bendiciones de los dioses, pero tienen más valor aún si llueve durante una boda.

Sarah lo miraba embobada, mientras le contaba todas aquellas cosas que parecía que había memorizado, ya que no estaba leyendo ningún papel. Pero, cuando mencionó lo de la boda, se tensó por un momento, ¿quería pedirle matrimonio allí? No quiso obsesionarse con eso, así que siguió escuchando todo lo que le decía, pero duró poco ya que entre el cansancio del viaje y el embarazo se quedó dormida sin remedio. Cuando se despertó, se encontró a Elliot sentado en el suelo abrazado a su tripa hablándole, al parecer seguía contando todo lo que había descubierto sobre la isla al bichito.

—Mira quién se ha despertado, bichito —dijo él, sacando una sonrisa a una todavía somnolienta Sarah. Tras desperezarse del todo se dieron un baño en el mar, aunque más que nadar disfrutaron de estar juntos y abrazados moviéndose por el agua besándose tiernamente completamente felices y tranquilos.

Comieron en uno de los restaurantes del hotel y tras echarse una larga siesta se vistieron para ir de excursión. Al parecer, Elliot la iba a llevar a un viaje contratado en un submarino junto a un grupo de turistas en el que vieron miles de bancos de peces y preciosos paisajes marinos. A la hora de la cena, degustaron un menú típico de la isla consistente en Kalbi ribs, unas costillas de cerdo cocidas con una salsa de sésamo y soja; salmón Lomi-lomi que es un salmón fresco presentado con tomate triturado y cebolla; y, para terminar, tomaron unos dulces llamados Pao Dolce, hechos a base de mantequilla, huevos, harina y azúcar. Todo estaba delicioso. Elliot miraba preocupado a Sarah, porque comía demasiado y a la vuelta su ginecóloga la pondría en su sitio cuando se hiciera la ecografía en la que se puede averiguar el sexo del bebé. Sarah, que se dio cuenta de su mirada, enseguida le replicó:

—Deja de mirarme así. Tu bichito tiene hambre, así que voy a comer. En estos días no se te ocurra decirme nada, voy a comer todo lo que me apetezca. Ya veremos a la vuelta qué hacemos. –Él mostró las palmas de las manos hacia arriba negando con la cabeza y sonriendo para demostrarle que de su boca no iba a salir una sola palabra.

Enseguida se retiraron a dormir, pues se encontraban agotados, y ya tendrían días para dar románticos paseos.

A la mañana siguiente, bastante más recuperados del dichoso *jet lag*, desayunaron y comenzaron su ajetreado día repleto de excursiones e interesantes actividades. Elliot había alquilado un coche para visitar la isla de Oahu, una de las más grandes después de la propia Hawái, la más grande de todas y de la que tomaba nombre el archipiélago. Condujeron por el Banyan Drive disfrutando de unos paisajes únicos en los que encontraron árboles de 1933, según la «enciclopedia Elliot», como Sarah lo había bautizado a pesar de que a él no le gustase un pelo. Disfrutaron de la belleza de sus paisajes y terminaron el día conociendo el Parque Nacional de los Volcanes. Lo que más les impresionó fue poder caminar por encima de la lava que cubrió el pueblo de Kalapana y la famosa playa de arena Kaimu. Fue un día estupendo. Sarah sentía que estaba viviendo un sueño al estar junto al hombre que amaba haciendo lo que cualquier pareja, después de haber estado escondiéndose en Obandé. Aún le costaba hacerse a la idea de que realmente podían actuar en público de aquella forma, al fin y al cabo, eran una pareja normal y corriente.

Por la noche fueron a Kaanapali Beach, cerca de donde se encontraban. Allí escucharon música delante del mar en un espectáculo con antorchas y danzas típicas bajo la luz de la luna. Era mágico, estaban viviendo días de auténtico ensueño.

—Si esto es un sueño, no me despiertes, Elliot. No me quiero despertar nunca –le dijo ella abrazada a él mientras veían el *show*.

—Nada de sueños, esta es la realidad en la que tú y yo estamos juntos. Sueño es compartir mi vida contigo, despertar y que lo primero que veo sea tu dulce cara, y cerrar los ojos tocando tus labios antes de dormirme. Sueño es estar a oscuras y encontrar a la persona que es tu guía, tu brújula, la que te da la mano y te saca del pozo profundo en el que vives a diario sin esperanza, sin ilusión. Sueño es recostarme a tu lado cada día oyendo tu respiración y tu corazón latir sabiendo que lo hace por mí, que respiras por mí porque es exactamente lo que me ocurre a mí.

Sarah notaba que sus mejillas se humedecían cada vez que Elliot pronunciaba una palabra, ¿cómo era posible sentir tanto amor? ¿Cómo era posible que lo sintiera por ella? Escondió la cara en su pecho llorando de felicidad mientras él la abrazaba suavemente, susurrándole hermosas palabras de amor. Ni siquiera terminaron de ver el espectáculo, se marcharon a toda prisa a la habitación del hotel de aquel paraíso romántico para amarse durante horas, piel con piel, alma con alma como muchas veces habían hecho. Solo que ahora sentían cómo ese hilo invisible que les unía se hacía aún más sólido, más fuerte, irrompible.

36

Al día siguiente visitaron Pearl Harbour, el puerto naval que pasó a la historia tras el ataque de los japoneses durante la Segunda Guerra Mundial en la que hubo miles de muertos y centenares de heridos. Era una visita obligada estando allí, y aunque tuvieron que hacer cola durante bastante tiempo la visita merecía la pena. Tras el centro de visitantes siguieron su visita hacia el barco hundido durante el ataque japonés, el USS Arizona. Había un monumento conmemorativo justo encima del lugar donde se hundió, uno de los lugares más emblemáticos. Sarah no pudo evitar emocionarse. Estaba más sensible de lo habitual y encontrarse en aquel lugar donde tantos inocentes había muerto, le llegó más al corazón. A la hora de comer volvieron al hotel donde disfrutaron de otra suculenta comida, y tras echarse un rato bajaron a una de las piscinas a relajarse y jugar en el agua como si fueran dos chiquillos. Justo al atardecer, fueron a una de las playas cercanas a ver cómo anochecía en Hawái.

—Ninguno puede superar el amanecer de Obandé —dijo Sarah mientras veían el ocaso sentados en la arena echados el uno sobre otro.

—No podría estar más de acuerdo —respondió Elliot para, acto seguido, darle un beso largo y profundo con el que recordaron todos los besos que se habían dado en la misión–. ¿Sabes que ese fue el día que me enamoré de ti?

—¿Qué día?

—La primera vez que vimos juntos el amanecer.

—Vaya, yo te gano por goleada –comentó ella riéndose ante la estupefacción de él que la miraba sin comprenderla–. Yo me enamoré de ti el primer día que te vi en el aeropuerto. Tus profundos ojos castaños me atraparon desde entonces y hasta ahora.

Elliot la estrechó más fuerte entre sus brazos, disfrutando de su olor que se le había metido hasta el tuétano y lo tenía completamente capturado. No le cabía ninguna duda de que ella era el amor de su vida y siempre lo sería. Entonces una idea cruzó por su mente. Si todo salía bien, en breve, la llevaría a cabo.

Desde que llegaron de ver el atardecer, Sarah se había quedado sola en la habitación. Aprovechó ese momento para dar señales de vida y comunicarse con su familia y con Nic. Elliot le dijo que tenía que conectarse en uno de los ordenadores del hotel para arreglar unos asuntos de la clínica, así que se quedó tranquilamente en la habitación. Tras hablar por teléfono, Sarah se preparó un baño de espuma y se metió allí con la clara intención de no salir hasta estar completamente arrugada como una pasa. Perdió la noción del tiempo. Cuando Elliot regresó a la habitación, la encontró aún dentro de la bañera.

—Te veo muy bien. –Medio adormilada en semejante estado de completo relax se sobresaltó hasta que se percató de que era él.

—¿Ya está todo solucionado?

—Casi todo, quedan algunos detalles, pero pronto se solucionarán –respondió él arrodillado junto a la bañera deleitándose con las hermosas vistas que tenía de Sarah.

—Voy a salir ya, estoy muy arrugada. ¿Me ayudas? –pidió ella ofreciéndole una mano. Él se levantó y se giró para coger la toalla, pero Sarah fue más rápida y se irguió en la bañera agarrándole del hombro. Elliot se dio la vuelta y apenas pudo reaccionar al verla desnuda en todo su esplendor con su hijo creciendo dentro de ella–. Aunque, pensándolo mejor, quizá no pase nada por arrugarme un poquito más ¿no? –Él comprendió lo que quería y se metió en la bañera junto a ella empapando toda su ropa. Lo que ocurrió después se quedó en ese baño donde el amor y la lujuria compartieron tiempo y espacio.

*

—Esta noche va a ser muy especial, así que quiero que te pongas el vestido más bonito que tengas.

Aquella frase fue demoledora para Sarah, pues sin duda era la noche en la que su gran amor le pediría que se casase con él y estaba tan nerviosa que no sabía qué ponerse. Finalmente, se decidió por un vestido que había comprado hacía un par de semanas completamente blanco, vaporoso y largo hasta los pies con escote palabra de honor. Se dejó el pelo suelto pero se puso una flor blanca en un lateral, en un estilo bastante hawaiano.

—¡Guau! Y ahora ¿cómo quieres que vayamos a cenar? –Se dio la vuelta al oír la pregunta de Elliot y casi se desmaya al verlo. Se había puesto un pantalón negro de vestir, una camisa blanca con los primeros botones desabrochados. Ambos se quedaron sin aliento. Tras besarse apasionadamente durante unos minutos salieron del hotel hacia un lugar misterioso que Sarah no conocía.

Llegaron a una playa cercana y si pensaba que nada podía sorprenderla más que verlo así vestido, lo que vino a continuación le demostró que se equivocaba y mucho. Un camino de velas les llevaba hacia una mesa con un mantel blanco lleno de deliciosos platos bajo un dosel también blanco. En la mesa había una rosa roja de tallo largo y al sentarse Elliot se la entregó. Ella la olió y le sonrió sintiendo más que nunca el amor que ese hombre sentía por ella.

—¿Cómo has organizado todo esto? Esto es... es... ¡Dios, no tengo palabras!

—Todo es poco para lo que te mereces, mi amor –le contestó mirándola a los ojos con esos preciosos ojos color avellana.

Cenaron en aquel hermoso lugar, con la luna como único testigo de sus miradas cómplices y palabras de amor susurradas como si fueran secretas y no quisieran que el mundo se enterara de ellas. Durante toda la noche, Sarah estuvo expectante, deseosa de que llegara la gran pregunta para decir lo que llevaba meses soñando: «sí, quiero». Pero ese momento no llegaba y, poco a poco, se fue desilusionando. Terminaron la cena y se acomodaron en una hamaca que había cerca, colocada entre dos palmeras. Se balancearon durante horas, hablando de muchas cosas y de ninguna en concreto. Sarah no estaba muy comunicativa, tras la decepción por no haber recibido una petición de matrimonio. Era un momento idílico ¿Por qué no lo había hecho? Además, él mismo le dijo que sería una noche especial, ¿qué había salido mal?

—¿Te encuentras bien, cariño? ¿Es el bebé? —Quiso saber él al verla cada vez más ausente y callada a medida que transcurría la noche.

—No, el bebé está bien. Sólo me estaba preguntado algo, ¿por qué dijiste que era una noche especial?

—¿Te parece poco el lugar donde hemos cenado y donde estamos ahora? Yo creo que es bastante especial. Creía que te había gustado. —Sarah notó en su tono cierta pena y lo último que deseaba era que se sintiera mal tras aquel bello gesto, por lo que le quitó aquella idea de la cabeza.

—No, cariño, no es eso. Ha sido la sorpresa más bonita que me han dado en la vida, de hecho, todo el viaje ha sido maravilloso. Siento mucho que tengamos que marcharnos mañana de vuelta a la realidad después de vivir estos mágicos días.

—Lo sé, pero esto no ha hecho más que comenzar, mi amor, ya lo verás. —Y tras decirle aquello continuaron meciéndose al son de las olas del mar. Sarah entonces se dio cuenta de que tampoco era tan importante casarse; mientras sus corazones siguieran albergando el amor que sentían, qué más daba el resto. Él tenía razón, aquello no había hecho más que comenzar.

*

Trece horas de vuelo después estaban de nuevo en el apartamento de Sarah en Boston. Agotados hasta el extremo, sus pies sólo les permitieron arrastrarse hasta la cama donde descansaron como dos bellas durmientes. Al día siguiente, ya recuperándose del *jet lag* se pusieron a organizar lavadoras, plancha, la limpieza de la casa y la vuelta al trabajo. Volvieron a su rutina diaria, trabajo en el hospital y la clínica respectivamente, comidas familiares, tareas domésticas... Por fin llegó el día de la ecografía de las dieciséis semanas, y con suerte descubrirían el sexo del bebé. No habían hablado de ello hasta ese momento en la sala de espera de la consulta de la obstetra.

—¿Tú qué quieres? –preguntó ella a Elliot, que estaba ojeando una revista.

—Sinceramente, cariño, mientras esté sano y no haya complicaciones me da igual. Ya soy feliz porque esté ahí –le respondió acariciándole el vientre levemente abultado. Ella sonrió complacida, aunque en el fondo estaba deseando que le dijeran que era una niña y que, además, tuviera los ojos de su padre, pues sabía que se volvería loco. Pasaron a la consulta y tras hacer las comprobaciones de que todo marchaba perfectamente, la ginecóloga intentó ver si era niño o niña.

—¿Estáis seguros de que lo queréis saber? –Ambos asintieron a la vez provocando una risa generalizada, y en especial en ellos, que estaban nerviosos. Elliot estaba emocionado desde que había visto en la pantalla a su hijo. Apretaba con fuerza la mano de Sarah y aunque de hecho la estaba apretando demasiado, ella no le decía nada debido a los nervios. Cuando la doctora les dijo que ya medía quince centímetros y pesaba doscientos cincuenta gramos, sintió unas ganas tremendas de ponerse a llorar, pero se contuvo por miedo a hacer el ridículo delante de su médica–. Bueno, pues vamos allá.

La ginecóloga movió el ecógrafo sobre el vientre de Sarah varias veces hasta que por fin sonrió y les anunció la maravillosa noticia.

—Vais a ser padres de una niña, ¡felicidades!

Entonces, Sarah fue incapaz de contener tanta emoción y lloró como una niña cuando la doctora les dejó a solas. Aún con el gel sobre su abdomen, se irguió un poco sobre la camilla para observar mejor a su hija. Elliot le cogió la cara entre las manos y se encontró con sus ojos verdes brillando debido a las lágrimas que salían de sus ojos. Se sonrieron un instante, antes de que él se pronunciara.

—Gracias, gracias, mi amor, gracias. –Fueron las únicas palabras que pudo decir con un hilo de voz quebrándose en su garganta, antes de que juntaran sus labios fundiéndose en un beso húmedo y a la vez cálido en el que, por primera vez, los protagonistas no fueron ellos sino un pequeño ser de quince centímetros que había unido sus vidas para siempre.

37

Ese mismo día fueron a ver a sus familias para decirles que iban a tener una niña. En casa de los Collins fue un momento muy emocionante, pues este bonito acontecimiento se sumaba a la alegría por la recuperación del padre de Sarah, que gracias a su esfuerzo y el trabajo con la logopeda iba cada día un poco mejor, además de que su cuñada Cynthia les había comunicado hacía poco que ellos iban a tener un niño. Pero en el hogar de los Savannah hubo más lágrimas y fue mucho más emotivo. Sarah disfrutó de una manera distinta dar la noticia en aquella casa donde habría habido otro nieto de no ser por el accidente de Sandra.

—Es real, mamá.

—Lo es, cariño, lo es. –Este momento jamás lo olvidarían. Elliot abrazado a su madre hablando sobre su hija que en pocos meses nacería. Era tan real como que ellos mismos estaban hablando en aquel momento. Sarah se emocionó mucho al ver semejante escena, hubo abrazos, besos, felicitaciones y hasta brindaron por la noticia.

Después de un día con tantas emociones tocaba regresar a casa, pero él quiso dar un paseo por su lugar favorito, el parque al que la llevó tras presentarle a sus padres. Necesitaba ese momento de tranquilidad, pues había ido muy nervioso a la consulta de la doctora temiendo que algo pudiera ir mal. Se sentaron en uno de los bancos que rodeaban el lago. Elliot estaba muy serio desde que habían salido de casa de sus padres, lo que estaba preocupando a Sarah. Inclinado hacia delante apoyaba los codos en las piernas cogiéndose la cara con las manos. Ella le acariciaba la espalda.

—¿Va todo bien? –le preguntó Sarah nerviosa. Necesitaba que se expresara de alguna forma, que soltara lo que le estaba comiendo por dentro. Tras un largo rato que a ella se le hizo eterno se irguió apoyando la espalda en el banco y le cogió de la mano.

—Sí, necesitaba un momento de soledad, perdona.

—No tienes por qué disculparte, lo comprendo.

—¿Sabes? Iba aterrorizado hoy a la consulta, aún tengo miedo de que os suceda algo a ti o a la niña. El recuerdo de lo que le pasó a Sandra todavía perdura en mi mente y sé que no tiene por qué ser igual y que no debo pensar en eso, pero me cuesta mucho trabajo no hacerlo.

—Supongo que te habrán venido a la cabeza recuerdos con Sandra y cómo te enteraste del embarazo y de todo pero cariño, yo estoy bien y la niña también. –Él se giró y vio que le hablaba con una enorme sonrisa en los labios mientras le agarraba de la mano, sosteniéndola con fuerza como si ese fuera su único punto de sujeción con el mundo.

—Sé que debo superarlo y estoy convencido de que lo haré cuando vea a la niña entre mis brazos. Espero no ser muy pesado durante el resto del embarazo.

Terminó bromeando antes de extender su brazo para rodearla y atraerla más hacia él. Sarah se rio y apoyó la cabeza en su hombro. Permanecieron así, mirando hacia el lago bastante rato, hasta que Elliot volvió a hablar.

—Es extraordinario, porque no ocurre siempre, conocer a alguien con quien puedes compartir todo y no solamente la parte buena que mostramos sino también nuestros miedos y demonios internos, alguien que te acepta tal y como eres. Esa persona que te aporta la paz necesaria, que completa la pieza que le falta a tu corazón. Esa persona que es el principio y el fin, con quien quieres fundir tu piel para crear una sola con dos almas vibrando al unísono, sin la que no concibes la vida, que te enseña a amar de nuevo. –Ella lo miraba con el brillo de las lágrimas refulgiendo en sus ojos esmeralda sin terminar de entender lo que allí estaba sucediendo.

Le cogió la cara entre las manos y pegando su rostro al de ella tan cerca que podía notar el aliento en su cara continuó hablándole.

—Cuando vuelva a nacer volveré a buscarte sin duda alguna, mi amor. Sé que esperabas esto en Hawái, en nuestra última noche, pero era tan obvio que quería que fuese más especial todavía y que no lo esperaras. Espero que así haya sido. ¿No te has fijado en la placa que hay en el banco, Sarah?

Elliot apoyó un brazo en el respaldo del banco dejando que ella se diera la vuelta para leer lo que estaba escrito en ella:

Sólo te pido una eternidad a mi lado. Cásate conmigo, Sarah.
Te amo, Elliot.

Sarah miraba aquella placa sin reaccionar asimilando esas palabras que iban dirigidas solamente a ella. Sin poder evitarlo, comenzó a llorar. Le caían lagrimones por las mejillas que él limpiaba con el dorso de la mano, dándole tiempo a entender lo que estaba pasando. De sobra sabía su respuesta y sabía que necesitaba ese tiempo, se lo daría, allí, junto a ella. Cuando pudo reaccionar, lo miró con los ojos encharcados de llanto pero llenos de amor y sin decir una sola palabra se lanzó a sus brazos besándole con todo el amor que sentía por aquel hombre con el que había vuelto a vivir. En aquel banco, con la declaración de amor más bonita que había visto en su vida, lloró en sus brazos feliz, emocionada, esperanzada y orgullosa de haber encontrado por fin el amor con ese hombre que estaba predestinado para ella y que era, sin lugar a dudas, su alma gemela.

Una vez se dijeron todo lo que querían a través de sus besos, Elliot volvió a cogerle la cara con las manos mientras ella le acariciaba la suya sin dejar de mirarle emocionada.

—Entiendo que es un sí. No me vayas a decir que he hecho la placa en vano con lo que me ha costado –bromeó él para conseguir que ella dejase de llorar por completo. Sarah le dio con el puño y le sonrió.

—¿Tú qué crees? ¿Conoces a alguien que se haya aferrado tanto a un sentimiento que haya ido a buscar a alguien que estaba a punto de convertirse en sacerdote para impedir que se rompan dos corazones?

—Bien dicho, pelirroja. —Y tras guiñarle uno de sus preciosos ojos volvió a besarla, esta vez profundizando más en el beso, que terminó horas más tarde en la intimidad de su dormitorio, donde se amaron sin descanso convencidos de que la vida estaba a punto de comenzar.

38

—¡Si es que no teníamos que haber viajado aquí! Sarah está completamente chiflada —se quejaba Anne, la madre de la espléndida novia, que se casaba en unas horas en Obandé. Acababan de llegar y su hija había sufrido un leve mareo a causa del sofocante calor que hacía allí y al que no estaba acostumbrada, pero al estar embarazada ya de cinco meses y medio, su madre lo achacaba a la locura de haber viajado en avión tantas horas. En parte sabían que era peligroso pero les hacía tanta ilusión casarse donde nació su amor que convencieron a toda la familia, excepto Cynthia que se quedó en Boston, pues su embarazo ya estaba muy avanzado y no había dejado de tener problemas desde que comenzó, entre mareos, vómitos y molestias sin importancia. Ese fin de semana se quedó con sus padres en casa, ya que Robert no podía perderse la boda de su hermana.

—Mamá, ha sido un simple mareo por el calor. No te preocupes que ya estoy bien.

—¿Seguro que estás bien? —le preguntó Elliot con cara de susto abanicándola con un papel. Sarah estaba sentada en una silla del aeropuerto con la mano posada en su abultado vientre y Nic a su lado dándole aire también.

—Cariño, estoy perfectamente, tu hija no deja de moverse. Debe de estar muy emocionada por estar aquí, en el lugar donde sus padres se enamoraron, así que el resto igual que ella.

—Yo, como médico oficial de Sarah, doy fe de que se encuentra perfectamente, sólo que le gusta ser el centro de atención, ¿verdad Sarita? –Quiso bromear Kenneth llevándose una reprimenda de Nicole, pues no era el momento adecuado.

Sarah dejó que Elliot la ayudara a levantarse, aunque agotaba su paciencia. «¡Ni que estuviera enferma!», se decía. Así que prefería respirar, contar hasta diez y ponerle la mejor de las sonrisas. Era muy paciente con él, sabía que ponía todo de su parte para no comparar la situación con la que vivió Sandra pero muchas veces era inevitable y la trataba como si fuera algo muy frágil que se podía quebrar. A veces la asfixiaba mucho y llegaba la consabida pelea, pero cada uno hacía un esfuerzo por su parte para no llegar a más y, tras respirar por su cuenta un rato, al volver a verse la reconciliación era maravillosa. Salieron del aeropuerto con las maletas, buscando un taxi, pero su sorpresa fue mayúscula al ver a Mahmood esperándoles con su coche.

—¡Doctora! ¡Doctor! –gritó el hombre que seguía teniendo el mismo aspecto feliz y lozano que recordaban. Enseguida se saludaron y abrazaron, y tras recibir las felicitaciones metieron las maletas en su coche y en un par de vehículos más que les llevaría a la misión. Recorrieron la carretera sinuosa recordando cada momento vivido allí. Mahmood les dijo que su familia se encontraba perfectamente y que Rebekkah estaba embarazada de nuevo. Sarah y Elliot irrumpieron en una sonora felicitación alegrándose muchísimo por ellos, estaban deseando volver a encontrarse con todos los viejos amigos que dejaron allí hacía ya varios meses.

Al bajarse del coche salió corriendo a abrazar a la hermana Agnes que la esperaba en la puerta del hospital donde tantos días y tantas noches había pasado junto a la religiosa. Se fundieron en un tierno abrazo que duró varios minutos, mientras ambas lloraron emocionadas por el reencuentro.

—Déjame verte, mi niña –le dijo la hermana cogiéndole la cara con las manos y observando cómo su figura había cambiado. Posó una mano sobre su tripa y conmovida asintió con la cabeza, diciéndole con aquel gesto que habían conseguido superar las barreras que obstaculizaban su amor. Elliot apareció por detrás y le dio otro abrazo a la religiosa que casi la deja sin aliento.

—Gracias, hermana, nunca estaré lo suficientemente agradecido. Usted me ayudó cuando Sarah se fue de aquí y me hizo ver que lo que importa es el amor.

Tras las hermosas palabras que se intercambiaron apartados del resto de la familia procedieron a presentar a sus padres y al hermano de ella. Se acomodaron en las habitaciones y tras comer se separaron para vestirse y casarse por fin. La madre de Elliot y la de Sarah estaban de acuerdo en que era un tremendo error haberles dejado viajar juntos y estar juntos antes de llegar al altar, pero ellos simplemente se reían. Con todo lo que habían pasado, consideraban que era una soberana estupidez, pero las consuegras no lo dudaban y en cuanto pudieron se los llevaron cada uno a una cabaña distinta. Sarah estaba muy contenta de ver que las familias se llevaban tan bien y que reinaba un ambiente relajado y pacífico, por fin había llegado su «Felices para siempre».

*

Justo al atardecer, Sarah caminaba por la senda de arena hacia el altar que habían creado junto al estanque donde Elliot y ella vieron aquel primer amanecer juntos. Los invitados estaban sentados en sillas a ambos lados, entre ellos Mahmood, Rebekkah y sus hijos, William, el mejor amigo de Elliot, las religiosas de la misión, sus familias y mucha gente del pueblo a los que habían tratado en el hospital e incluso a los que habían salvado la vida meses atrás. Con la canción *The Reason* de Hoobastank sonando en una radio que una de las hermanas portaba, Sarah caminaba de la mano de su padre. Con cierta dificultad sí, pero junto a él, ya que hubo algún momento en que pensó que no podría hacer con él aquel camino.

Cuando Sarah miró hacia el altar, la visión de su futuro marido la dejó sin habla. Vestido con un traje de chaqueta negro y la corbata color ámbar a juego con sus ojos castaños, era el vivo retrato de la felicidad. Elliot le sonreía y eso la hizo temblar, pero se contuvo porque tenía que sostener a su padre para llegar perfectamente junto a él. Su futuro esposo, al verla con aquel vestido de encaje y seda blanco, adornado con flores en el escote, sintió que el amor se escapaba de su cuerpo y que viajaba por el aire para encontrarse con el de ella. Se había peinado con un moño bajo, llevaba prendida una peineta de diamantes que sujetaba el velo. Al llegar al altar, el padre Maximilian los esperaba a ambos para unirles en sagrado matrimonio, un sueño que por fin se hacía realidad.

El padre de Sarah entregó a su hija a la vez que pronunciaba con cierta dificultad unas breves palabras dirigidas a su futuro yerno, que lo miraba con respeto y admiración.

—Te entrego lo más preciado que tengo, cuídalo como el tesoro que es.

—Así lo haré, señor Collins. —Sarah le dio un suave beso en la mejilla a su padre, y le dio las gracias. Él, emocionado, acarició su mejilla y le devolvió el beso. La madre de Sarah le ayudó a sentarse junto a ella, y dio comienzo la ceremonia en cuanto terminó la marcha nupcial. Unidos de la mano, la emoción los embargaba de tal forma que no sabían si podrían aguantar sin derramar alguna lágrima.

—Bienvenidos a todos, es para mí un gran placer unir a estas dos almas en sagrado matrimonio. Sarah y Elliot son dos personas muy especiales para nosotros, la gente de la misión. Compartieron con nosotros unos meses trabajando aquí y nos marcaron tanto como a ellos les marcó este lugar donde al amor más puro y sincero nació.

Los novios podían oír cómo la gente se sonaba la nariz y moqueaba a sus espaldas, la emoción se palpaba en el ambiente. El padre siguió con la celebración de la boda hasta que en el momento exacto del ocaso, cuando el atardecer más hermoso caía en Obandé, pronunciaron sus votos matrimoniales.

—Elliot, seguramente no pueda expresar cuánto te amo, así que intentaré explicar por qué te amo. Cuando llegué aquí estaba perdida. Tenía una vida en la que no conseguía encontrarme, pero entonces viniste a la misión y volví a renacer gracias a ti,

porque tu amor me ayudó a volver a ser la Sarah que llevaba años oculta. Te amo porque me ves tal cual soy y me aceptas. Admiro tu entrega con tus pacientes, me fascina la profundidad de tus ojos, con los que me dices tantas cosas sin hablarme. Amo cada sonrisa que se dibuja en tu cara, cada lágrima que derramas mostrando tu ternura, cada beso apasionado que me das sin esperarlo y cada abrazo con el que me envuelves entre tus brazos, mi refugio. No ha sido fácil, pero hemos recorrido este largo camino que el destino tenía preparado para nosotros, y si volviera a nacer, volvería a elegirte sin pensarlo.
—El médico se quedó impactado tras los votos tan hermosos que Sarah le había dedicado.

El padre Max le dijo que era su turno y tras inspirar profundamente, comenzó con voz temblorosa:

—Sarah, mi pelirroja, el faro de mi vida. Cuando todo estaba a oscuras, tú encendiste la luz de nuevo guiándome de tu mano. Sé que no te lo puse fácil, al estar como en el limbo, bastante perdido y confuso. He estado pensando en lo que quería decirte hoy y he llegado a la conclusión de que no es tan importante las cosas que quiero recordar como aquellas que sé a ciencia cierta que jamás podré olvidar. Nunca olvidaré verte marchar en el coche después de dejarme aquella carta de despedida que desgarró mi corazón y el tuyo. Tampoco olvidaré nunca aquel amanecer que vimos juntos por primera vez en el que fui consciente también por primera vez de que te amaba y, por supuesto, que será imposible olvidar este momento en el que te tengo delante de mí, tan hermosa y radiante con nuestra hija dentro de ti. Quiero atesorar cada momento que vivo contigo, cada sonrisa, cada beso, cada lágrima de felicidad, porque lo más importante para mí es que seas feliz. Jamás creí que se podría amar de una forma tan intensa que te noquease y no fueras capaz de hacer nada más que dejarte llevar, que no pudieses respirar si esa persona no está a tu lado y que tu corazón lata porque ella está en el mundo. Pero ocurre, Sarah, porque tú eres la prueba de ello. Un «te amo» se queda pequeño para expresar todo lo que siento por ti. Tú me trajiste de vuelta a la vida, y no dejaré de amarte hasta que exhale mi último aliento.

Solamente se oía la voz de Sarah McLachlan cantando I will remember you mientras ambos pronunciaron sus votos, pero en cuanto Elliot terminó, Sarah se acercó a él para darle un tierno beso irrumpiendo la comunidad completa en aplausos y vítores.

—No sabes cuánto te amo, Sarah.

—Lo sé, porque mi corazón es la mitad del tuyo y siente lo mismo. −Volvieron a besarse, esta vez con más pasión y entrega que la anterior hasta que el padre Max les rogó que parasen para poder casarlos.

—Elliot y Sarah, habéis venido hoy aquí a intercambiar vuestros votos. Elliot. −El padre Max le indicó con un gesto con la mano que era su turno para comenzar.

—Yo, Elliot te tomo a ti, Sarah, como mi esposa, prometo serte fiel en la prosperidad y en la adversidad, en la salud y en la enfermedad y así amarte y respetarte todos los días de mi vida.

—Yo, Sarah, te tomo a ti, Elliot, como mi esposo, y prometo serte fiel en la prosperidad y en la adversidad, en la salud y en la enfermedad y así amarte y respetarte todos los días de mi vida.

—Habéis declarado vuestro consentimiento ante la Iglesia. Que el Señor, en su bondad, fortalezca vuestro consentimiento para llenaros a ambos de bendiciones. Lo que Dios ha unido, el hombre no debe separarlo −el padre pronunció esas palabras mirándolos a ambos a los ojos. Acto seguido Robert entregó los anillos al padre para que los bendijese y procedieran a ponérselos como símbolo de su amor−. Señor, bendice y consagra a Elliot y a Sarah en su mutuo amor. Que estos anillos sean un símbolo de fe verdadera entre ellos, y les recuerde siempre su amor.

Elliot cogió el anillo que debía llevar Sarah y, cogiendo su mano, comenzó a ponerle el anillo de oro blanco que habían escogido unas semanas atrás en una joyería de Boston.

—Sarah, este anillo simboliza mi deseo de que seas mi esposa a partir de este día.

—Elliot, este anillo simboliza mi deseo de que seas mi esposo a partir de este día.

La hermana Agnes se levantó en aquel momento ante la sorpresa de todos, excepto del padre, que se retiró a un lado y la dejó situarse frente a los novios que la miraban entre sorprendidos y emocionados.

—Sarah, Elliot, no quería dejar pasar este momento sin deciros unas palabras. A ti, mi niña, porque eres lo más parecido a una hija que una religiosa pueda tener, con el permiso de tu madre —dijo mirando hacia donde estaba sentada Anne, pañuelo en mano, llorando muy emocionada—. Y a ti, Elliot, porque no he conocido a un hombre más valiente. Has sabido enfrentarte a ti mismo y decidirte a seguir a tu corazón. Hoy es uno de esos días que van a permanecer en vuestra memoria para siempre, pero no sólo es especial para vosotros, sino para todos nosotros que hemos tenido el placer de compartirlo. Habéis sido tan generosos que nos habéis concedido el enorme honor de disfrutar de este día a vuestro lado, viendo cómo os miráis y cómo os habláis sin pronunciar palabra... Expresar lo que siento por los dos es prácticamente imposible, creo desde lo más profundo de mi corazón que os merecéis el uno al otro, que sois el complemento perfecto para el otro y lo más importante, que vais a ser muy felices, más incluso de lo que ya sois.

A continuación, la hermana leyó la Carta de San Pablo a los Corintios y tras ella abrazó a Sarah besando su cabeza y bendiciéndola, para hacer lo mismo con Elliot a continuación. El padre, que estaba tan conmovido por la situación como el resto, volvió a su posición para terminar con la ceremonia.

—Por el poder que me ha sido otorgado, yo os declaro marido y mujer, en el nombre del Padre, del Hijo y del Espíritu Santo. Amén. —Tras recibir la bendición del padre solamente quedaba sellar su unión con un beso que no dudaron en darse delante de todos. Un beso que encerraba muchas cosas: el recuerdo del dolor que pasaron hasta conocerse, el inmenso amor que sentían, la esperanza por una vida nueva, la felicidad que llenaba sus vidas... Y así fue como cerraron un ciclo convirtiéndose en marido y mujer para estar juntos, al menos, lo que durase la eternidad.

39

Ya convertidos en marido y mujer recibieron las felicitaciones de sus familias y amigos. Cenaron en el comedor donde tantas veces habían comido y se habían intercambiado miradas furtivas, disfrutaron de la presencia de sus amigos y familia así como de la gente de la misión, que ya era parte de la familia. En un momento dado, Nic se levantó de su silla e hizo un brindis pillando por sorpresa a todos, en especial a Sarah.

—Mi querida Sarah, mi cuqui. Yo también quiero decirte algo delante de toda esta gente que te quiere tanto como yo. Hoy necesito expresar que habrá problemas en tu vida, porque la vida no es todo flores y corazones pero, en esos momentos, yo estaré ahí para escucharte, darte mi mano para sostenerte y evitar que caigas. Tus alegrías y tus éxitos los siento míos porque disfruto viéndote feliz. Siempre te he apoyado en todo lo que has emprendido y lo seguiré haciendo, me gusten o no las decisiones que tomes. Muchas veces he deseado evitarte sufrimientos y penas, pero lo único que se puede hacer en esos difíciles momentos es llorar a tu lado y estar junto a ti hasta que tengas fuerzas para volver a levantarte. Siempre has sido la persona más importante de mi lista, la que la encabeza desde aquel día que me viste asustada y atemorizada en la sala del hospital, desde que comenzaste a ser mi familia. Eso es lo que eres, la única familia que he conocido, aunque ahora también tengo a Kenneth a mi lado. —Nicole paró un momento para agarrar la mano de su novio, que la miraba con los ojos brillantes al ver a la mujer que más amaba confesando su amor por su querida amiga; ella, entonces, le sonrió y continuó–: Y tú tienes a Elliot. Ambas hemos comenzado a formar nuestras propias familias, pero tú eres mi hermana, mi amiga, la primera que llegó al fondo de mi corazón rompiendo la barrera que durante tantos años había erigido en torno a mí, y hoy sólo te pido una cosa, que nunca dejes de ser tú, esa persona maravillosa y especial que llegó a mi vida justo en el momento en que más la necesitaba y que nunca, jamás, me ha abandonado desde entonces. —Levantó su copa invitando al resto de los invitados a seguirla–: Brindo por Sarah Savannah Collins que se merece toda la felicidad que la vida pueda ofrecerle y más.

—¡Por Sarah! —Se oyó por toda la sala. La homenajeada no podía contener su llanto debido a la emoción que sentía en aquel momento. Se acercó a su amiga y la abrazó agradeciéndole que estuviera en su vida, a la vez que esta lloraba en su hombro. Existían pocas amistades como esa que perduraran en el tiempo; era un regalo del cielo.

Tras el discurso de Nicole continuaron celebrando, comiendo, riendo y recordando momentos de la misión. La hermana Agnes no se separaba de la madre de Sarah, después de todo lo que había padecido por su familia quería asegurarse de que realmente su vida había cambiado y que sus problemas familiares estaban resueltos. La madre de Sarah, por su parte, no dejaba de agradecerle todo lo que había cuidado a su hija durante su estancia en el hospital de Obandé. El padre de Elliot charlaba con el de Sarah y con Robert animadamente, mientras que la madre ayudaba a Sarah cerciorándose de que los invitados estuviesen bien atendidos, y es que no se trataba solamente de su familia y amigos sino de la gente de la comunidad que se había acercado a disfrutar de la boda con ellos y habían insistido en que comieran algo, ya que para algunos sería la única comida decente del día. La pobreza seguía haciendo mella en aquel lugar, no podían olvidar dónde se encontraban a pesar de estar inmersos en su nube de felicidad. El jefe de Sarah en Boston, que seguía trabajando en aquel poblado, se escapó un momento del hospital para felicitar a los novios y compartir unos momentos con ellos.

Cuando llegó el momento de su primer baile como marido y mujer, Sarah y Elliot lo abrieron con la canción *Close your eyes* de Michael Bublé. Nic ayudó a Sarah a quitarse el velo para que pudiera bailar con su esposo y tomándole por la cintura comenzaron el baile ante la atenta mirada de todos. Sólo se oía a Michael Bublé cantar aquellas palabras de amor que vivían en sus corazones.

—Mi marido, qué bien suena eso ¿verdad? —le dijo Sarah a Elliot mientras bailaban observados por las miradas de los allí presentes.

—Ya lo creo que sí, mujer —contestó él sonriéndole y depositando un tierno beso en su cabeza mientras continuaban dando vueltas al son de la música. Sarah tenía los brazos alrededor del cuello de Elliot descansando su cabeza en su pecho mientras que Elliot apoyaba su mejilla en la cabeza de ella. No hacían falta palabras, incluso con los cuerpos se estaban diciendo lo que sus corazones sentían. Al poco, la madre de Elliot y el padre de Sarah acudieron a su encuentro para bailar con sus hijos. Muchos de los invitados se unieron al baile, Nic con Kenneth, e incluso el amigo sacerdote de William se atrevió a bailar con la hermana Agnes, mientras charlaban mirando a los novios, seguramente comentando su historia de amor que a todos había conmovido.

Después del primer baile como esposos siguieron canciones de todo tipo, marchosas, lentas, africanas... Hasta que, poco a poco, los invitados se fueron retirando a sus cabañas o a sus casas. Los últimos que quedaron fueron Nicole, Kenneth, William, Robert y los novios, que se sentaron en unas sillas fuera del comedor.

—Ha sido una ceremonia preciosa, chicos, y un convite muy divertido también. Nunca imaginé que una religiosa tuviera tanta marcha como la hermana Agnes, no ha dejado de bailar ni una canción —comentó William, que tampoco había dejado de bailar en toda la noche. Estaba claro que era un bailongo.

—Ya lo creo, jamás lo hubiera dicho —dijo Sarah, riéndose junto a los demás. Con las manos descansando en su vientre, tenía las piernas sobre las de Elliot mientras este le daba un masaje en los pies. Estaba agotada pero feliz, no podrían encontrar a una persona más dichosa sobre la faz de la tierra. William se despidió de todos y se marchó a la vez que Robert, dejando a las dos parejas aún allí.

—Sin duda, es verdad, ha sido una gran boda, chicos. Una vez más, enhorabuena. La verdad es que no hay nada mejor que pasar el resto de tu vida junto a la persona que amas. —Kenneth dijo aquellas palabras mirando a Nicole, que tras sonreírle le dio un breve beso en los labios—. Sarah, tú has conocido mi fama de mujeriego, pero desde que esta increíble mujer posó su mirada en mí, no he vuelto a ser el mismo. Si por mí fuera ya habría hecho esto hace mucho, pero sabía que Nic necesitaba más tiempo. Por fin ha llegado mi momento y como eres su única familia, es a ti a quien se lo pido.

—¿De qué hablas, Kenneth? —preguntó Nicole moviéndose inquieta en la silla, ninguno de los tres comprendía sus palabras, aunque Sarah se hacía una ligera idea de cuál era su intención.

—Sarah, me gustaría tener tu bendición para casarme con Nicole —sentenció Kenneth, causando el asombro de la propia Nicole, que lo miraba con la boca abierta. Él se giró hacia ella y acariciando una de sus mejillas le dijo—. Mi Nic, no sé por dónde empezar. En ti he encontrado tantas cosas… el antídoto al aburrimiento, el yo puedo, la vida en color, las ganas de ser mejor, el orgullo de ser quien soy, el dejarse llevar… Porque contigo qué importa si es desierto, selva o asfalto donde me encuentre, cada lugar es nuestra casa y todas las melodías son nuestras. Es increíble abandonarme al sueño y tener la certeza de que mañana serás tú lo primero que vea porque tenerte es indescriptible, despiertas tantas cosas en mí que prometo no cejar nunca en mi empeño de darnos todo lo que nos merecemos. —Nicole llevaba un rato con la mano cubriendo su boca mientras no paraba de llorar. Elliot la había cogido de la mano visiblemente emocionado por las palabras de su compañero de trabajo—. Y ahora qué me dices ¿quieres aceptar a este tonto enamorado para pasar el resto de tus días con él?

—¡Dios mío, Kenneth! Sabes que odio llorar. ¡Por supuesto que quiero, cariño! —Y tras darle el sí se lanzó a su regazo de un salto, tambaleándose de tal manera que a punto estuvieron de caerse al suelo si no hubiera sido porque Kenneth tenía los pies bien plantados en el suelo. Elliot y Sarah les miraron con una sonrisa en los labios y una vez que sus amigos separaron sus bocas les dieron la enhorabuena. Las amigas se abrazaron llorando y los chicos comentaron lo enamorados que les tenían aquellas mujeres. Nic siguió bromeando y se despidieron de los novios, porque tenían que acabar de firmar el trato en su cabaña. Elliot y Sarah también se retirarían a su habitación en breve, pero antes dieron un paseo por los alrededores hasta llegar al estanque donde se habían casado hacía apenas unas horas.

—¿Quién nos iba a decir la primera vez que vimos este amanecer que acabaríamos casándonos en este mismo lugar? —dijo Sarah mientras veía nacer el sol abrazada a Elliot.

—Lo sé, mi amor, es increíble todo lo que hemos vivido desde entonces y todo lo que nos espera —le respondió tocando el abultado vientre donde descansaba su hija.

En aquel lugar, donde vieron amanecer por primera vez, donde sus corazones sabían que el amor les había atravesado el alma para quedarse en ellos para siempre. Meses atrás no sabían todo lo que les tenía preparado el destino y, ahora, en ese instante, agradecían haber llegado a aquel poblado al que fueron a renacer de unas vidas infelices y traumáticas, pues eran dos almas predestinadas a encontrarse y vivir una nueva existencia, una nueva vida, toda una eternidad.

40

Después de su boda y el viaje de novios se instalaron en la tranquilidad de su hogar preparando la llegada de su pequeña. Hacían una vida normal y daban paseos cada vez que podían pues echaban de menos el contacto con la naturaleza que disfrutaban en Obandé.
Al volver del paseo matinal, Sarah cogió uno de los libros que le encantaba releer mientras su ya marido preparaba la comida. Sentada en la terraza, mientras el sol le daba en la cara, disfrutaba de esos momentos en soledad, antes de que su vida se viera alterada por el nacimiento de su pequeña.
—¿Cómo va por aquí fuera? –preguntó Elliot sentándose en la silla de enfrente con una cerveza fresquita.
—Perfecto. Huele muy bien, ¿qué has hecho?
—Algo delicioso que comerás sin orden ni control en unos minutos. –Ella le dio con el libro en el brazo a la vez que se levantaba para acercarse al alfeizar de la terraza y observar el paisaje de la ciudad. Al instante, tenía a Elliot detrás masajeando sus hombros–. ¿Estás bien?
Sarah se giró quedando frente a frente con él y agarrándole por la cintura acercó su nariz a la suya rozándose tiernamente.

—¿Beso de esquimal? Eso es que estamos tiernos, señora Savannah. —Ella se rio y le demostró lo tierna que estaba besándole con pasión en los labios—. Tengo una sorpresa para ti. —Ella le miró frunciendo el ceño, ¿de qué podría tratarse? Tiró de su mano y la llevó al interior del apartamento hasta que llegaron a una de las puertas blancas de la casa, la habitación de su hija, a la que no podía entrar desde hacía un par de semanas. Elliot estaba preparando la habitación con ella, pero el último toque era cosa de él y no la dejaba entrar, y porque cerraba con llave, si no ya habría entrado a husmear hace tiempo.

—¿Por fin me vas a dejar entrar?

—Quiero agradecerte tu paciencia hasta este momento. También al hombre que inventó las llaves, porque si no cerrara, ya habrías entrado ¿verdad? Pero, bueno, lo que quiero decirte es que me has hecho muy feliz entregándome tu amor, pero además me vas a dar una hija. No creo que nada defina mejor la felicidad plena.

Sonriéndole y agarrando su mano vio cómo giraba la llave y abría la puerta dejando que entrase antes que él. En su interior reconocía perfectamente el color de las paredes que ambos habían elegido: tres en tono beis claro, pero para la cuarta pared habían elegido un tono rosa palo. Los muebles que decoraban la estancia, la cómoda, el cambiador, el armario e incluso la inmensa cuna que se había empeñado en comprar su padre, eran todos blancos.

—¡Oh, Dios mío, Elliot! —dijo Sarah al ver un amanecer dibujado en la pared donde estaba la cuna de la pequeña y al lado el nombre de su hija en letras blancas.

—Sé que lo del nombre no lo teníamos del todo claro, pero cuando fui a la imprenta a pedir el dibujo del amanecer como el de Obandé, vi las letras de varios nombres y de pronto vino a mi mente el de la orden religiosa y pensé ¿por qué no? Después de todo, fue allí donde comenzó todo. Espero que te guste pero, si no es así, puedo retirarlas.

Sarah se acercó a él con los ojos brillando por la emoción, el amanecer que tanto les había marcado estaba reflejado en la habitación de su hija y eso, sin duda, marcaría sus vidas para siempre. Entonces, observo que colgado de la pared había un papel. Aún más sorprendida, lo cogió y tras desdoblarlo empezó a leer:

Sarah,

Una vez leí que existen amores predestinados, inmortales, unidos desde antes de su nacimiento. Almas gemelas, medias naranjas, uniones de dos seres, vidas compartidas, sentimientos llenando corazones… Platón hablaba de la androginia basándose en el mito según el cual los seres especiales que reunían sexo masculino y femenino quisieron invadir el monte Olimpo donde moraban los dioses. Zeus, al percatarse, les lanzó un rayo quedando estos seres divididos, y desde entonces se dice que los seres humanos andan por la vida buscando su otra mitad. A veces somos afortunados y encontramos a esa mitad, pero las circunstancias o las situaciones no son favorables y deben separarse para volver a encontrarse, porque no importa lo que pase, siempre terminan reencontrándose, como nosotros. Ahora estoy más seguro que nunca de que nuestras almas estaban ya predestinadas a estar juntas y a amarse hace mucho, pero debíamos tomar caminos diferentes antes de encontrarnos, pasar por diversas experiencias, algunas amargas para así saborear aún más las mieles del encuentro.

Nunca podré estar lo suficientemente agradecido por viajar a Obandé para realizar mi trabajo como cirujano, no solamente te encontré, si no que mi alma volvió a nacer, un nuevo Elliot renació como tantas veces me has dicho. Sabes que antes de ti estuvo Sandra y que siempre la recordaré, pero el amor que tuve con ella no es nada comparado al que siento por ti. Nuestro amor apasionado, tierno, eterno… Apenas puedo esperar a ver el rostro de nuestra hija, la culminación de ese amor. Tengo tantas ganas de hacer cosas juntos, de verla entre tus brazos mientras le sonríes, de verla jugar riéndose, escucharla decir «papá y mamá», verla feliz como te veo a ti…

Antes de eso, préstame atención, sigue amándome como hasta ahora, dándome el aire que necesito para respirar, haciendo que mi corazón palpite para vivir, hazlo siempre y te prometo que yo haré lo mismo. Este amor nuestro no se merece menos.

Amor eterno, para siempre.

Te ama como un loco, Elliot.

Rodeó el cuello de su marido con los brazos. Tenía los ojos empapados en lágrimas debido a la emoción y pegando su cuerpo todo lo que pudo, ya que estaba su bebé por medio, le dio su opinión antes de posar sus labios sobre los de él.

—Es magnífico, no creo que haya otro nombre más perfecto que ese.

Tras disfrutar un rato viendo la habitación de su pequeña abandonaron aquel lugar tan especial en el que la niña con el nombre de la pared sería una de las más felices, de eso se ocuparían sus padres. Las letras blancas parecían brillar en la oscuridad del cuarto como si tuvieran vida propia, ese nombre tan especial que les había dado tanto no era más que el comienzo: Mariana.

*

Siete meses después...

Sarah llegaba del hospital más tarde de lo habitual, desde que se había reincorporado no dejaba de hacer horas extra para ponerse al día. Adoraba su trabajo, pero ahora que una hija y un marido la esperaban en casa, se le hacía cuesta arriba. Pasó por el supermercado y la farmacia a comprar unas cosas que Elliot le había pedido. Él había dejado la clínica por unos meses para dedicarse al cuidado de la pequeña Mariana, mientras que su madre trabajaba en el hospital de Boston de nuevo.

Cuando él le propuso ser él quien se quedara cuidando de la niña, a ella le chocó pues lo más habitual es que lo haga la madre, pero estaba tan ilusionado con la idea que no se negó. Por suerte, en su clínica contaba con un gran equipo que podía salir adelante sin él y efectivamente así había sucedido.

Dejó las bolsas en la mesa de la cocina, el bolso en la encimera y guardó las cosas en los armarios. Después fue al cuarto de Mariana, que seguramente estaría dormida, pues en sus primeros seis meses de vida era básicamente a lo que se dedicaba, entró con cuidado y abrió el armario para dejar los pañales. Se asomó a la cunita en la que su pequeña dormía plácidamente, le sonrió y tras darle un besito en la mejilla salió de allí entornando la puerta. Se dirigió a su dormitorio donde era probable que estuviera Elliot dormido en la cama ahora que la niña descansaba. Eso era lo primero que habían aprendido, cuando el bebé duerme, los padres también porque cuando se despierta no duerme nadie. Efectivamente, Elliot estaba tumbado bocarriba extendido completamente en la cama y roncando. «La perfecta imagen que toda mujer desea ver», pensó Sarah, sonriéndose al verlo en aquella posición. Tras ducharse y ponerse el pijama se hizo un hueco como pudo al cobijo del brazo de Elliot, que ni siquiera se despertó. Pronto estaba tan dormida como él. Consiguieron dormir unas tres horas hasta que en el intercomunicador oyeron el llanto de su hija reclamándoles. Elliot se sobresaltó al oírlo y medio dormido se sentó un momento para desperezarse bien antes de ir a calmar a su pequeña, pero Sarah tocándole el hombro le quitó la idea.

—¡Chsss! Quédate aquí, ya voy yo.

—Hmm, ya estás aquí, cariño —Sarah le dio un breve beso mientras él se tumbaba de nuevo. Acudió a la habitación de la niña, que no dejaba de llorar, ya que era la hora de su toma, así que cogió uno de los arrullos que había en la cómoda y se sentó en la mecedora a darle el pecho, cubriéndola con él. Media hora más tarde, Mariana se quedaba dormida en brazos de su madre mientras Sarah la mecía y le tarareaba una canción de cuna. Le encantaba ese momento, era sólo de ella y de Mariana. Adoraba su olor, su tacto, sus soniditos… Cuando consiguió dejarla en la cuna sin sentirse mal por hacerlo, volvió a su cama. Se tumbó junto a Elliot y lo abrazó desde atrás.

—Creía que dormías.

—Te estaba esperando. ¿Qué tal por el hospital? –preguntó a Sarah dándole besitos en el cuello, la cara y el pelo, haciendo temblar a su mujer de la cabeza a los pies.

—No demasiado bien, hemos tenido un par de urgencias terribles. Uno de ellos era un niño de ocho años con cáncer en estado terminal. Su madre no estaba en ese momento, había ido a su casa a recoger unas cosas, así que se ha muerto en mis brazos. Le he abrazado, diciéndole que estuviera tranquilo, que todo estaba bien, pero por dentro me estaba muriendo con él Elliot. –Paró un momento a respirar pues estaba llorando al recordar el amargo momento que había vivido, pues en el hospital estaba concentrada y no era el lugar para llorar. Elliot la abrazaba consolándola–. Pensar que podía ser nuestra pequeña, yo...

Y no pudo seguir más, comenzó a llorar. Entonces, él se giró poniéndose frente a ella para mirarle a la cara y limpiar sus lágrimas mientras la estrechaba entre sus brazos susurrándole palabras de ánimo. Así, poco a poco, entre sus brazos se fue tranquilizándose hasta que se quedó profundamente dormida.

Cuando volvió a despertarse estaba sola en la cama. Miró el reloj, aún era de madrugada. Seguramente Elliot se había levantado porque la niña se había despertado, pero ella estaba tan cansada que ni siquiera la había escuchado. A veces sentía que era una madre horrible. Al entrar en la habitación de Mariana se llevó la mano a la boca para evitar que se oyera su risita al ver a Elliot dentro de la cuna con las piernas encogidas y la niña echada sobre el pecho de su padre. Nunca imaginó encontrar a un hombre como él. Como padre era excelente, había creado un vínculo tan grande con su hija que enternecía hasta el corazón más duro. Dejó a padre e hija durmiendo plácidamente y se marchó a la soledad de su cama donde se durmió nada más caer en ella.

Al día siguiente, las risas de su bebé de un año resonaban por toda la casa. Sarah se despertó con la dulce melodía de su pequeña Mariana. Siguiendo las risas llegó al salón donde se encontró a Elliot con la niña en su regazo jugando y riendo. Se quedó apoyada en el marco de la puerta viendo cómo disfrutaban padre e hija, hasta que Elliot se percató de su presencia y le sonrió con los ojos brillantes de la emoción.

—Mira quién se ha levantado, princesa. —Se levantó con la niña en brazos acercándose hasta Sarah que en cuanto tuvo a la niña a su alcance la cogió en brazos recibiendo la mejor de las sonrisas, la de su pequeña y la del padre de su hija. Elliot le dio un beso en la cabeza y se fue a duchar, mientras ella se ocupaba de la niña. Disfrutaron un buen rato juntas hasta que Mariana se quedó de nuevo dormida tras tomar el pecho, la dejó en su cuna una vez la durmió y se quedó mirándola apoyada en la barandilla. Elliot llegó al poco y se puso junto a ella rodeando su cintura.

—Es tan preciosa, tal y como la imaginaba, con mis ojos verdes y tu pelo castaño. Aunque si hubiera sacado tus ojos habría sido un auténtico tormento para ti.

—¿Para mí? —le preguntó asombrado, susurrando para no despertar a la pequeña. Sarah se acercó más a él y le respondió.

—Imagínate la de pretendientes que tendría. De hecho, aun así los va a tener a montones. —El padre gruñó algo quejándose de aquel comentario. Por suerte, quedaban años para que aquello sucediera, aunque a Sarah le hacía mucha gracia pensar en cómo se comportaría Elliot en aquella situación.

Sin hacer ruido, salieron del cuarto dejando a la pequeña dormir. Ellos se fueron al dormitorio y se tumbaron un rato para disfrutar el uno del otro y sin parar de hablar de su niña.

—Estás muy seria ¿sigues así por el caso de ese niño? Ya sabes que muchas veces no podemos hacer nada, no está en nuestras manos.

—Lo sé, no es eso cariño, es por Mariana. A veces siento que soy una madre horrible. Anoche se despertó y yo estaba tan cansada que ni me enteré. Tú siempre estás con ella, conoces cada ruido que hace y la entiendes a la perfección. Me das mucha envidia. —Terminó reconociendo ante su marido, que no quería reírse aunque se le dibujaba una sonrisa en el rostro.

—Sarah, por favor, ¿cómo se te ocurre pensar eso? Mariana es un bebé y demanda mucha atención. Quedamos en que tu trabajabas y yo me quedaba en casa cuidando de ella. Al pasar más tiempo con ella comprendo mejor cómo se comporta el bebé. Si, además, añadimos que trabajas sin descanso es lógico que no la oigas llorar, estás agotada. Pero no te consiento que vuelvas a pensar en ti como una madre horrible, ¿entendido? —discutieron un poco más sobre aquel tema, aunque en el fondo sabía que él llevaba razón. Después de todo, su hija le ponía las mejores sonrisas y se reía con ella cuando estaban juntas.

Tras su charla, hicieron las tareas de la casa y Elliot se dedicó a cocinar gran parte de la mañana, mientras Sarah se daba un baño relajante y leía en la terraza. Nic llamó para preguntarle si tenía todo preparado para su boda, pues era la dama de honor. La boda llevaba meses posponiéndose, y no porque los novios no quisieran casarse, pero de pronto todo había cambiado.

Cuando Elliot y Sarah volvieron de la luna de miel, Nicole descubrió que estaba embarazada de tres meses y se negó rotundamente a casarse embarazada. Ahora que el pequeño Scott tenía unos meses, habían vuelto a preparar la boda que tendría lugar al día siguiente. Le confirmó que todo estaba bajo control e intentó calmar sus nervios, pero era difícil conseguirlo el día anterior a su boda.

Entre juegos, risas, paseos y canciones la tarde pasó volando y llegaron a la noche compartiendo un ratito con su hija en la cama entre ambos. Después Sarah la llevó a la cuna, y de vuelta a la habitación iba pensando en ponerse un camisón más atractivo que derribaría las defensas de su marido, pero al entrar en la habitación todas sus esperanzas de disfrutar de una noche loca de pasión se esfumaron al ver cómo roncaba el padre de la niña. Resignada se recostó junto a él y se durmió hasta el día siguiente.

*

El día de la boda de Nicole y Kenneth había llegado, nervios, prisas, peluquería, maquillaje... El apartamento de los Savannah era el lugar elegido por Nicole para prepararse antes de la boda. Nic llegó temprano para que su amiga la ayudara a calmar un poco sus nervios. Por fin había llegado el momento tan esperado por Nic y Kenneth. La novia estaba preciosa y radiante. Llevaba un vestido palabra de honor con el cuerpo ceñido al pecho y una voluminosa falda, pero lo que la hacía especial eran los colores que llevaba. En el cuerpo dos franjas de flores rojas y en la falda otro par de franjas iguales. Llevaba el pelo recogido en un moño con una peineta que Sarah le había regalado casi en contra de su voluntad, pero finalmente aceptó al ser su regalo de bodas.

—Estás increíble, Nic.

—Venga, cuqui, no digas nada que ya tengo ganas de llorar —le dijo cogiendo el ramo de flores rojas que tenía Sarah en la mano—. Tú estás impactante, menos mal que la novia soy yo y no puedes hacerme sombra, que si no iba lista.

Sarah llevaba un vestido rojo como las flores de su amiga, de manga larga con un cinturón beis a la cintura y el pelo suelto. Elliot llegó con la pequeña en brazos, ese día más que nunca era una princesita llevando el vestido que sus padres habían elegido para aquel evento tan especial y la diadema de tela adornando su cabecita, pero su marido no se quedaba atrás con el frac y la corbata en tonos ámbar a juego con sus ojos. Salieron hacia la iglesia en el coche perfectamente decorado que los padres de Sarah les habían dejado para la ocasión. Al bajarse del coche, Sarah le entregó la niña a Elliot, que entró en el interior de la iglesia donde ya estaban todos los invitados y el novio esperando.

—Vamos, cariño, ¿estás lista? —le dijo Sarah a Nic ofreciéndole su brazo para acompañarla hasta el altar, ya que así se lo había pedido meses atrás y ella, claramente conmovida, aceptó.

—Allá vamos.

Con el *Canon* de Pachelbel sonando entraron juntas y agarradas del brazo. Sarah podía sentir el nerviosismo de su amiga, que le apretaba el brazo con fuerza, mientras ella posaba su otra mano en la de ella dándole las fuerzas necesarias para que continuara andando hasta llegar al altar. Entregó a la novia a Kenneth con una sonrisa y dándoles un beso a ambos les deseó un maravilloso futuro juntos, que estuviera tan lleno de felicidad y amor como lo estaba su vida. La ceremonia fue emotiva y sincera. En ella se sucedieron muchos momentos conmovedores gracias a las canciones y lecturas de cartas de amigos y familiares, incluyendo a la propia Sarah que leyó la misma Carta de San Pablo a los Corintios que la hermana Agnes había leído en su boda. Y después añadió:

—…Y así es y será el amor siempre, pero yo ahora quiero hablar del que he visto en vosotros. Nunca antes vi el amor en vuestros ojos hasta que os conocisteis y el flechazo os alcanzó. Y entonces lo vi, el ideal, el perfecto, el verdadero, el que llega al alma, el que desea la felicidad de la otra persona sin exigir nada a cambio. Por supuesto que habrá peleas, malas caras y discusiones, pero si se ha forjado un amor como el vuestro, todo se superará. Una vez leí que existen amores predestinados, inmortales, almas gemelas, medias naranjas, uniones de dos seres, vidas compartidas, sentimientos llenando corazones… Sé que antes de conoceros no creíais en estas ñoñerías, como diría Nic, pero ahora es distinto porque os habéis encontrado y podéis sentiros afortunados. Vivir ese amor hasta que exprimáis la última gota e incluso entonces apurarla y que en ella aún perdure lo que sentís el uno por el otro.

Nic le lanzó un beso y Kenneth le sonrió antes de volver a sentarse junto a su marido y su hija. Elliot agarró su mano a la vez que le daba un pañuelo para limpiarse el llanto que había contenido. Tras la ceremonia fueron a un importante hotel de Boston para disfrutar de la celebración posterior en la que hubo risas, regalos, vídeos de fotos de los novios...

El pequeño Scott apenas se había despertado para ver cómo sus padres se habían casado y en el convite continuó durmiendo como un lirón al igual que su prima Mariana, que a ratos se despertaba y otros se dormía. Sarah estaba inmensamente feliz por su amiga, la ayudó a ocuparse de los invitados, para que todo estuviese perfecto y por fin conoció al jefe por el que tanto babeaba, el gran Esteban Robertson, que iba acompañado de su mujer Alba y su pequeña de año y medio, Sofía, un ángel de cabello castaño y ojos oscuros como su padre. Entonces comprendió por qué su amiga hablaba maravillas de aquel hombre, no era únicamente su planta si no la forma de actuar con su esposa y su hija. Era tremendamente encantador y su mujer era otro encanto de persona, tan sencilla y natural. La pareja perfecta.

Cuando llegó el momento del baile, los novios eligieron una de las canciones favoritas de Nic, *Because you loved me* de Celine Dion. Bailaron con mirada enamorada, regalándose besos y palabras de amor hasta que Elliot cogió a Nicole para bailar y Sarah hizo lo mismo con Kenneth. Al poco, su marido fue a buscarla y bailaron aquella melodía que parecía estar compuesta para ellos dos. Agarrados de la cintura recordaron su propia boda algunos meses antes en aquel lugar especial.

—Parece que fue ayer cuando nos casamos nosotros y ya han pasado casi diez meses —le dijo ella mientras daban vueltas alrededor de la pista repleta de gente aunque sentían que estaban solos.

—Tienes razón, cada día contigo es como un suspiro —contestó el hombre que le hacía temblar las rodillas, sentir un cosquilleo en el estómago y que se le erizara la piel. Ver el amor impregnando los ojos que la enamoraron en el aeropuerto la hacían sentirse grande, amada, cuidada, protegida pero sobre todo afortunada—. ¿En qué piensa mi pelirroja?

—Estaba pensando en la suerte que tengo por tenerte en mi vida, por haberte encontrado y por disfrutar de la vida contigo y con Mariana.

—De eso nada, el afortunado soy yo. Creía que no se podía amar más que a una persona en la vida, pero no es así, te amo con todo mi corazón y Mariana lo ha hecho más grande viniendo a nuestras vidas —le dijo Elliot con la mirada emocionada al pensar en su dulce bebé. Ella asintió y le dio un tierno beso en los labios, que supo a poco a ambos, por lo que se dieron un beso más profundo—. Pero eso no quiere decir que no sepa dónde está el origen de todo.

—¿El origen?

—Claro, Mariana no estaría aquí si no fuera por la increíble fuerza y valentía de su madre que no se conformó con seguir con la vida aburrida y gris que le deparaba la vida sino que fue a buscar al padre de su hija dispuesta a luchar contra todo con tal de conseguir lo que más deseaba, el amor de su vida. Te debo tanto, mi dulce Sarah. Gracias por amarme, por luchar por los dos cuando yo no podía, por traerme de vuelta y darme el regalo más grande.

Sarah muy emocionada por las palabras de su marido ya no escuchaba la letra de la canción de Celine Dion, solamente le veía a él declarándosele una vez más como hacía cada día, ya fuera en la cocina, en el salón o en el dormitorio, no importaba cuántas veces le dijera esas hermosas palabras, siempre terminaban emocionándola.

—¡Dios, Elliot! Consigues emocionarme y sonrojarme con demasiada facilidad. La afortunada soy yo por haber encontrado a un hombre como tú, que me ama cómo soy, me ayuda y cuida de mí como jamás imaginé. Varias veces dudé de que esto saliera bien pero de lo que nunca dudé fue de nuestro amor, algo tan precioso no puede quedarse en el olvido. Tu amor me ayudó a volver a ser yo, a reencontrarme con la vieja Sarah y a reconciliarme con mi familia. Sin ti no habría conseguido tantas cosas y, por si fuera poco, me has regalado al ser que más amo en la vida, aparte de ti.

—Te amo tanto, pelirroja.

—Yo más, amor.

Tras meses de lucha, de espera, de momentos felices, de engaños, de amarguras y peleas, de malentendidos, de lágrimas y sonrisas, habían conseguido crear una vida nueva tomando como base el amor más puro que pueda existir, el amor sincero, el amor que cura, el que llega al alma arrasando sin preguntar, el amor paciente y universal, el amor predestinado de dos almas dibujado en el firmamento, el amor de dos seres cuyo destino es encontrarse. El amor que amaneció en sus vidas en África para volver a ser simplemente Elliot y Sarah, dos personas que estaban perdidas y se encontraron volviendo a renacer, porque cada día es un nuevo comienzo.

Agradecimientos

Tras unos cuantos meses conviviendo con Sarah y Elliot, ha llegado el momento de decirles adiós. El momento de despedir a tus personajes es muy difícil, porque no dejan de formar parte de ti y de ser algo muy íntimo. La familia que comenzó hace un año crece con ellos. Nunca los podré olvidar, porque gracias a ellos una editorial apostó por su historia y hoy llega a vuestras manos para que la disfrutéis y la sintáis como si fuera vuestra.

No quiero dejar sin dar las gracias a nadie, pero si ocurre perdonadme. En primer lugar, gracias a la editorial por confiar en la historia y a Isabel por tener paciencia y ayudarme durante todo el proceso. Gracias por cumplir un sueño.

Gracias a mis padres, mis hermanas y mis cuñados por estar siempre apoyándome y hacerme saber que están orgullosos de la escritora.

A mis amigas Laura, Eva, Esther, mi Laura beta, Silvia, Ana y Pilar.

A Pilar Membrives Giménez, por ayudarme cada vez que necesitaba hacerle una consulta médica, y que siempre respondía con una sonrisa. Gracias por tu generosidad.

A la gente que llega un día a tu vida y se hace un huequito en tu corazón. Con ellas me he dado cuenta de que no importa la distancia cuando hay cariño de verdad: a Dacar Santana, Isabella Marín, Rebeca Shwantz, Kris L. Jordan, Marissa Capri, Neus, Sandra Hernández, Xulita Minny, Emi, Elena M. López, Silvia García, Alejandra Alameda, Mita Marco, Belén Cuadros, Mandy Barrera y Miriam Iglesias.

A mi pelirroja favorita, Ana Belén, porque siempre me anima a seguir adelante y a superar obstáculos.

A Carla Crespo, Cristina Prada, Beatriz Gant, Sonia Maristegui, Regina Román y Ana Forner, por nuestras conversaciones divertidas, por animarme y por motivarme a continuar escribiendo.

Y, cómo no, al gran descubrimiento de los últimos meses, mi Ma McRae, porque en poco tiempo me ha dado más de lo que esperaba.

A mis chicas Butler que son fieles a Scarlett y me animan diciéndome que están deseando leer cada nueva historia. Jamás podré devolveros todo lo que me dais.

Y, por supuesto, al lector que tiene entre sus manos esta historia. Gracias por acompañarme en este viaje.